魅丽文化
SUNNY
心晴坊
女性新阅读

阅读越美丽

开卷好心情

“影帝”的公主

The winner of the princess

（上）

笑佳人 著

江苏凤凰文艺出版社
JIANGSU PHOENIX LITERATURE AND ART PUBLISHING, LTD

图书在版编目（CIP）数据

“影帝”的公主 ：全2册 / 笑佳人著. -- 南京 ：江苏凤凰文艺出版社，2017.11

ISBN 978-7-5594-1123-5

Ⅰ. ①影… Ⅱ. ①笑… Ⅲ. ①长篇小说－中国－当代
Ⅳ. ①I247.5

中国版本图书馆CIP数据核字（2017）第231215号

书　　名	“影帝”的公主 ：全2册
作　　者	笑佳人
出版统筹	黄小初 邹立勋
选题策划	石　颖 何亚男
责任编辑	胡小河 姚　丽
文字编辑	何亚男
责任监制	刘　巍 江伟明
出版发行	江苏凤凰文艺出版社
出版社地址	南京市中央路165号，邮编：210009
出版社网址	http://www.jswenyi.com
印　　刷	湖南凌宇纸品有限公司
开　　本	880mm×1230mm　1/32
字　　数	460千字
印　　张	19
版　　次	2017年11月第1版，2017年11月第1次印刷
标准书号	ISBN 978-7-5594-1123-5
定　　价	59.80元（全二册）

（江苏凤凰文艺版图书凡印刷、装订错误可随时向承印厂调换）

目录

CONTENTS

目录
CONTENTS

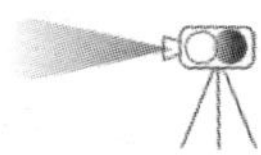

“影帝”的公主

第

一

章

初次见面，多多关照

三月份的帝都，乍暖还寒。

明薇站在衣柜前，目光在她仅有的三套名牌套装上打转。

奥兰多来帝都四天了，她在陪译过程中已经穿过两套长裤款的，只剩一套白色短裙装。明薇怕冷，但在风度与温度中间，明薇还是选择了前者。

十分钟后，明薇下楼打车。

一辆提前预约的出租车从路口转弯，缓缓开过来，中年男司机一眼看到了路边的明薇。

女孩身高一米六五左右，脚下穿一双白色细高跟，笔直纤细的长腿被丝袜包裹，紧身短裙只到膝盖偏上方。从侧面看，她胸鼓腰细臀翘，将办公室白领的禁欲诱惑散发到了极限，那是最吸引男人的气质。

司机在心里吹了声口哨。

确认完叫车信息，明薇拉开副驾后面的车门，上车。

车内开着空调，沉闷却温暖，明薇偷偷摸摸小腿，松了口气。

距离宏远酒店还有半小时路程，明薇低头，重温手机里的资料。

奥兰多是意大利某名牌服装公司的高层，明薇在回国航班上与他相遇。其实该品牌帝都分部已经安排了译员，但奥兰多与明薇相谈甚欢，宁可花钱雇佣，有钱人就是这么任性。

明早奥兰多就要回国，关于今晚最后的行程，奥兰多一直保持神秘，说要给她一个惊喜。明薇忍了三天，为了避免准备不足导致晚上翻译不够完美，今早明薇诚恳地希望奥兰多公布惊喜，然后才得知，原来，奥兰多的进餐对象是“影帝”穆廷州。

明薇不追星，也不是轻易被各种小鲜肉老腊肉吸引的性格，但穆廷州在国内红得都快发黑了，明薇总能从身边朋友、路人口中听到他的消息，譬如穆廷州十六岁摘下桂冠，譬如穆廷州参演的影视剧全是精品，乃品质与票房的双重保证。

穆廷州脑顶这些光环里，唯一与明薇有关的，是穆廷州去年开始担任奥兰多公司在亚太地区的代言人，所以今晚奥兰多要与穆廷州沟通沟通感情。

明薇看着手机里穆廷州的代言照片，西装笔挺，气度卓然，想到闺密差点跪求她帮忙要签名的狗腿子姿态，明薇不得不承认，能与“影帝”共餐，确实是她的殊荣。

宏远酒店大厅，雇主奥兰多身穿白色西装朝明薇走来，一手捂着胸口，碧蓝如海的深邃眼睛痛苦地望着明薇：“Rosa，你打扮得这么漂亮，是为了穆先生吗？今天的你比前三天更美，说明你更在意穆先生，难道我不值得可爱的 Rosa 精心打扮？”

俊美的外国帅哥，纯正的意大利语，深情的目光，几乎没有女人能抵挡奥兰多的魅力。

好在明薇已经习惯了意大利男人印在骨子里的调情本事，笑着道：“你再这么恭维我，我舍不得你离开怎么办？”

“那就跟我一起走，去天涯海角。”奥兰多双眼发亮，神情专注。

明薇笑了，与奥兰多合作的这四天，她过得很开心。

两人调侃之后，走出酒店，前往归云楼。

归云楼是座九层塔楼，装潢古色古香，乃帝都汉菜餐厅中的 No1，顾客全是土豪。明薇这个小人物陪客户来过几次，最近一次，是程耀跟她的约会第一餐。挥散脑海里男友俊美的五官，明薇专心投入工作。

乘坐电梯来到九层，明薇向服务生说明情况，服务生兴奋道：“穆先生已经到了，这边请。”

随着他们的靠近，临窗一桌站起两个西装男人。身高接近一米九的短发男就是红得发紫的“影帝”穆廷州，穆廷州身侧略矮几厘米的眼镜帅哥，是他的专属经纪人兼助理肖照。两人并肩而立，一个高冷，一个温雅，让人赏心悦目。江湖传言，穆廷州三十岁未曾交过一个女友，也从不拍亲密戏，就是因为肖照……

谣言满天飞，是真是假，目前还没有可靠的证据证明。

“穆先生你好。”明薇最先开口做介绍。

穆廷州淡淡看她一眼，等她说完，他非常公式化地朝奥兰多伸出手，一开口，是比明薇这个外大高材生还纯正的意大利语，奥兰多高兴极了，热情地同穆廷州交谈起来。与奥兰多丰富的表情与手势相比，穆廷州言辞简练神色淡漠，却不给人高傲之感，让人下意识地自我劝解："影帝"就是这种脾气，无须介意。

沦为摆设的明薇，有点尴尬。

"明小姐还在读大学？"落座后，肖照体贴地与她搭话。

"去年毕业的。"明薇微笑，趁机表达惊喜，"久仰您与穆先生的大名，今晚我很荣幸。"

肖照看眼穆廷州，低笑道："他最近对意大利语感兴趣，抽空自学，目前最多意大利小学生水平，相信很快就需要明小姐帮忙了。"

明薇心中一动，小声问："能告诉我他学了多久吗？"

肖照伸出一根手指。

明薇酸溜溜地猜测："一年？"

大学期间，她每天早起晨读一小时，临睡前听听力，连续四年不间断地疯狂练习，才达到现在的水平，但除了专业词汇掌握得可能比穆廷州多，口音语感上，她全输了，穆廷州居然只用了一年？

"一个月。"肖照笑着纠正。

明薇差点吐血，只觉得肖照比穆廷州更邪恶，故意打击她这个专业翻译的自信心。

明薇对穆廷州的外表、演技兴趣不大，但专业技能惨败，让明薇忍不住观察穆廷州，越观察，早上搜集的资料越来越得到印证。网上评价，穆廷州智商、体能双高，台词看几遍就会，武戏从不用替身，枪法、散打、剑术、拳击……凡是角色需要，穆廷州都能在短时间内迅速掌握，赢得了一片导演与观众的芳心。

算了，她只是一个凡人，何必跟穆廷州这样的神比较，那不是找虐嘛。

摆平心态，明薇乖乖当透明人，偶尔奥兰多说得激动忘了停顿，她再帮忙翻译一下。

用餐中途，肖照有电话，奥兰多去了洗手间，临窗的餐桌只剩明薇与穆廷州。

穆廷州放下筷子，眺望湖景，眼眸深邃，如一位沉思者。

为了活跃气氛，明薇从包包中取出闺密交给她的穆廷州的照片、签字笔，绕到穆廷州身旁，虔诚地弯腰请求："穆先生，可以帮我签个名吗？"

穆廷州偏头看她，黑眸漠然："你是第四个。"

明薇愣了愣，没听懂。

穆廷州多看了她一秒，然后继续看窗外，面无表情。

明薇悻悻地回到座位上，给闺密发微信：我要签字，他说我是第四个，啥意思？

闺密："影帝"每天只送三次签名！哭，谁抢了我的签名！不行，薇薇快拍张照片补偿我！

明薇抬头，看看穆廷州冷漠的脸，她悄悄拍了一张穆廷州……的皮鞋照发过去。

闺密：……

明薇笑着收起手机，一抬头，撞见服务生引着两个客人朝这边走来。女的穿一条红裙礼服，修长美腿若隐若现，脸有点眼熟，好像是最近特别红的一个女明星。两人在附近餐桌落座，服务生让开的瞬间，明薇看到了被女明星俏皮轻吻侧脸的男人。

是程耀，那个猛烈追求她半年，她上个月刚答应与他交往的程耀。

程耀若有所觉，朝这边看来，嘴角笑意还未收敛。

明薇没有躲避，冷冷与他对视，她看见程耀震惊地站了起来，看见他张开嘴唇，与此同时，明薇脑海里接连闪现程耀追求她的那些手段：会场偶遇，大雨瓢泼，程耀主动为她撑伞，绅士风度十足；她陪同客户旅游，程耀报了同一个旅游团，如影随形。

原来看似浪漫热烈的追求，不过是程耀的一次逢场作戏。

明薇垂眸，默默驱散胸口腾起的愤怒。

不气不气，她该庆幸，在用情不深时，认清了程耀的真面目。

手机振动，明薇打开消息。

程耀：那男人是谁？不是说这几天在陪客户？

明薇冷笑，直接回他：分手吧，以后都别再找我。

她说完后关机，将手机放进包包，再学穆廷州那样，扭头看风景。

“肖照，你怎么在这儿？”对面传来女星王盈盈兴奋的声音。

肖照：“陪廷州见一位合作伙伴。程总，幸会。”

程耀是帝都有名的富二代，肖照负责穆廷州的一切人际关系，自然知晓程耀这种人物。

程耀起身，心不在焉地与肖照握手。

“穆前辈也在啊，那我过去打声招呼。”王盈盈惊喜地说。

肖照点头，领着程耀、王盈盈来到这边。

穆廷州慵懒地靠着椅背，不悦地看了看肖照，好像在问肖照为什么带闲人来打扰他。

“廷州，这是正华集团的程总，这位是热播剧《凤仪》的女主演，王盈盈王小姐，你应该认识。”肖照温文尔雅地介绍。

穆廷州抬眸，没等王盈盈绽开最美的笑容，他淡淡道：“没见过。”

王盈盈这两年很红，内心深处，她盼望穆廷州能认出她，那是对她名气与演技的肯定。

可惜事与愿违，穆廷州看她跟看陌生人一样，甚至更不屑。

王盈盈尴尬极了，强颜欢笑地给自己找了个台阶：“听说穆前辈在准备新剧拍摄，大概还没时间看《凤仪》这种消遣剧。”

穆廷州置若罔闻。

肖照却记起《凤仪》开播时，他给穆廷州看片花，穆廷州看了一眼，然后点评：“资源浪费。”

“这位是明薇小姐，我们的翻译。”

“现在翻译都这么漂亮了。”

看出女朋友与穆廷州没暧昧关系，程耀放松警惕，风趣地夸赞明薇，眼里深藏痴恋。

明薇长得确实漂亮，江南水乡养育出来的姑娘，肌肤白皙细腻，眉目清秀如画，一双乌黑水亮的眼吸尽了雨雾精粹，认真或无意地看过来，欲语还休。这种美清雅灵动，更有一种现代难觅的古韵气质，静若水中花，动如风拂柳。

面对前男友自以为幽默的调戏，明薇笑容敷衍，也没有站起来，与先前礼貌的专业翻译判若两人。

穆廷州意外地抬起眼帘，而拥有女人第六感的王盈盈，盯着明薇看了会儿，皱眉转向程耀，眼神狐疑。这半年程耀对她特别冷淡，莫非有了新欢？

这时奥兰多回来了，王盈盈便挽着程耀的手臂与奥兰多寒暄，明薇笑着帮忙翻译，脸变得比天还快。

奥兰多对王盈盈兴趣寥寥，后者识趣离开。

转身前，程耀深深看了明薇一眼。

明薇低头吃饭，越吃越没有胃口。

大学期间很多男生追她，明薇一心学习，没有接受任何人。毕业后她遇到死缠烂打的程耀，程耀高大英俊风度翩翩，因为两家经济水平相差悬殊，富二代风流韵事又特别多，明薇虽然早就动心了，但还是多观察了几个月，前不久才答应与程耀恋爱，没想到……

明薇胸闷。

她向奥兰多道歉，拎起包包去了洗手间。

冷静三分钟后，明薇简单补补妆，走出洗手间，意外遇见王盈盈。

明薇点点头，刚要擦肩而过，王盈盈忽然露出轻蔑的笑："你觉得程耀那种集团公子，会娶你这种默默无闻的女人？"说完拦在明薇身前，用一种挑剔的目光打量明薇，"模样不错，但你这种姿色，外面满大街都是，程耀不过是一时新鲜，等他玩腻了，你最多拿笔分手费，与其他小三没区别。"

"看来你很喜欢他，那我祝你们长长久久，百年好合。"明薇大方微笑，一句解释都不想浪费。

一个渣男，谁稀罕。

她退出得洒脱，王盈盈盯着明薇的背影，眉头皱得更深了。

程耀冷落王盈盈半年，今天主动约她，王盈盈莫名担心，没想到就在刚刚，程耀真的提出分手，并承认他爱上了明薇。两人谈了一年多的地下恋，程耀送了她很多名贵礼物，床上再热情都未说过爱字，现在，他竟然告诉她，他喜欢上了一个微不足道的翻译？

身后传来脚步声，王盈盈回头。

穆廷州神色淡漠地从她身边经过，一眼都没给。

王盈盈咬唇，这些臭男人，一个个都高傲得要命，偏偏越难接近越迷人。

明薇回到原位，发现程耀与穆廷州都不在。

她没多问，只跟自己的雇主说话，不久，穆廷州回来了，王盈盈与程耀不知去了哪儿。

一顿晚饭，宾主尽欢。

“一起拍张照吧。”饭后奥兰多热情地建议道。

穆廷州并未反对。

奥兰多拿出手机，目光在明薇与肖照身上来回转了一圈，笑着将手机递给肖照，再叫明薇站到他与穆廷州中间。明薇受宠若惊，连连婉拒，奥兰多马上道：“能与美丽的 Rosa 合影，是我与穆先生的荣幸。”

明薇心虚，偷瞄穆廷州，意大利男人恭维女生是天性，但“影帝”愿意被代表吗？

穆廷州单手插着口袋，还是那副对什么都不在意的表情。

盛情难却，明薇只好身体僵硬地走到两人中间。

照完了，明薇刚要走，奥兰多体贴地帮她争取福利：“Rosa 不想跟穆先生单独合照吗？多难得的机会。”

明薇尴尬得脸红了。穆廷州连个签名都不给，会答应拍照？

“明小姐，我可以帮你拍。”见穆廷州还站在原地，肖照心领神会，笑着说。

明薇谨慎地问穆廷州：“穆先生介意吗？”

“能与美丽的 Rosa 合影，是我的荣幸。”穆廷州低头，用意大利语回答。

他在重复奥兰多刚刚的恭维，但表情、语气都很敷衍，眼里不带一丝感情，更像讽刺。

明薇非常善解人意，委婉地拒绝了。

穆廷州直接往外走，奥兰多朝明薇眨眼睛，明薇无奈地笑，强扭的瓜不甜，反正她不追星。

道别之后，明薇随奥兰多上了一辆车，送他回酒店，顺便结账。

“你对明小姐，好像有点特别。”目送奥兰多的车离开，肖照低声打趣穆廷州。穆廷州不喜与粉丝拍照，迄今为止，明薇是他第一个愿意合影的粉丝，如果那位明小姐算粉丝的话。

“我挑的餐厅。”穆廷州拉开车门，声音淡淡的。

如果不是他订了归云楼，那个翻译就不会撞见男友劈腿，今晚她注定过得不好，他愿意给点补偿。只是，想到他第一次答应与粉丝合影却被拒绝，男人左边英挺的眉峰微不可察地跳了跳。

要签名不要合照，她是不是傻？

晚上八点，明薇收到一条转账通知，两万块。

这是她四天的陪同翻译工资，也是她从事自由翻译后，拿得最轻松的一笔高薪。

“谢谢您，这四天或许是我翻译生涯中最快乐的四天。”将奥兰多送进酒店大堂，明薇真诚地道。

“我也是，明天我会心碎离开。”奥兰多送给明薇一个大大的拥抱，附赠一个信封，“这是你应得的，晚安，美丽的Rosa。”

明薇拿着数目未知的小费，再次表达感谢。

回公寓的路上，明薇压抑不住好奇，偷偷拆开信封，里面是一沓欧元，换算后，是她四天工资的一半。金钱总会让人愉悦，明薇被“小三”插足的糟糕心情不翼而飞，盘算着周末去商场逛一圈，犒劳犒劳自己。

结果她一下车，就见公寓大门旁边停着一辆豪车，程耀一身黑色西装，背靠车盖，看到她，他丢了手中烟头，快步朝她走来。

明薇站着不动，等着跟他说清楚。

“薇薇，我与她已经没关系了，遇到你那天我就准备跟她分手，但她在外面拍戏，我一直没找到机会，今晚吃的是分手饭。”程耀信誓旦旦地说，黑眸紧张地凝视着明薇，“我知道是我不对，没有提前跟你说清楚，但过去的都过去了，你看我以后的表现？”

王盈盈与他之前约过的女人一样，让他享受的只是美色与欲望，但明薇不同，他喜欢这个有学历有内涵的漂亮女人，想正式与她交往。如果说所有的花花公子都会遇到一个让他收心的女人，明薇就是他命定的另一半。

“她亲你了。”明薇看着公寓说。

“我在看手机，没防备。”程耀马上道，甚至拿出手机，让明薇看他的消息记录，“你看，我当时看的就是这条，我妈发来的。”

明薇没兴趣，直接道：“你没处理好前一段感情便追我，这是事实，你可以保证下不为例，但我无法再信你，还是分手吧，咱们好聚好散。”就算偷亲可以解释，后来王盈盈亲昵地挽他的胳膊，程耀怎么没反对？为了照顾王盈盈的颜面？如此怜香惜玉，明薇消受不起。

“不分。”程耀攥住她的手腕，脸色沉重，“我好不容易才追到你，凭什么你说分就分？”

“凭我有权决定自己喜欢谁。”明薇甩开他的手，头也不回地走了。

程耀没追，她需要时间冷静，他也得好好想想如何弥补。

明薇推开公寓房门，里面立即传来闺密兼包租婆林暖的尖叫：“薇薇，告诉我你拍照了！”

声音未落，林暖已经飞奔出来，双眼冒着绿光。

“你家‘影帝’不给拍。”明薇努力轻松地道。

“唉，我就知道，穆廷州从来不跟粉丝合影。”林暖倒也没有太失望，追在明薇后面打听晚饭时的情形。

明薇一边说一边给手机开机，屏幕亮起，紧接着微信嘀嘀嘀不停地响，全是关机期间程耀发来的解释。明薇脸上露出一丝烦躁，被林暖敏锐地捕捉到，关心地问她怎么了。

明薇说了实话。

“渣男，我就说有钱人都不靠谱。”林暖义愤填膺地骂道。

明薇幽幽地看她，再看看这套价值千万的奢华公寓，白富美林大小姐真有资格批判有钱人？也就是林暖这种不差钱的设计师，才会在帝都市中心开汉服店，并让她担任兼职模特，每月拍摄三套汉服充当租金。

“分就分吧，回头我给你介绍一个比程耀更英俊多金的高富帅。就你这脸蛋，还怕没人喜欢？”林暖豪气冲天地允诺。

明薇晃晃自己刚得的小费，满足笑道：“我更喜欢自己赚钱。”

林暖抢过信封，正要检查金额，放在沙发上的手机响了，便抓着信封去接电话。

明薇不管她，脱掉套装先去洗澡，才打湿头发，外面林暖突然冲过来疯狂拍门：“薇薇薇薇，赚大钱的机会来了，我朋友相中你的古装扮相，推荐你去试镜！”

周末阴天，气温骤降，明薇穿上加绒的打底裤，再套一件黑白格子大衣，心情复杂地去试镜。

《大明首辅》是东影集团最新筹备的古装正剧，演员阵容豪华，男主演正是明薇那晚见过的“影帝”穆廷州，另有多名行事低调的老戏骨。这是一部男人戏，主讲朝臣内部、大明与外敌的权谋政斗，女性角色只有两个戏份较多：一个太后，一个公主。

该剧是根据小说改编，明薇花了三天时间通读小说。如果按照原著拍摄，今天她面试的明华公主，绝对是《大明首辅》的女主。既然是女主，导演怎么会放着那么多女明星或影校高材生不用，选择她这个没有任何演戏经历的外行？

她唯一的优势，是后门。

林暖与东影集团老板娘是大学舍友，两人都做服装设计，那位老板娘逛林暖的汉服店时发现明薇的古装照，觉得符合明华公主的形象，便先通过林暖询问她是否有兴趣，然后再推荐给剧组。

明薇当然有兴趣，拍戏能赚不少外快呢，她只是没信心。

车到了。明薇在东影大厦外徘徊几分钟后，这才硬着头皮进去了。

距离试镜还有十几分钟，几十个美人被安排在休息室等，明薇一个人坐在角落，默背工作人员交给她的试镜台词，短短几行，内容也不复杂。背会了，明薇暗暗观察其他人，大多数人都化妆了，看年龄，都像二十出头。

"宋瑶居然也来了。"前排两个女生窃窃私语，议论的是刚走进来的墨镜美女，"哎，大明星们都愿自降片酬，咱们肯定没戏了，纯陪跑。"

因为专业关系，明薇国内剧看得不多，最近蹿红的一线二线明星她基本都不认识，可能眼熟，但叫不出名字，不过她挺赞同陪跑的说法。

轮到她去试镜时，因为不抱期待，只有一点点紧张。

制片人、导演、副导演等剧组骨干都在，看到明薇，几人都愣了愣。

明薇是东影老板娘推荐过来的，张导演看过明薇的照片，小姑娘穿着一袭杏黄长裙站在湖边柳树下，明眸善睐笑靥如花，像个不谙世事的小公主，确实很符合女主角的人设。现在看到真人，张导演意外发现，明薇比照片里还要年轻，甜美的鹅蛋脸，鼻梁秀挺，脖颈修长，大大方方站在那里，形体姿态都很有感觉。

"我看过你的简历，会弹古筝？"张导演最先发问。

提到古筝，想起苏城温柔婉约的美妈，明薇情不自禁地弯了嘴角："我妈妈是古筝老师。"

"怪不得，古筝这种传统乐器，很提升气质。"张导演赞许地说。他翻翻剧本，重新挑了一段戏份让明薇演。台词只有一句，重点在情绪表现。工作人员去准备古筝了，明薇站在一旁，默默酝酿情绪。感谢当古装模特时林暖对她镜头表现的龟毛挑剔，联想小说剧情，她居然找到了一点感觉。

古筝抬过来了，明薇脱了大衣坐到古筝前，戴好指甲。

张导演喊开始。

明薇睁开眼，静默几秒，专心弹她最喜欢的曲子：《春江花月夜》。

她高中便过了古筝业余十级，水平比不上妈妈那样专业的，应付外行人绰绰有余。

美女弹筝，赏心悦目，张导演多听了一段，示意搭戏助理登场。

古筝前突然多了一道身影，明薇手上动作不停，好奇地抬头。映入眼帘的是一张普通的男人脸庞，但近距离接触过穆廷州并看过原著小说的明薇，脑海里自动浮现出穆廷州的古装扮相。那一瞬，她宛如见到天人，忘了弹筝，什么都忘了，呆呆瞅了几秒才惊喜地跳起来，眼睛亮亮地看着对方："太傅，你来看我啦？"

剧中先帝驾崩，留下一位十五岁的公主，一个年仅八岁的小皇帝，首辅兼任太傅抚育小皇帝，顺带着教导明华公主。太傅对外冷峻，对姐弟俩却不失柔情照顾，面对这样的成熟男人，公主情不自禁心生恋慕，一颦一笑都为了他。

台词念完，试镜表演结束。

明薇看向张导演，张导演点点头，未予置评。

明薇走后，制片人问张导演意见。

"情绪流于表面，过于浮夸。"张导演实话实说，"但外形气质都是加分项，先加进终选吧。"

制片人松了口气。他是东影这边的负责人，老板娘难得推荐一次人选，如果连终选都没进，回头老板娘一打听，他有点不好交代，幸好这位明小姐底子不错，竟然靠实力赢得了张导演的青睐。不过话说回来，明华公主是整部剧里的花瓶，长得美就够了，演技要求并不高。

明薇觉得她跟王盈盈挺有缘的，这不，刚从试镜间出来，迎面又撞到了王盈盈。

王盈盈穿着雪白的大衣，戴着墨镜，气场十足。作为当红明星，她来试镜无须排队，可以随时加塞。远远看到明薇，王盈盈只觉眼熟，越来越近，她终于确定，那个鹅蛋脸的女人果然是勾走程耀的小三。

"你也来试镜？"透过墨镜，王盈盈意外地问，问完反应过来了，讥笑道，"有金主捧就是不一样啊。"想当初她成功走红，其中不也有程耀的功劳。

明薇懒得理会，擦肩而过时，王盈盈却拽住她的胳膊，低声在她耳边道："勾引人我不如你，不过比演戏，你还真是自不量力。"

明薇扭头，王盈盈已经松开手，继续往前走了。

明薇不爽，可论演技，她确实没信心，但大家不是一个圈子，没必要以己之短碰他人之长。

"怎么样，有戏吗？"刚回公寓，林暖打她电话。

"死心吧，我就不是那块儿料。"明薇故意说狠话，掐灭闺密过度膨胀的期待。

"一会儿我去打听打听。"

明薇连忙阻止："别，我可不想再走后门，反正我当翻译赚的钱已经够养活自己了，演戏凭运气，为了外快欠别人，不值得。"这次试镜是个好机会，但并非必不可少。

结束通话，明薇热一杯牛奶，然后打开笔记本，看王盈盈主演的大热剧《凤仪》。

开篇是背景剧情，明薇直接快进，只看王盈盈的戏份。王盈盈是典型的瓜子脸美人，古装很漂亮，但从观众的角度讲，明薇摸着良心也最多给她打七分。鉴于剧情老套狗血，台词玛丽苏，明薇坚持半集后英勇阵亡。

明薇摊在了沙发上，明明没抱希望，却忍不住心浮气躁。

有电话，程耀的。

明薇接听，抢在程耀开口前道："是男人就痛快点，你再纠缠，我只会瞧不起你。"

对面沉默。

明薇挂断电话，顺便将程耀拉进黑名单。明薇心情更不好了，一口气喝完牛奶，拎着包包去逛商场。

就在明薇流连商场血拼的时候，《大明首辅》剧组结束了女主角初选。其实剧组已经筹备完毕，但之前的女主演意外怀孕，遗憾退出，为了赶拍摄进度，下午剧组立即开会进行终选。

经过半小时的讨论，大屏幕上只剩两张照片，一张明薇，一张王盈盈。

七人会议，三人支持王盈盈，理由是王盈盈现在特别红，自带粉丝，且演技能胜任角色。投票明薇的三人则认为明薇脸嫩，气质古典，看起来更符合明华公主的人设，当一个花瓶没有问题。

“三比三，就看张导的了。”制片人靠到椅背上，看向张导演。

张导双手合拢，对着照片沉思一分钟，提议道：“廷州与明华公主是半对儿 CP，不如让廷州看看哪个更容易来电。”

六人赞同，张导当场联系穆廷州的经纪人，肖照。

肖照收到照片，笑了，走到泳池边，对刚结束一轮自由泳的男人道：“明华公主终选出来了，张导请你拿主意。”他顺势蹲下去，将手机举到穆廷州面前，先介绍第一张照片：“这是王盈盈，那天在归云楼见过。”

穆廷州面无表情。

肖照划到第二张：“纯新人，没名气。”

他在试探，如果穆廷州对明小姐真没有特殊感觉，那按照穆廷州平时对女人的态度，他一定认不出照片里的女孩就是那个意大利语翻译。

“新人。”穆廷州爬上岸，露出完美的身体，腹肌性感，腰细腿长。

肖照意味不明地笑了声：“理由？”

穆廷州越过他往前走，传过来的声音淡漠简练：“比第一个顺眼。”

肖照耸肩，将“影帝”的选择转告张导。

这边张导演刚公布完女主演最终人选，制片人突然接到东影老板陆总的电话：“女主角定了？”

制片人谨慎道：“定了新人明薇，您要再审核一遍吗？”

“不用。”

集团顶层，陆总放下手机，对沙发上一身灰色西装的程耀道：“恭喜程总，明小姐靠实力拿到了女主角，无须您再费心捧了。”

程耀微怔，没想到明薇居然有这么好的运气，但他很快调整表情，笑着道：“东影果然慧眼识珠，不过我女人参演的电视，我还是要投资的，何况投资东影是稳赚不赔的生意，希望陆总给我机会，让我分杯羹。”

既然王盈盈认定明薇是他推荐来试镜的，讽刺他没眼光，那么等他投资剧组的消息传出去，明薇肯定也会猜测她能拿到这个角色全是他的功劳。女人最容易感动，那时他再趁热打铁，好好表现，争取与明薇重归于好。

接到剧组副导演的通知时，明薇正在跟林暖吃麻辣的四川火锅。

白雾缭绕，明薇怀疑自己是不是听错了：“真的让我演？”

“千真万确，明小姐方便的话，请明早九点来东影签约，然后暂且保密，配合剧组宣传。”

“没问题，嗯，明天见。”

挂断电话，对上林暖期待的目光，明薇忍不住笑了，重重地点头。

“啊啊啊，我们薇薇要红啦！”林暖比明薇还兴奋，跑过来抱着明薇晃。

明薇“嘘”了一声，两人先吃火锅，回家再尽情庆祝。

“薇薇我跟你说，原著里面太傅与公主只有一次吻戏，你要好好珍惜。”兴奋过后，林暖开始不正经了。

“不是说他从不拍吻戏？”明薇靠着沙发问。

林暖嘿嘿笑：“你这么漂亮，兴许穆廷州色迷心窍，愿意献出荧幕初吻呢。”

明薇丢了一个抱枕过去。她拍戏是为了赚外快，能不接吻最好，即便对方是穆廷州。

明薇的戏份预计有四十集，打包价一百万。对于没有任何名气、经验的新人演员来说，这个片酬很厚道了，而且用制片人的话讲，《大明首辅》播出后，明薇必将人气大涨，那才是明薇进组的最大收获，片酬只是短期利益。

明薇请律师帮忙看合同，确认没有问题后，签名进组。

女主演的戏服是按照原定女星的尺寸制作的，明薇与该女星身高相仿，只稍微胖了一点。设计师捏捏明薇的胳膊，觉得明薇还有瘦的空间，决定只重新设计发型，正好腾出时间给明薇培训演技、拍摄常识。

一个月高强度培训后，明薇瘦了十斤，随即同几个工作人员前往横店，那里剧组已经开机。

当晚制片人做东，请几个重要演员吃饭，帮明薇尽快与其他演员熟悉。

明薇是演艺圈里的后辈，早早下楼在酒店大堂等候，坐了五分钟，看到一个八九岁的漂亮男娃领着助理朝这边走来。明薇网搜过参演演员，认出对方是剧中小皇帝的扮演者，秦磊。男娃笑容干净秀气，很讨人喜欢。

明薇站起来打招呼："小磊。"

"明姐姐，你真漂亮。"秦磊嘴很甜。

"你也很帅呀。"明薇笑着夸他，"这是我第一次拍戏，以后还请多多关照。"

秦磊腼腆地红了脸。

有小孩子活跃气氛，见到陆续而至的其他几位名人，明薇表现得大方又礼貌。这些老戏骨各有性格，对待明薇这个年纪轻轻的小女生还算和蔼，但也没有太热情，毕竟大家都是靠实力说话的，明薇长得太好，刚出道就接了一部大剧，颇有走后门的嫌疑。

"明姐姐，那是陈璋哥哥。"

众人已经移步到餐厅，明薇背对餐厅入口而坐，闻言扭头，果然看到了她剧中的驸马。

陈璋今年二十四，是新蹿红的小鲜肉之一。他的演技尽管无法与穆廷州那种"影帝"相比，但与一些空有颜值没有演技的花瓶男相比，他敬业肯拼的精神与日渐成熟的表演，已获得众多专业影评家的肯定。

明薇就觉得吧，她真是这个剧组的奇葩，注定要沦为花瓶了。

"明小姐，幸会。"

正走神，陈璋已经来到了面前。他穿着黑色长裤、白衬衫，干净得像个大男孩，笑起来右边脸颊有个浅浅的酒窝，黑眸含笑打量她，带着毫不掩饰的兴趣与惊艳。

"你好。"明薇略显拘谨地道，还不习惯同这些名人打交道。

陈璋礼貌与她握手，松开后却突然轻轻摸了摸明薇脑顶，目光揶揄："该客气的客气了，现在开始，咱们互相称呼名字吧，先生小姐太见外，你我可是要成亲的人。"

他调侃得自然，明薇放松下来，笑着点头，刚要落座，余光瞥见门口又出现一道身影。

是穆廷州，上面明明是件很休闲的黑色圆领衫，却被他穿出了帝王般的高贵雍容，闲庭信步走来，有淡淡的孤傲感，又不令人厌恶。

“穆先生。”明薇挪到餐桌外面，话里透着一丝情不自禁的恭敬。不仅她，其他与穆廷州同剧组的小辈，面对“影帝”都会这样。

穆廷州简单地点点头。

“廷州坐这儿。”制片人指着明薇左边的空位道，“明薇是新人，跟陈璋和你对手戏最多，接下来几个月还请你们多多关照啊……来，明薇先敬大家一杯，特别是廷州陈璋，别的女星想跟他们俩演CP都没机会。”

明薇酒量还不错，先敬众人一杯，再单独敬陈璋、穆廷州。

陈璋五官酷帅，其实平易近人，对明薇很照顾，无形中拉近了明薇与老戏骨们的距离。穆廷州落座后就没说过几句话，仿佛被人硬拉来凑数的，但他我行我素怡然自得，似活在另一个专属于他的世界。

吃吃喝喝快一小时，眼看要散席了，除了回应其他人的问题，穆廷州终于主动说了一句。

他用餐巾擦拭嘴角，随后放下餐巾，抬头看明薇：“明小姐留步。”

众人皆愣，包括明薇在内，都不知道穆廷州想做什么，偏偏他侧头看窗，没给任何解释。

陈璋投给明薇一个询问的眼神。

明薇摇头，一脸迷茫。

穆廷州的怪脾气圈内闻名，但他为人正派，陈璋等人放心地走了。

“您有什么事吗？”明薇小心翼翼地问，在最严肃的客户面前都没现在紧张。

穆廷州朝身侧微点下巴：“坐。”

看出他要长谈，明薇疑惑又乖乖地坐回原位，距离穆廷州半臂左右。

“穆先生还要点什么吗？”收拾完餐桌，服务生殷勤地问。

穆廷州看明薇，明薇客气摇头。

穆廷州点了一瓶红酒，服务员体贴地准备了两个杯子。

“明小姐之前从事翻译工作？”浅抿一口，穆廷州淡淡地问。

这纯属明知故问，但明薇还是点点头，一本正经地重新介绍自己是意大利语翻译。

穆廷州目视前方："为什么转行演戏？"

明薇抿了抿嘴。

她自认脾气不错，穆廷州莫名叫她留下来，她出于尊敬答应了，现在穆廷州问东问西却连个正眼都不给，傲慢如对待下属，明薇又不欠他的，直接道："穆先生有其他事吗？不早了，我还要准备明天的拍摄。"

"我只需要你回答几个问题。"听出她不高兴了，穆廷州还是那副淡漠模样，但总算肯与明薇对视了，深邃的黑眸没有任何感情地看着她，"演戏合作需要默契，我想对未来几个月的同事多些了解。"

好吧，这理由勉强可以接受。

明薇想了想，对着高脚杯中色泽动人的红酒道："朋友的朋友建议我去试镜，我抱着试试看的态度去了，进组是意外之喜，是否转行还不一定。"林暖已经幻想了她未来大红大紫的星途，明薇喜欢脚踏实地，名利双收当然好，但演戏这份工作对她来说十分陌生，能不能长久也不是她一个人说了算的。

穆廷州微微颔首，右手无意识地转动酒杯。

他手掌很大，指节白皙修长，同时蕴含着一种力量，绝非奶油小生那种比女人还娇气的白。

"最后一个问题。"穆廷州放下酒杯，黑眸探究地盯着明薇，"根据明小姐刚刚的表述，我是否可以认为，明小姐进组，主要动机是为了名气或片酬？"

明薇如芒在背。

她说不出具体原因，就是有种感觉，如果她承认自己是为了名利，穆廷州可能会不高兴。

现在穆廷州就很难相处了，不高兴的"影帝"，会是什么样？

"穆先生呢？"明薇谨慎地问了回去，"穆先生为什么接这部戏？"

穆廷州笑了，非常短暂的一个浅笑："我喜欢剧本，也信任导演水平，这是我接片的根本原因，片酬只是我的合理劳动报酬。"

换句话说，他不是为了钱，多高大上。

但明薇就是一个俗人，她愿意承认自己俗，平静道："我没想那么多，只想赚份外快。"

"那你可能要失去这份工作了。"

像掐着时机收网的猎人，穆廷州自斟自饮，又不屑看明薇了，侧脸漠然："每个行业都有它的职业操守，我能接受演技稚嫩但热爱表演的新人搭档，对于你们这种单纯为了名利拍戏的人，我不齿为伍。"

明薇气得浑身发抖，所以穆廷州的意思是，因为她目的不纯洁，穆廷州要耍大牌，要求剧组开除她？

"我签了合同。"明薇故作镇定，不肯输了气势。

穆廷州轻笑："演员演技不行，剧组可以单方面解约。"

明薇瞪眼睛："你怎么知道我演技不行？"

穆廷州起身，垂眸看着她："一个不敬业的演员，我不认为她会有演技。"

明薇气结，又气又着急，现在被剧组开除，比试镜没过关更丢人千百倍，但以穆廷州的地位，就算她厚着脸皮通过林暖去求东影老板娘，都未必能留下来，再说明薇也不想利用林暖的关系网。

唯一的办法，是劝服穆廷州。

"眼见为实，穆先生是不是该给我一次表现的机会？"明薇站起来，仰视那位高高在上的"影帝"，"当然，如果您自负到不需要看我表演，那我马上退组，不耽误您另寻搭档。"

穆廷州偏头看过来。

明薇眼眸水亮，毫不畏缩。

"好，我给你一天时间证明自己。"

穆廷州最后看眼明薇，转身走了，走出两步，他突然停下，单手插兜背对明薇道："鉴于你是新人，我给你个提示，演戏最基本也最难的技巧，是代入人设剧情，演员入戏了，观众才会被你吸引，如果你只想糊弄，那趁早离开。"

免得丢他的脸。

剧组为明薇这个女主演提供了专用的保姆车、化妆师、服装师等，还安排了一个助理。

早上九点开拍，明薇五点半起床，六点跟助理去酒店餐厅用早饭，走到餐厅门口，撞见穆廷州、肖照并肩出来。

“早。”肖照微笑致意。

明薇回以一笑，目光隐晦地扫向穆廷州。

穆廷州照旧目空一切，面无表情从她身边经过，视她为空气。

想到昨晚那个意料之外的赌约，明薇心情沉重了几分。

“穆廷州好敬业啊，这么早就去片场了。”助理一直歪着脑袋，目送“影帝”二人离开酒店，她忍不住小声赞叹道。影视圈，咖位越大享受的特权就越大，很多大牌都有迟到早退的毛病，像穆廷州这种超红“影帝”，能准时过来开拍，导演都会感动得不行。

明薇本来觉得自己起得挺早，结果才半小时，就被穆廷州比了下去。

也许在穆廷州心里，她又多了一项“晚起”的罪名。

没什么胃口，明薇只吃了一个小面包，喝了一杯热牛奶，到了保姆车上，明薇马上按照化妆师的提醒敷面膜，为一会儿化妆节省时间。

即便如此，因为古装造型的特殊性，明薇还是呆呆坐了两小时，化妆师才满意地收工。

“薇薇古装比现代装更漂亮！”助理双手捂面，惊艳地夸道。

这话完全真心，没有任何讨好的成分。

明薇的妈妈出自古筝世家，族谱上好几位都是宫廷乐师，后来家族没落了，古筝这门手艺却一代代传了下来。茶有茶道，筝有筝道，要想当个真正的古筝艺术家，除了古筝弹得好，还要有得体的仪态，五官神态、举手投足都有讲究。童年时期的明薇，经历过妈妈温柔却严格的教导与漫长的耳濡目染，雍容典雅已经深深印在她的一举一动中。

尽管明薇没有选择做个专业古筝艺术家，但她完美继承了外公家族的古典气质，如今换上古装，她肤若凝脂细眉乌目，噙着浅笑站在那儿，简直就像古代大家闺秀穿越时空而来，向众人展示古典美人的魅力。

整个化妆间的工作人员都看呆了。

明薇回头，看到镜中的自己，她被穆廷州压得沉重的心，难得恢复了雀跃。

她进组确实是为了赚外快，但那不代表她想糊弄观众。容貌气质是她的先天优势，她会好好发挥。至于演技，她刚刚起步，是零基础，可她会努力提升自己，力争交给剧组她目前能给的最好成绩。

片场，提前一小时化完妆的穆廷州已经开始拍摄了，是室内戏份，镜头中只有他与一位臣子配角，周围却围了一堆工作人员。古装剧，台词偏文艺，配角忘词破功卡了几次，穆廷州神色自然、台词准确，宛如古人，而且工作中的穆廷州耐心极好，并未因为配角的失误露出任何不悦。

明薇过来看戏时，穆廷州正与配角针锋相对，他一身深色古装，长发用玉簪固定，平时孤傲中的散漫彻底消失，化成了朝堂权臣的威严。同是训人，此时的穆廷州却丝毫无法让明薇联想到昨晚的穆廷州，他像完全变了一个人，不再是明薇打过两次交道的"影帝"，而是活在剧情中的内阁首辅，运筹帷幄的太傅。

明薇瞬间入戏，入了穆廷州的戏。

她变成了彻头彻尾的观众，沉浸在穆廷州的表演中。

穆廷州也在戏中。一个人的生命有限，他喜欢化身各种角色，体验各种有意义的生活。他知道身边有很多工作人员，包括悬在对面的摄影机，他也早已习惯这种拍摄环境，习惯到忘记他们的存在。可当他训完政敌准备回到席位，转身的那一瞬，斜对面却有道身影意外地闯进了他的视线。

那人少女打扮，乌黑浓密的发髻上只簪着一朵粉蔷薇，她眉眼精致，脸庞甜美，穿着莲粉色宫装站在人群中看他，清澈痴迷的眼，一下子唤醒了他脑海中的明华公主。这一眼之前，明华公主只是他脑补的一个角色，空有模糊神韵没有清晰形象，这一眼之后，明华公主活了过来，明薇真的适合。

穆廷州收回视线，朝导演做了一个"卡"的手势，要求重拍转身这一幕。

张导演蒙了，这场戏份重点在两个大臣针锋相对，穆廷州的表现一如既往地完美，哪里有错？张导演倒回去重放，就连穆廷州要求的转身镜头，也没发现任何不对。见其他人同样面带不解，张导演从监视器后抬起头，询问原因。

作为导致穆廷州走神的“罪人”，明薇毫不自知，也目不转睛地看着穆廷州，等待答案。虽然反感穆廷州的傲慢，但明薇真心敬佩“影帝”的演技。

“感觉不太对。”穆廷州模棱两可地说。

张导演无语了，默默归因于“影帝”对自己要求太高。

第二次拍摄，穆廷州全身心投入，事后张导演对比两个片段，来来回回重播好几遍，终于发现了一个区别，重拍居然比初拍节省了半秒，但他绞尽脑汁，也没猜到穆廷州浪费的那半秒用在了什么地方。

穆廷州利用空闲拍的室内戏结束，就轮到明薇的第一次拍摄了，也是她与穆廷州的第一场对手戏。

明薇是新人，张导演很体贴，挑了一个比较简单的戏份做明薇的初秀，帮明薇培养信心。

四月的江南阳光明媚，“御花园”中花团锦簇，景色如画，忽有一道娇嫩的声音从茂盛的花树后传了过来：“好看吗？”

“好看，公主比天上的仙女还美。”

伴随着宫女的夸赞，一个十五六岁的美貌姑娘从花树遮挡的卵石小路上走了出来。她穿着莲粉长裙，肤白唇红，笑意盈盈，头戴一朵蔷薇花，手里还拿着一枝柳条轻轻晃动，灵动的目光来回赏看沿途的花丛，无忧无虑的。

走着走着，花丛里忽然飞出来一只蝴蝶。明华公主眼睛亮了，回头朝两个宫女“嘘”了声，然后蹑手蹑脚地跟着蝴蝶往前走。蝴蝶飞啊飞，缓缓落在一朵姚皇牡丹上，明华公主庆幸地笑，更加小心地凑过去，眼看那纤纤玉手都要碰到蝴蝶了，拐角突然有人说话：“太傅，这边请。”

明华公主恍若未闻，继续盯着蝴蝶，可蝴蝶受惊飞走了，再也无法触到。

自幼千娇百宠，从未受过任何委屈的明华公主终于不高兴了，绷着脸朝前方看去。

“哟，公主出来赏花啊。”领路太监是皇帝身边的红人，见到公主没那么拘束，笑呵呵地弯腰打招呼。

明华公主依然嘟着嘴，直到她看见太监身侧的高大男人，他身穿深紫色官袍，沉稳内敛，虽然低头做行礼状，但他英挺的眉峰不见任何奴颜婢膝之相，俊美的五官更是胜过明华公主见过的任何人。

一个龙章凤姿的男人，成功转移了豆蔻少女的注意力。

明薇公主无意识地拨拨手中柳枝，盯着紫袍男人，用不悦的声音掩饰自己的浓浓兴趣：“你是何人？”

紫袍男人上前一步，低头回道：“微臣穆昀，见过公主。”声音平静低沉。

仗着对方不敢看自己，明华公主肆无忌惮地打量他。

沉默的时间过长了，穆昀头不动，眼帘上抬，看见公主绣着桃花的裙摆。领路太监意识到不对，弯腰上前，赔笑提醒道：“公主，太傅奉诏而来，皇上还在凉亭中等候。”

明华公主显然舍不得放走这个给她枯燥生活带来新鲜感的男人，右手捻动柳枝，娇滴滴哼道：“你们惊走了我的蝴蝶，马上赔我一只，不然我不让你们走。”

“这……”太监为难了，皇上等着呢，可明华公主被宠坏了，他也不敢得罪啊。

看眼身侧一动不动面无表情的太傅大人，太监叹口气，笑着让公主等会儿，他自己去抓蝶。

“你怎么不去？”明华公主颐指气使地问，但因为两人独处，她开始紧张了，不敢直视太傅。

穆昀直起身，垂眸解释道：“蝴蝶乃李公公惊走，微臣自认无罪。”

明华公主哼了声，扬着下巴瞪他：“我说你有罪你就有罪，快去给我捉蝴蝶。”

穆昀终于抬头，目光掠过明华公主明艳照人的脸庞，意外地落到了她头上。

误会男人在看自己，明华公主眸光似水，羞涩得想扭头，才动，他倏地抬手。

明华公主吓得后退，刚要训斥，却见原地不动的男人手中，竟然多了一只鹅黄色的蝴蝶。

“你退早了。”

就在明薇等待穆廷州说下句台词的时候，穆廷州却从戏中走了出来，放下空荡荡需要后期添加蝴蝶特效的手，他无情点出明薇的失误。

明薇脸色涨红，广袖中的双手紧张得发抖。

她失误了，穆廷州会不会以此为理由赶她出组？

“影帝”的公主

第二章

过来，让我撩一下

太傅与明华公主初遇这场戏，不算排练中的几次失误，正式拍摄时，明薇一共 NG 了三次。

全是小问题，每次张导演喊卡都和颜悦色的，一边讲戏一边鼓励明薇几句，似乎对她还挺满意，明薇表面上虚心聆听，心里的小鼓却一直没停，咚咚咚地敲打着。张导演脾气好有什么用，现在她拍戏的命运，掌握在变态挑剔的穆廷州手里啊。

想到穆廷州对演戏的高要求，明薇心都快凉透了。

她在那边补妆，穆廷州穿着戏服站在张导演身侧，黑眸专注地盯着回放。

“培训一个月就有这种表演水平，明薇天生该吃演员这口饭。”回放结束，张导演伸个懒腰，回头同穆廷州闲聊，“还是你看人准，女主角终选开会那天，我确实更喜欢明薇的气质形象，但我对她的演技没信心，要不是你也支持明薇，咱们剧组可能要错过一个好苗子了。”

导演圈都知道，穆廷州轻易不会推荐演员，但他推荐的，绝对都是实力派。

“看照片，她气质更合适，别的方面我一无所知。”穆廷州并不想居功，说完就走了。

张导演继续忙别的事。

两人简短的互动落在时刻留意穆廷州的明薇眼里，立即成了一个挠她心肺的谜，穆廷州脸那么臭，难道说她坏话了？

危机感会压毁一些人，也会刺激一些人迸发出更大的力量，明薇不想灰溜溜地退组，既然穆廷州还没下最后通牒，她便稳住心态，努力用后面的表现提高印象分。上午的拍摄还算顺利，到了下午，明薇只有一场跟穆廷州的对手戏，后面就换成她与其他角色了。

五点左右，剧组暂时收工，张导演特意单独跟明薇聊了会儿，先肯定了她今天的表现，然后道：“今天你第一天拍戏，先回酒店休息吧，晚上好好总结总结心得，明天开始晚上也得排戏了，咱们争取早点拍完皇宫戏份。”

明薇连忙表示今晚她也可以拍。

张导演笑笑，叫她去卸妆。

明薇回到酒店已经快七点了，拍摄费力费神，她饥肠辘辘，跟着助理先去用餐。走进餐厅的那一刻，明薇下意识寻找穆廷州的身影，可环视一圈，都没有找到人。明薇焦躁极了，她不好意思问导演穆廷州是否说了她坏话，也没有穆廷州的联系方式，但如果不能提前确认穆廷州的答案，她今晚别说准备明天的拍摄，恐怕觉都睡不着。

知道穆廷州在酒店，明薇故意慢吞吞地吃，直到不用控制饮食端了很多东西的助理也吃完了，明薇才心情复杂地放下筷子，用纸巾擦擦嘴，走出餐厅。

电梯下来了，门打开，里面有三个乘客，明薇无意一扫，居然看到了穆廷州的助理肖照。

目光相对，肖照朝明薇点点头，露出温和的微笑，同时跨出电梯，准备离去。

"肖先生……"明薇本能地喊，犹犹豫豫的，没什么底气。

她声音不高，但肖照听见了，停下来看她："明小姐有事？"

明薇尽量自然地解释："我有个关于拍戏的困惑想请教穆先生，你方便给我他的联系方式吗？"

"不方便。"

肖照的回答出于意料的干脆利落，可他笑得文质彬彬，多少减缓了明薇的尴尬。明薇努力维持笑容，才要找个台阶，肖照继续道："我相信明小姐真的有正事，但以前有女星用这个借口要了廷州号码恶意纠缠，廷州很不高兴，所以我不敢再给任何女星方便。"

明薇懂了，真心道："了解了解，那我明天见到他再问吧。"

肖照却迅速报出一个房间号，一双洞若观火的眼睛透过金丝眼镜，别有深意地看着明薇："如果事情紧急，明小姐可以直接去房间找他，只要是演技相关，廷州还是乐于助人的。我还有事，失陪了。"言罢，翩然离去，背影优雅。

"好帅啊。"助理双眼又冒粉红泡泡了。

明薇却在纠结要不要马上去找穆廷州问个清楚。

给她考虑的时间不多，电梯眨眼停在了三楼，助理准备出去，明薇突然伸手按下顶层按钮：“我有事找穆先生，一起去吧。”

“好啊好啊！”能多看“影帝”一眼，助理当然愿意。

穆廷州住的是总统套房，走廊都比下面奢华，安安静静的。

明薇让助理停在远处，看到她又听不见她与穆廷州谈话的位置，再单独去敲门。

里面很快传来脚步声，明薇心跳加快，身体僵硬，如临大敌。

房门打开，门内穆廷州短发整齐，看到她，他眼眸平静，没有任何情绪波动，淡漠地看着明薇，等她先开口。

跟这种傲慢的人打交道，明薇也不想浪费时间客气，对着他胸口问：“您认可我的演技吗？如果……”

“不认可。”不愧是形影不离的“影帝”与助理，穆廷州的回答与肖照一样直接，只是更冷硬。

努力一天却被无情否定的明薇，眼圈一下子就红了，有女孩子脸皮薄的因素，更多的还是委屈不甘。张导演多次肯定她，明薇看得出来那不是装的，她有理由相信她的水平能胜任明华公主的角色，穆廷州为什么要恶意针对她？

她愤怒，同时也很清楚，她反抗不了穆廷州。

“明早我会退组。”明薇极力憋着泪，转身就走。

“你不想拍了？”

身后传来男人语调微微上挑的疑问，音色清冷，明薇走出两步才反应过来那话的意思。她不敢相信，怕自己会错意，偷偷深呼吸才背对穆廷州问：“你什么意思？不是你说我演技不行，要我退组的吗？”

穆廷州依然站在门内，如果明薇回头，只能看到他半边身体半张脸，穆廷州虽能看到明薇全身，但他并没有看明薇，而是低头瞧腕表，声音随意散漫：“你演技稚嫩，我确实不认可，但你有天分肯用心，呈现的角色勉强能让观众入戏，既然张导演愿意用你，我就不管了。”

演技稚嫩，勉强入戏，怎么听都是在贬斥明薇。

但明薇心花怒放，此时此刻，能够留在剧组才是她最大的愿望！

"谢谢……"

太高兴，明薇兴奋地转身，"谢"字已经出口，可看到穆廷州露在外面的半张冷漠脸庞，明薇突然冷静下来。谢屁啊，她本来就进组了，是穆廷州无故刁难，害她从昨晚就开始担惊受怕，一顿三餐都没吃安稳。

吞回尚未出口的"您"字，明薇抿紧嘴唇，昂首挺胸地扬长而去，脚步飞快。

穆廷州关上门，脑海里莫名浮现明薇刚刚无意识低头的动作，面容精致清丽的女孩眼圈转红，粉唇微嘟，将女人受了委屈的神态表现得淋漓尽致，惹人怜惜，等明薇拍戏能做出如此自然的反应了，他绝不会吝啬一个肯定。

明薇成功留在了剧组，除了她与穆廷州，没人知道两人曾经有过火药味十足的摩擦，而且穆廷州拍戏精神集中，戏外素来不喜与人攀谈交际，就算有人撞见明薇对待穆廷州不像对其他老戏骨那样礼貌恭敬，他们也自动理解成明薇怕穆廷州了，绝料不到明薇只是懒得搭理高高在上的"影帝"。

明薇呢，一边鄙夷穆廷州的傲慢脾气，一边敬佩穆廷州的演技，便趁休息时，跟其他演员一起围观穆廷州的拍摄，偷偷学艺。作为一个需要超强思维能力及反应能力的优秀口译，明薇脑筋灵活，悟性极佳，剧组又有那么多肯指点新人的老戏骨，明薇如饥似渴地吸收着演技知识，进步神速。

短短一个月，明薇收获了大部分剧组人员的喜欢。《大明首辅》以男人戏为主，重要配角都是男配，物以稀为贵，明薇这个女主演又漂亮又平和好相处，每次明薇拍完戏，都会有休息的男配凑过来，或是闲聊几句，或是献献殷勤，为明薇辛苦的拍戏日常增添了很多乐趣。

这天明薇全是跟穆廷州的对手戏，傍晚拍完晚上还要拍，晚饭就在摄影棚解决。

从戏场下来，远远有人朝明薇打招呼："公主快过来，驸马爷给你抢了最好的盒饭！”

众人善意哄笑。

明薇喜欢这种友好热情的工作氛围，提着过长的裙摆小跑过去，笑容纯美。

主演们的盒饭都差不多，当然不是驸马爷陈璋抢的，但陈璋给明薇留了最方便用餐的位置，跟他挨着。明薇坐下时，陈璋还帮她提了下拖地的裙摆，非常绅士。

“你猜，咱们的驸马爷会不会假戏真做？”肖照收回视线，低声对孤零零用晚饭的“影帝”道。

穆廷州慢条斯理地进餐，充耳未闻。

热闹的凡人继续热闹，孤家寡人的“影帝”，继续孤家寡人。

影棚里飘荡着浓郁的饭菜香，制片人从外面进来，吸吸鼻子，再看看一众吃盒饭的演员们，他笑着鼓掌，大声宣布一个好消息：“明天几家投资商的老总过来探班，晚上请客改善伙食，大家都早点到！”

明薇当翻译时经常陪客户吃饭，浅酌几杯根本不是事，所以制片人通知主演们明晚要跟投资商坐一桌，明薇并未放在心上，回到酒店洗完澡，便靠在床头背下一场的戏词。台词简单，只是看着剧本上“太傅抱住明华公主”那几个方块字，明薇有一点点抗拒。

这个拥抱浪漫纯洁，换个男演员，明薇会很自然地拍摄，可她不喜欢将第一次公主抱送给目中无人的穆廷州，尽管人家“影帝”并不稀罕。

小情绪归小情绪，该拍还得拍，要敬业。

第二天上午，演员们排练两次后，正式开拍。

此时先帝已去，太傅除了忙碌朝政，每日还要抽时间教导小皇帝读书，明华公主恋慕太傅，总是陪小皇帝一起来御书房，想方设法吸引太傅的注意力，但今日，只有小皇帝自己进来了，后面没有跟着那道活泼灵动的身影。

“臣拜见皇上。”太傅离座行礼，面容平静。

小皇帝请他起来，乖乖坐好，等着讲课。

太傅扫眼门口，转身回到席位，先检查小皇帝昨日的课业。

书房静谧，外面突然传来宫女喧哗，太傅皱皱眉，放下书卷看过去。

明华公主的宫女行色匆匆跑来，站在门口向他求救："太傅不好了！公主上树捡风筝，现在下不来了！"

太傅眉峰暗挑。

姐弟情深，小皇帝立即跑了出去，太傅心知这是明华公主的小把戏，却也不得不跟上。君臣七拐八拐来到御花园，远远就见明华公主坐在一根臂粗的树枝上，身体惬意地靠着主干，两条腿来回晃荡，偶尔露出一双玲珑绣鞋，那粉红裙摆随风轻舞，如开在枝头的娇媚海棠。

那模样，哪像身在险境？

走到树下，太傅看都不往上看，径自吩咐两个小太监去抬梯子。

明华公主居高临下地睨着他，嘴角带笑，等小太监手忙脚乱摆好梯子，她才指着太傅道："我不相信他们，太傅上来接我。"

此话一出，正要爬梯子的宫女识趣地退到了一旁。

太傅抬头，眸似深潭。

明华公主得意地瞧着他，一副"你不上来我就不下去"的架势。

平静的潭水起了一丝波澜，太傅恭敬道："臣遵命。"

他不想陪小姑娘胡闹，但先帝临终前将这姐弟俩交给他，他便有教养之责。

木梯牢靠，太傅不缓不急地爬上去，脑袋与明华持平了，他垂眸训诫："下不为例。"

"为了又怎样？"明华公主故意顶嘴，一双水眸却装满了欢喜，为他真的上来接她了。

"臣会派人去请太后。"太傅面无表情地道。

明华公主并非太后所出，闻言嘟嘟嘴，没再吭声。

太傅下去了，命两个宫女一边一个扶着梯子，他就站在梯子左侧，仰头看树上的人。

明华公主不情不愿地往下爬，心里赌气，她爬得特别快，未料中途左脚踩住裙摆绊住，整个人突然朝下摔来。

下落的地方距离地面较近，明薇没吊威亚，穆廷州果然也没让众人失望，按照设想的剧情一把将纤细娇小的明薇拦腰抱住，姿势利落完美，公主抱既浪漫又真实。戏是假的，明薇却货真价实地摔了，短暂的凌空让她心慌后怕，被男人稳稳接住的那一瞬，明薇只觉得安心。

这安心大概持续了两三秒的时间。

下一秒，感受着穆廷州有力的臂膀，紧托着她腿弯的温热大手，明薇身体突然僵硬，神色也不自然。这人冷冰冰的，手怎么这么热？戏服不薄啊。

张导演喊卡。

声音未落，穆廷州便将明薇放地上了，双手在明薇肩膀多停留一会儿，确认明薇站稳才离开，跟着探究地观察明薇。他没出错，NG只能是明薇的问题。

“明薇表情不对，公主喜欢太傅，惊吓过后发现太傅抱了她，她应该偷笑，再体会一下。”

“嗯，我想想。”明薇虚心接受。张导演一转身，她马上也背过去，对着梯子假装反思。

穆廷州看不见明薇在他怀里的表情，但他抱着明薇，清晰感受到明薇的僵硬，摆明在抗拒刚刚的拥抱。原因呢？是明薇不习惯与男人有身体接触，还是单纯不喜欢被他抱？回想前天明薇与陈璋的对手戏，似乎不像前者，但如果是后者，他哪里得罪明薇了？

穆廷州不喜欢留有谜团，正要展开分析，忽然听到一声轻轻的招呼：“程总。”

穆廷州偏头，在周围一片扛着各种设备的工作人员与穿戏服的配角中，他一眼发现一位西服男士，巧的是对方也在看他，黑眸带火。

哦……

穆廷州记起来了，这位程总，好像是明薇的前男友。

所以明薇表演不到位，是因为看到前男友状态受影响，不是因为他。很好，没他的事了。

明薇重新爬到树上，转过来坐好，视野开阔了，这才瞥见围观人员中的程耀，俊美风流。

视线交织，程耀朝她笑，露出几颗洁白牙齿，白到可以去拍牙膏广告。

明薇呆了呆，不懂程耀怎么会出现在这儿，但拍摄在即，没时间给她思索，明薇暂且压下疑惑，重新投入剧情。可惜她功夫没练到家，这次她不再抗拒穆廷州的公主抱，却因为前男友分了心，第二次被穆廷州抱住，她又出错了。

没等张导演喊卡，穆廷州先将她丢到地上，动作比之前粗鲁一点点。

明薇心虚低头，怪她，穆廷州生气是应该的。

她古装扮相更显年轻，嫩嫩的脸蛋露出知错的神情，乖巧可怜。穆廷州别开眼，张导演也不忍再训什么，挠挠脑袋，对穆廷州道："廷州，你给明薇讲讲戏。"这镜头不难，明薇与陈璋坐在一匹马上都没有扭捏，思来想去，应该是穆廷州太严肃，明薇放不开了，这需要两个演员交流交流。

中场休息三分钟，配角们自动走到旁边，留男女主演单独说话。

明薇偷瞄人群，看见程耀跟着制片人走了。

"男朋友来探班？"注意到她的眼神，穆廷州倚着梯子，语气漠然，习惯性地想插口袋，大手碰到古装戏服，又若无其事地放下去了。

明薇不爽地纠正："前男友。"程耀劈腿穆廷州也看见了，还说什么男朋友，存心挖苦她？

穆廷州嗤了声，这回真的讽刺了："前男友都能影响你拍戏。"心性是有多不坚定？

明薇无话可辩，沉默片刻，她深呼吸道："对不起，给您添麻烦了，这次肯定过。"

穆廷州扫向人群，没看到程耀，他嘴角微勾，越发嘲讽。前男友走了，怪不得那么自信。

准备完毕，两人继续重拍，明薇第三次被穆廷州抱住，习惯了穆廷州的身体与气息，明薇入戏情况不错，侧脸依恋地贴着男人的胸膛，笑容甜蜜，像顽皮的孩子偷偷吃了糖。

众目睽睽，太傅要放下怀里的金枝玉叶，明华公主舍不得，暗暗使劲儿扒着他的腰，用只有太傅能听到的声音撒娇："再抱会儿。"被先帝宠坏的公主，从小要风得风要雨得雨，如今遇到心上人，照旧随心所欲，少了寻常闺秀的矜持。

亲昵的情话突如其来，太傅怔住，忘了松手。

微风拂过，清凉树荫下，男人挺拔如松，女子娇俏似花，甜蜜地缠着他。

片刻后，太傅眸中的复杂转为坚定，毅然放下公主，屈膝赔罪："臣无意唐突，请公主恕罪。"

有情转眼变无情，看着刻板守礼石头一样的太傅，明华公主气得鼓起香腮，拂袖而去。

"Good！"

张导演终于满意，这个镜头结束。

金主请客在晚上，中午演员们继续吃盒饭，明薇偷偷跟陈璋打听："上午探班的那个西装男，你认识吗？"

陈璋咽了嘴里的饭，想了想道："没打过交道，听说是正华集团的程总，也投资《大明》了。"

明薇顿时没了胃口。

程耀是什么时候投资的？她试镜之前还是之后？

"为什么打听他？"陈璋好奇地问。

明薇笑："没什么，看他长得好，还以为是哪个明星。"

说实话，程耀五官俊美，身上自带富家子弟的贵气，完全不输当红的几个小鲜肉，否则明薇也不会轻易动心。

陈璋看看她，意味深长地道："看上了？晚上我可以帮你牵线。"

两人天天打交道，关系很熟了，明薇没好气瞪他："我是那种人？"说完继续吃饭。

陈璋悄悄松了口气，想攀金主的女星还真不少，幸好明薇没那层意思。

晚上有席，下午拍摄提前结束，明薇先回酒店，刚进房间，接到一个陌生来电。

明薇犹豫几秒，一边关门一边接听，没说话。

“薇薇，是我。”

手机里传来熟悉又陌生的昵称，明薇无法形容自己的心情，冷声问：“找我有事？”

“想你了。”

酒店顶层一间套房，程耀闭着眼睛靠在沙发上，沙哑地诉说，脑海里不停浮现白天在片场看到的明薇。古装的明薇真的就是公主，娇憨甜美，气质出尘，他也是今天才知道他的薇薇还可以美成这样，美得他想代替穆廷州去接她下来，再也不放手。

“没事我挂了。”明薇没心情听他甜言蜜语。

“别！”程耀一下子坐正了，声音急切，怕明薇又拉黑他。

明薇抿抿嘴，继续等着，主要是想证实一件事。

“晚宴后见个面？我有话要当面跟你说。”程耀清清嗓子，紧张地道。

明薇拒绝：“电话里说，这边都是狗仔，被人偷拍说不清楚。”

程耀提前调查过，报出一个小餐厅的名字：“那里没狗仔，薇薇，我只想见你一面，咱们好好说清楚。”

明薇不想去，直接问出她怀疑的：“你投资这部剧，跟我进组有关系吗？”

“想知道答案？”程耀笑了，压低声音，仿佛调情，“你当面问我，我就告诉你。”

距离金主晚宴还有十分钟，明薇、陈璋已经入席了，穆廷州却一个人坐在他的顶层套房，优雅地用着简单又营养的晚饭。

手机铃响，穆廷州擦擦嘴角，拿起手机接听。

“下面要开席了，你真不去？”肖照第三次确认。

穆廷州挑眉：“有必须去的理由？”

这种无意义的应酬他从来都不参加，肖照知道他的习惯，今天怎么这么啰唆？

肖照简直要怀疑自己的判断了，最后提醒那位智商爆表、情商惨烈的“影帝”：“明小姐刚毕业，涉世未深，长得又漂亮，今晚那么多老油条，你就不担心她被人占便宜？”

“我为何担心？”穆廷州慢悠悠问。

“嘟……”

通话断了。

穆廷州看看手机，面露无奈，将手机放回原位，继续用餐。担心什么？一来明薇如何与他无关，二来肖照之前告诉他，明薇是东影老板娘推荐进组的，看制片人对明薇客客气气的，他会纵容那些老油条欺负明薇？

再不济，公主身边不是有个驸马吗？前男友也在那儿。

宴会厅。

见投资商算是正式场合，陈璋一身西装，明薇也挑了一条白色小礼裙，简约大方。裙子还算保守，裙摆在膝盖以下，只是明薇脸摆在那儿，腰细腿长，与陈璋并肩走进来，宴会厅的灯光仿佛自动集中在她身上，光彩照人。

几位投资商的眼睛都亮了。有些女明星大屏幕上看着美，现实里却大打折扣，可眼前的新人女主演，脸蛋嫩得仿佛一捏就出水，五官没有一处不精致，经常流连花丛的他们，自然能看出明薇只化了淡妆，是货真价实的美人坯。

就在他们蠢蠢欲动的时候，有人站了起来，上前两步朝明薇伸出手，声音温柔：“明薇，好久不见，你越来越漂亮了。”

看着程耀俊美的脸庞，明薇心里骂了他好几遍，但现在的情况容不得她否认相识，只好客气地与他握手：“原来程总也来了。”

双手相触，明薇立即就想缩回手，可程耀却握紧了她。明薇手小，软软的柔若无骨，程耀手掌宽大，带着灼人的热度，热到充满了侵略性。明薇皮笑肉不笑，冷眼看过去，程耀见好就收，一边留恋地看着她，一边默默收手。

“你们认识？”陈璋颇感兴趣地问，不忘揶揄地看明薇一眼，中午明薇还向他打听程耀来着。

明薇没工夫回应陈璋，警告地盯着程耀。

程耀很想宣示主权，告诉众人明薇是他的女朋友，但他怕激怒明薇，便浅笑道：“明薇以前是意大利语翻译，我有幸与她合作过，没想到明薇多才多艺，演技也那么好。”

明薇敷衍地笑。

制片人招呼三人落座，陈璋今晚是护花使者，自然挨着明薇，程耀则聪明地替明薇拉开陈璋旁边的座椅，殷勤极了。明薇没理由拂“老朋友”的面子，耐着性子坐好，然后整顿晚餐，程耀对她都极为照顾，想追求的心思不言而喻。

其他老油条默默收了心，程耀有钱有貌还年轻，他们哪有竞争力，不如成人之美。

“再见。”

终于散场了，明薇同最后一位投资商道完别，转身就走。

“不高兴？”陈璋抢先按电梯，回头见明薇绷着脸，他关心地问。他不瞎，看得出来明薇并不想与那位热情的程总进一步发展。

明薇进组一个多月了，虽然提前培训过，但拍摄现场很多她都不懂，是陈璋热心给她解惑，演技上也帮了她不少。明薇把他当朋友，苦笑道：“我跟他交往过一个月，因为一些原因分手了，中午我跟你打听，只是想知道他与剧组的关系，对不起。”

“这有什么，你别放在心上。”电梯到了，陈璋示意明薇先进，他刚进去，后面又跑过来一个人，终结了两人继续谈下去的可能。

陈璋也住顶层，电梯抵达三层，明薇朝他笑笑，先走了。

回到房间，明薇收到陈璋的微信消息：你这样的美女，怎么拒绝追求者肯定比我熟练，我就不多说了，其他的，安心拍戏，别想太多。

明薇回了一个笑脸：谢谢，晚安。

陈璋睡没睡她不知道，晚上十点，明薇换上短袖牛仔裤，去酒店里的酒吧见程耀。在这里见程耀，比去外面安全。

程耀提前半小时就到了，一直留意着酒吧入口，看到明薇，他立即起身招手。

酒吧人不多，程耀选了临窗的位置，前后无人，很适合谈话。

明薇面无表情坐下，开门见山："你什么时候投资剧组的？"

"那个不急，想喝点什么？"程耀笑着问，贪恋地凝视她。

明薇也笑了，讽刺地笑："程总交往过的女人不少吧，难道每次分手都要拖拖拉拉一阵子？不如早点说清楚，以后咱们各过各的，心里还能留点好印象。"

"我不要好印象，我只要你。"程耀收起笑容，直勾勾地看着明薇，眼神沉重到哀伤，"薇薇，我不骗你，我以前是有很多女人，那时的我跟别的花花公子没什么不同，甚至刚认识你时，我想的也是追到你玩玩就算了，可追着追着，我认真了，我想正经八百地跟那个好女孩谈一次恋爱，跟她结婚生子，开开心心过一辈子。薇薇，我对你如何，你真看不出来？"

男人目光火热，压抑了两个月的想念全部爆发出来，牢牢锁定明薇。

明薇蓦地记起程耀第一次让她感动的那一幕。

那次她去机场接客户，运气不好，大雨瓢泼，飞机迟迟延降，明薇一个人在机场等，急躁又无聊，突然有人从身后递来一杯热饮，贴在她脸上温温的。明薇回头，看到的就是程耀，他穿着黑色毛衫，宠溺地说："猜到会这样，我来陪聊。"

程耀对她认真吗？好像是的。

第一次动心的男人，明薇也想相信他，然后如程耀所说，两人甜甜蜜蜜地过下去，可明薇亲眼目睹程耀与王盈盈相处的细节，哪怕分手，程耀对待不喜欢的女人都礼貌周到各种肢体纵容，真的是花花公子的样子，那她凭什么相信程耀真的会变，她真的会成为让程耀收心的那个女人？

她在程耀身上找不到安全感了，没有安全感的爱情太累。

"还是那句话，我无法再信你。"收拾好心情，明薇平心静气地说，"就这样吧，你我本来就不合适。"

"没试过，怎么知道不合适？"程耀低声反驳。

明薇苦笑，没什么好说的了。

她不再激动愤怒，程耀已经很满足了，想了想，他叹气道："你有理由不信我，这是我的错。好，我同意分手，但我会重新追求你，直到你愿意信我。"他能追到一次，就能追到第二次，他等得起。

明薇保持沉默，过了会儿才问："投资的事……"

提到这个，程耀下意识动了动手指，视线也终于从明薇脸上挪开，对着窗外的夜景道："你去试镜那天撞见王盈盈了吧？她以为我要捧你，打电话讽刺我，说明华公主肯定是她的，我不想她得意，才去东影找陆总商量投资。"

明薇被吧里酒气薰红的脸，一点点白了。

所以说，她能进组，是程耀替她走了后门，并非靠自己？

见她这样，程耀有一丝后悔，可话已出口，他只能继续让明薇误会。程耀上半身前倾，真心安慰对面的心上人："薇薇你别乱想，我是投资了，但你的演技大家有目共睹……"

"程总，明小姐，好巧。"

话说到一半被人打断，程耀皱皱眉，抬头看，这才发现穆廷州的助理不知何时走过来了，站在那儿，微笑着打量他与明薇，一双细长的眼睛藏在金丝眼镜后，虽然在笑，却莫名令他反感。

"巧。"程耀坐着不动，淡淡回了声。

"我过来打声招呼，你们继续。"客套过了，肖照彬彬有礼地道别，朝吧台那边走去，一个人喝酒。

明薇没心情再陪程耀坐下去，肖照一转身，她也走了，程耀一直将她送到电梯前。

到了客房，明薇摊在床上，心里一片阴霾。

她不想接受程耀的后门，如果拍摄前得知此事，她肯定会退组，但现在她已经拍了一个月，渐渐找到了演戏的乐趣，忙碌却新鲜，每日都有新的挑战与期待，此时退出，不考虑自身喜好，她怎么跟导演、剧组交代？

然而留下来，她可能这辈子都摆脱不了程耀了。

酒店的床很舒服，明薇却失眠了。

顶层套房，穆廷州身穿睡袍靠在床头，手里拿着剧本，眼睛闭着，不知是睡着了，还是在揣摩剧情。

铃声又响，穆廷州陡然睁开眼，里面是一片威严，几秒之后，才恢复成平时的散漫。

“说。”揣摩被打断，穆廷州不太高兴，话更少了。

“猜猜我在酒吧遇见了谁？”肖照声音戏谑。

“嘟……”这次轮到穆廷州挂他电话了。

肖照停下脚步，原地站了一分钟，重拨。

看在他是自己助理的分上，穆廷州再次接听，打开免提，手机继续放床头柜上，一言不发。

肖照也不想听他说，自顾自道：“我看见明小姐与程总坐在一起，两人相谈甚欢，似乎在交往。说实话，我从来不知道，明小姐真心笑起来，会比明华公主还美，看来明小姐表演时，还是没能完全投入。这样也好，我本来就觉得，原著里明华公主最爱的是驸马，太傅只是她少女时代懵懂无知的幻想，你说呢？”

穆廷州翻了一页剧本。

电话那头长时间等不到回应，挂了。

穆廷州眼睛看着剧情，脑海里却冒出明薇扮演的明华公主。明微是菜鸟，但她演的公主在太傅面前天真烂漫，简单快乐的笑容足以遮掩不成熟的演技，他本以为那样的笑容已经是极致，原来还能更美？

上午是太傅与他恩师一家的戏份，明薇休息，但她还是打起精神，来片场观摩。

明华公主恋慕太傅，宫里宫外渐渐有了一些流言蜚语，已经辞官养老的前任内阁首辅郭大人听闻，担心爱徒一世英名受损，特将爱徒请到自家叙话。老爷子鹤发童颜，正襟危坐，面对仪表堂堂谦恭有礼的太傅，他开门见山道：“公主多大了？”

太傅眼帘微动，平静道：“十七。”先帝已过世两年。

“你呢？”

“弟子三十七。”

郭大人：“你觉得你们合适？”

太傅抬眸，正视恩师道：“弟子从未有过那等念头。”

“没有最好。”郭大人声音突然凌厉起来，训诫地瞪着爱徒，“先帝临终前将皇上、公主托付给你，是先帝对你的信任，公主年少无知，容易被你的皮相迷惑，但你身为师长臣子，理该恪守规矩，半步雷池也不得越。”

太傅恭敬聆听。

郭大人又道：“本朝驸马皆从平民或低品官吏中挑选，先帝待公主如珠似宝，开特例准公主自由挑选驸马，不限官职。可你别忘了，太祖定下那条规矩，为的是避免权臣利用皇亲身份威胁正统，如今皇上年幼，他信你敬你，一旦你尚了公主，既有权势又有皇亲之名，就算皇上暂且不疑，那些虎视眈眈恨不得取你而代之的朝臣，会怎么说？”

太傅沉默，脸上没有任何表情。

郭大人深深看他一眼，最后提醒道:“早日娶妻，断了公主的念头罢，对你对她都好。”

太傅坐在郭大人西侧，外面阳光透过窗纱斜照进来，照亮他身上手工精良的锦袍，手工精良，可太傅的脸庞隐在昏暗中，晦涩不明。良久良久，郭大人先发话，摆手道：“去看看锦儿吧，你师娘也在那边。”

太傅颔首，行礼告退。

出了书房，太傅跟在丫鬟后面，沿着走廊去了后院。

郭大人的小孙女闺名锦儿，年方十四，眉眼清丽，单纯秀美，可惜她自幼体弱多病，如今病至膏肓，郭家遍请名医都没用，太医更是断言锦儿怕是撑不过这个冬天。春光明媚，锦儿体寒畏冷，苍白着脸躺在床上，郭老夫人在旁做针线，陪伴孙女。

“三叔。”看到太傅，锦儿有气无力地唤道，敬太傅如长辈。

太傅点点头。

聊了一会儿，郭老夫人出来送太傅，边走边悲恸道：“我想给锦儿说门亲事冲冲喜，锦儿不要，说不想连累别人……傻丫头从小就心善体贴，老天爷怎么就不开眼……”未说完，已潸然泪下。

太傅停步安慰，看着面前苍老的师母，太傅目光渐渐迷离。

他想到了宫里的明华公主，动没动心，不重要，结果注定只有一个。年龄上，他足以当她的父亲，等他垂垂老矣，她依旧风华正茂。身份上，她是天真无邪的公主，他是内阁首辅，他要替幼帝稳固朝廷江山，他不能放权。

撩起衣摆，太傅缓缓跪下：“师母，若不嫌弃，弟子想娶锦儿为妻。”

“Good！”

几次NG后，这段成功拍完，接下来几幕太傅的独角戏，几乎全是一次通过。

明薇佩服得五体投地。穆廷州本人的性格绝不叫人喜欢，但这人仿佛天生为戏而生，没有什么夸张的表情，没有一句多余的台词，可他站在那里，一个转茶碗的小动作，一个临窗独立的背影，一张隐在窗后的侧脸，便紧紧抓住了观众。

看过原著的都知道太傅爱明华公主，一辈子只爱一个。他娶锦儿是为了断公主的心，婚后他继续把锦儿当晚辈照顾，没有任何亲昵举止。锦儿了解他，也不曾动过男女情。冬天第一场雪来了，锦儿病逝，自那之后，太傅终生未娶，只远远地看着明华公主，一边做他的朝臣，安内攘外。

下午是明薇与穆廷州的对手戏。

今日之前，明薇只需扮演一个情窦初开俏皮大胆的公主，但随着剧情变化，明华公主这个人物的经历越来越丰满，对演技的要求一下子拔高了一段。明薇本来就有压力，昨晚又被程耀扔了一个情绪炸弹，拍摄状态可想而知。

“卡！”

“卡！”

“卡！”

“卡！明薇你怎么回事？公主平日娇气任性，刚得知太傅要娶别人，生气是主情绪，你眼神那么沉重做什么？公主才十七，十七，一个高中小丫头。休息十分钟，你好好想想。"连续多次 NG，张导演炸了。

其实张导演对明薇很照顾了，剧组除了穆廷州，只有明薇挨骂最少，陈璋都被训了好几回。

明薇连连道歉，然后一个人去树荫里找状态，面朝树干，怎么看怎么可怜。

穆廷州舒舒服服坐在椅子上，仰头喝水时，视线从明薇那边绕了一圈，心里犯疑。昨晚肖照说明薇、程耀相谈甚欢，他以为两人复合了，但今天明薇一直死气沉沉的，怎么看都不像是情场得意。

"你去提点提点？"

有人多嘴，穆廷州目光一转，看身旁的助理，同时放下水瓶拧盖子。

"你看她了。"肖照笃定地道，不容"影帝"否认。

穆廷州没那么无聊，反而正大光明又扫了明薇一眼："她状态不太对。"

肖照笑而不语。

十分钟过了，继续拍摄，明薇依然 NG。她思绪烦乱，实在找不到明华公主现在的感觉，勉强下去只会浪费剧组精力，明薇主动去找张导演，希望给她半天时间，下午先拍别的戏份。

明薇进组后表现一直都不错，张导演给她面子，还鼓励了几句。归根结底，他相信明薇能演出来，既然情绪不到位，强迫拍摄只会事倍功半。

明薇灰溜溜回了酒店，继续躺床上发呆。

昨晚她烦恼了许多，今天只想挑一个解决方案。明薇犹犹豫豫，反复取舍，夜幕降临，明薇终于有了答案。她不会退组，耽误剧组进度与一个月的拍摄，她良心上过不去，退组违约金，她经济上也负担不起。

但她也不会欠程耀的，片酬到账后，她会一分不少转给程耀，就算名气大涨，她也不会再踏足影视圈，老老实实当她的意大利语翻译，不求大富大贵，吃穿不愁就够了。程耀或许是好意，但他用错了方法，他低估了她的自尊。

犹如推开了一块压在胸口的巨石，明薇身心舒畅，冲个澡梳梳头，换身衣服去觅食。

酒店吃腻了，明薇准备去附近找家接地气的小吃，不顾形象酣畅淋漓吃一通。

电梯降到三层，明薇一边看大众点评一边往里走，进去后直接转身，顺便点开一家火锅店。

“这种天气吃火锅，明小姐不怕上火？”

身后传来熟悉的声音，明薇吓了一跳，回头一看，左边是一脸微笑的肖照，右边是高冷傲人的“影帝”，肖照穿白衬衫，穆廷州穿黑色短袖，浑然一对儿黑白双煞。

明薇尴尬地笑笑：“你们去片场？”

穆廷州淡漠地盯着跳跃的楼层数字，肖照替他回答：“不是，廷州想去外面吃，我对这边不熟，明小姐有推荐的店吗？”

“我也不是很熟。”明薇晃晃手机，“正挑呢。”

“这家看起来很不错。”肖照凑近，对着她手机屏幕说。

事情好像就这么定了，跨出电梯那一刻，明薇整个人都是蒙的，僵硬地走了几步才反应过来，玩笑般朝肖照求饶：“不如咱们分头行动吧，你们俩名声太大，我怕被人拍到。”她可不想跟穆廷州闹绯闻，或是被人喷她癞蛤蟆要高攀“影帝”。

“她吃火锅，咱们换一家。”穆廷州直接从明薇身边擦肩而过。

明薇干笑。

肖照却没跟上去，低头看明薇，镜片折射出幽幽灯光：“明小姐心情似乎不错，恕我冒昧，你与程总冰释前嫌，复合了？抱歉，昨晚在酒吧，我无意听见几句。”

明薇是目前为止，唯一引起穆廷州特殊关注的女人，作为穆廷州的好友兼助理，肖照习惯万事尽在掌握，那么明薇的人品，也是他的考察因素之一。他迟迟不澄清真相，就是想看看明薇的反应，如果明薇被程耀感动，那她将彻底出局。

明薇没料到肖照会突然问这么私人的问题。

大家的关系还没到分享私事的地步，可明薇也不想被人误会她与程耀复合，便扭头道："没有，我跟他没可能，谢谢肖先生关心。"

肖照眸光微变，镜片后是由衷的好奇："虽然不该问，我还是想知道，你准备怎么还他投资的人情。"

明薇有点不高兴了，抬眼问："与你有关吗？"

肖照面不改色，推推鼻梁上的镜框，朝明薇友好一笑："你回答我，作为交换，我会送你一个与程耀有关的消息，足以抵消你欠他的人情。"

他像狐狸，不动声色地抛出一个让人无法拒绝的诱惑。

明薇心跳加快，看看停在远处不耐烦望着她与肖照的穆廷州，她咽咽口水，没骨气地将计划和盘托出，然后就看见肖照笑了，不同于他常见的公式化的微笑，肖照嘴角翘得很高，露出一颗与他狐狸气质不符的可爱虎牙。

"明小姐，你让我刮目相看。"肖照伸出手，不掩欣赏。

明薇被他弄得有点不好意思，简单握握手，低头道："那个……"

"先去吃火锅吧，我叫陈璋、秦磊下来，算是剧组活动。"肖照卖个关子，又变成了狐狸。

这下明薇非去不可了。

打完电话，肖照带着明薇去前面与穆廷州会合。

穆廷州无视明薇，不悦地问肖照："走了？"

肖照微笑解释新的聚餐计划。

穆廷州扫眼明薇，单手插进口袋，偏头看走廊装饰。

明薇正不自在，肖照忽地打个响指，愉悦道："话说回来，今晚是不是该明小姐请客？"

明薇惊讶地张开嘴，啥意思，要她用一顿饭换消息？

穆廷州则嗤道："一顿饭我还请得起。"

肖照自动屏蔽穆廷州，只看明薇："明小姐还不知道吧，剧组挑选女主演那天，张导他们拿不定主意，因为明华公主与太傅有感情纠葛，张导就发来你与王盈盈的照片，请廷州帮忙挑选。明小姐猜猜，廷州选了谁？"

明薇瞪大了眼睛，难以置信地转向穆廷州。

穆廷州被她夸张的表情惊到了，挑眉解释了一句："你气质更符合，我就事论事。"

他不懂，明薇重新看肖照。

肖照笑着点头："我向陆总打听了，程耀投资之前，你已经被定为女主角。"

什么叫从天堂坠落地狱，眼看要被恶鬼抓住，又被人及时拉了上去？

对明薇来说，她这两天就是！

"肖照我爱你！"

明薇高兴得要爆了，她不知道该怎么表达，只凭本能冲上去抱住肖照，用力地抱了一下。

肖照能理解明薇的狂喜与举动，好整以暇地看向穆廷州。

穆廷州却在看明薇，看她抱完肖照，又朝走出电梯的秦磊跑去，边跑边叫："小磊快来，姐姐请你吃火锅！"

她快乐得好像下一秒就会飞起来。

他情商再低也听明白了，程耀骗了明薇，肖照骗他两人复合，现在误会澄清，明薇心花怒放。

问题是，明薇最该感谢的是他这个伯乐，她抱肖照做什么？

算了，真来抱他，他还得费点力气躲。

火锅吃得很欢乐，明薇接下来的剧情却越来越沉重。

太傅要娶别人了，为了求证自己在太傅心里的地位，明华公主故技重施爬到树上，非要太傅来接，太傅却派人去请太后，太后不留情面训了明华公主一顿……御书房，明华公主绣荷包故意扎破手指，血珠外涌，太傅视若无睹……明华公主故意与爱慕她的世子亲密，太傅亦无动于衷。

明华公主快要崩溃了，她终于想到太傅的未婚妻，立即出宫。

太傅得到消息，提前赶到郭大人家，请锦儿陪他演一场戏。明华公主匆匆赶来，就撞见太傅与锦儿坐在湖边柳荫下，太傅低头教锦儿弹筝，眉眼温柔。男人儒雅俊朗，女人文静秀丽，宛如天作之合。

明华公主心碎离去。

这些剧情，几乎每一场明薇都要哭，有时是双眼含泪泪不落，有时是泪落如雨。张导演很有耐心，他看出明薇的潜力，也想帮明薇挖掘，因此第一场哭戏，他给明薇留了充分的时间酝酿情绪，如果明薇真的哭不出来，再滴眼药水。

悲剧比喜剧更容易触人心弦，明薇真的入戏了，只要想到明华公主最后的结局，她每次都能成功哭出来。逼真的演出赢得了张导演的肯定，他把明薇当徒弟一样看待，时常点拨，这是导演惜才了。

明薇只是浅层次入戏，深层次的入戏是穆廷州那样，拍摄时活在戏中，拍摄结束，依然受角色情绪影响。太傅定亲，明华公主伤心难过，感情更成熟的太傅比她更痛苦，进而导致戏外的穆廷州越发孤僻，独来独往，谁都不理。

这样的穆廷州，明薇又敬又怕，没事绝不往他跟前凑，拍摄时则全力以赴。

晚上戏份结束，张导演单独找明薇、穆廷州谈话。

明薇刚拍完一场被窝里的哭戏，眼圈红红的。穆廷州眼底隐愁，显然还在戏中。

都九点多了，张导演言简意赅，咳了咳，问："明天的吻戏，你们有什么想法？"

明薇低头看地。穆廷州是"影帝"，是千万女粉丝口中的老公，她是小新人，两人拍吻戏，换谁都会觉得她是占便宜的那个，这种情况，她不适合先发表意见。不过也没啥可担心的，穆廷州从不拍吻戏，最多借位亲吻，这次肯定也会拒绝。

张导演主要问的也是穆廷州。

穆廷州想想剧情，几乎肯定地道："需要拍特写？"

张导演点头："吻很简单，嘴唇贴着不动就行，但这个镜头要唯美悲情，必须特写。要不，你们嘴唇贴上保鲜膜？"

明薇一脸茫然，还可以这样？

喜欢拍正剧，只拍过少数几次借位亲吻的穆廷州，同样没接触过这种保鲜膜。

看出穆廷州有些抗拒，张导演摸摸鼻子，努力争取道：“这次明华公主的人设比较特殊，如果去掉吻戏，公主前后性格会有偏差。”

明薇继续当透明人，其实只是简单地碰碰嘴唇，她不太在乎，所以什么结果她都接受。

穆廷州皱眉。

他的父亲是名导演，母亲是畅销作家兼编剧，穆廷州从小拍戏，有任意挑选剧本、合理改动剧情的资格。但穆廷州不想搞特殊，知道自己抗拒与陌生人有太亲密的身体接触，他接的戏都是重剧情轻感情线的，《大明首辅》也不例外。

但他初看剧本时只揣摩太傅一角，忽略了公主的性格，致使一场吻戏不可避免。

“你介意吗？”穆廷州问明薇。

明薇傻了才会说介意，她大方笑道：“剧情需要，我听你们的。”

“那就贴膜吧。”穆廷州没再犹豫，同时告诫自己，以后看剧本要更仔细。

张导演很满意。

明薇却郁闷，作为一个女人，被男人嫌弃直接亲吻，自尊心多多少少都有点受创。

好在都是小情绪，转眼就忘。

第二天明薇提前半小时抵达片场，化完妆一个人坐在休息室，默默酝酿状态。

两次排练后，张导演又给两个主演二十分钟，为吻戏做准备。

工作人员都退出去了，体贴地带上房门。“御书房”里充斥着无声的尴尬，明薇微微偏头，小声问肃容坐在旁边的“影帝”：“这个，需要咱们做什么？”她是新人啊，需要前辈提点，更何况是亲密戏。

“排练亲吻镜头。”穆廷州淡淡道。

明薇无语，奈何时间有限，只得继续问：“怎么排？”

穆廷州斜眼看她，沉默两秒，道：“你来亲我。”

剧情就是明华公主主动亲太傅。

他一副死人脸，没有任何表情，明薇的小脸却嗖嗖地红了，不习惯如此直白的字眼。但她明白穆廷州的逻辑，慢慢嗯了声，努力镇定地朝穆廷州走去。穆廷州看她一眼，皱眉道："现在脸红没关系，拍的时候要伤心，别让人看出害羞。"

硬邦邦的说教，成功击碎了明薇那点矜持。

害羞什么，拍戏而已！

明薇闭眼调整一会儿，再睁开眼时非常平静，大大方方停在穆廷州面前，双手撑在他肩膀上。离得太近，她看见穆廷州英挺的长眉跳了下，似在忍耐。

又被嫌弃了啊……

也好，知道穆廷州没有任何旖旎，明薇更坦然了。

她缓缓低头，一点点靠近穆廷州，他闭着眼睛，又长又密的睫毛纹丝不动，静止得像尊雕像，连呼吸都感受不到。如果与正常的男人做这种动作，明薇绝不可能心如止水，但感谢老天爷，穆廷州并不正常。

在嘴唇快要贴上穆廷州时，明薇及时止住，退开了，她轻松道："我没问题，你呢？"

"我去开门。"穆廷州直接站了起来。

张导演与摄影师们重新涌进来，化妆师分别为主演贴好嘴唇安全膜，立即开拍。

御书房，消失多日的明华公主，再次跟着小皇帝来上课了。

太傅眼里只有小皇帝，明华公主呆呆地坐着，眼里只有他。

授课完毕，明华公主叫住太傅，让小皇帝先出去。

"公主有事？"太傅恭敬地问，眼帘低垂。

"你心里真的没有我？"明华公主仰着头，眼里泛起水雾。

太傅看见了，但他眼里只有臣子的愧疚："臣奉先帝遗旨教导公主，不曾动过他念，让公主误会，是臣之过。"

明华公主眼泪倏地滚落，倔强地望着他："我不信。"

太傅苦笑，退后两步，弯腰行礼："事实如此，公主不信，臣无可奈何，恕臣告退。”言罢转身欲走。

“站住！”明华公主抹把脸，三两步跑到太傅身前，结果一抬头，撞上太傅因为不耐烦而皱起的眉，她眼泪又掉了下来，边哭边颤着音道：“你怎么说我都不信，除非你让我亲一下，让我自己感受到，否则我纠缠你一辈子。”

“胡闹。”太傅低声斥道。

公主冷笑，泪眼紧紧盯着他：“怕了？怕泄露你心中所想？”

太傅无声与她对视片刻，眉头忽地舒展开来，释然道：“臣遵令，但求事后，公主放过臣。”

不是忘了，是放过。

明华公主退了一步，似欲放弃，但她还是不甘心，想要一个答案。

“跪下。”她深吸一口气，冷声说。

太傅单手撩起衣摆，面容平静地跪了下去。

明华公主一步步走向他，太傅看她一眼，闭上眼睛。

明华公主颤抖着按住他的肩膀，一点点低头，视线模糊，她看不清楚，嘴唇印在他唇上，冰冷的，没有任何温度。早就料到的，这个吻究竟是要确认他的心思，还是给自己留个念想，她自己都分不清楚。

离开的那一刹那，公主的眼泪滑下脸庞，落在他嘴角。

太傅面如刀刻，未起任何波澜，袖中双手却攥得隐隐发抖。

“你果然不喜欢我。”明华公主失魂落魄的，却笑了。

“公主国色天香，臣不敢高攀。”

明华公主还是笑，背对他笑。

“公主还有吩咐吗？”太傅低着头问。

明华公主双手捂面，擦了好久，她才扬着头，边笑边落泪：“有啊，我与平西侯世子两情相悦，太后不喜我，还请太傅帮我安排出嫁事宜……嗯，好事成双，我与驸马大婚之期，就定在太傅迎亲同一日吧。”

最后一个字说完，明华公主不哭了，身姿轻盈地转身，朝跪在那里的太傅俏皮笑：“其实我第一喜欢太傅，第二才是世子，既然太傅已经心有所属，我就不缠着你了。太傅的喜酒我是喝不到了，提前祝您与夫人早生贵子，百年好合吧。"

不等太傅开口，这一次，她先走了，脚步轻快，只留太傅跪在原地，跪在阳光照不到的地方，孤寂凄凉。

这场戏比较艰难，拍摄完毕，张导给两个主演放了半天假。

明薇回酒店睡了一小觉，洗个澡依然有点怅然若失，一个人无聊，她又跑去片场看戏了。

穆廷州没她的闲情，独自在套房看剧本。

肖照来找他解决完两件正事，他开始八卦："换个女主演，你也同意拍那场吻戏？"

在别人看来，上午太傅与公主悲情的吻都算不上吻戏，但肖照清楚穆廷州对女人的抵触。

"要换女主演了？"穆廷州头也不抬，目光沿着台词移动。

肖照习惯地推眼镜："假设要换。"

穆廷州放下剧本，非常认真地看过来："为什么要假设？"

肖照："当我没说……"

“影帝”的公主

第三章

演对手戏

“Action！”

洞房花烛夜，驸马在前面宴客喝酒，明华公主一身红装坐在新房，自斟自饮。

一杯又一杯，她不敢停，怕停下来，会控制不住去想今晚另一个新郎。太傅与锦儿交杯共枕的画面，无异于一把匕首扎在她心上，又疼又酸又涩。

眨眼一壶酒喝得一滴不剩，明华公主晃晃酒壶，自嘲一笑。她放下酒壶站起来，摇摇晃晃地朝床榻走去，最后一头栽在床上。大红的龙凤喜被，大红的嫁衣，公主肤白如雪，一头青丝水藻般铺散开来，恍若瑶池醉酒的仙子。

驸马来了，看到床上他深深恋慕的娇小公主，他情不自禁笑，只是，当他走到近前，发现公主醉红的脸上残留泪水，他嘴角的笑容便慢慢地凝固，眼底腾起复杂的情绪，波涛般涌动。

“明华。”看了许久，驸马缓缓坐下，俯身轻唤。

明华公主睁开眼睛，迷离的目光先落到男人一身大红喜袍上，她稍稍扭头，慵懒又茫然地往上看，入眼的是她心心恋恋的太傅。他长眉英挺，面容平静，深潭般难以捉摸的黑眸定定地看着她，欲语还休。

“太傅？”明华公主喜上眉梢，高兴地坐了起来，“你怎么在这儿？”浑然不知，这只是幻象。

太傅罕见地笑了，眉眼温柔：“你我已经成亲，公主忘了？”

明华公主眨眨眼睛，呆呆地想想，忽地笑了，羞涩地低下头。是啊，她嫁给太傅了。

短暂的羞涩后，明华公主欢喜地扑到男人怀里，紧紧抱住他，孩子气地撒娇道：“我就知道你心里一直有我。”说完仰起头，贪婪地端详头顶的男人。

美人如花，娇艳欲滴，太傅轻轻摸摸她乌黑的长发，忽而抱着明华公主倒了下去，半边身体都压住了她。

好重……

明薇闭着眼睛吐槽，今年之前，她怎么都没料到她第一次被男人压，会是这种情形。

帐中光线很暗，因为镜头拍不到明薇，明薇可以休息，穆廷州却还得再演一小段。注意到明薇紧紧皱着的眉头，穆廷州尽量用左肘撑着床，再慢慢抬腿，让双脚也离开地面。作为一部正剧，洞房戏到这里也就结束了，穆廷州不用再做其他动作，但就算一动不动，他还是通过身体相贴的地方，感受到了明薇的柔软。

胳膊软，腿软，胸口软，看起来纤细瘦小的女人，抱着压着却有种圆润感，舒服得让人想捏一捏。

“Good！”

思绪被打断，穆廷州立即松开明薇，抽身离去。

明薇长长地松了口气，撑着床坐起来，就见穆廷州已经走到房间中央了，张导演笑着朝她点头：“拍得不错，今晚就到这儿，大家收拾收拾回酒店休息吧！”

明薇彻底放松下来，跟着助理去卸妆，累得谁都不想关注。

越累睡得越香，这晚明薇睡得猪一样。顶层套房，穆廷州同样顺利入睡，只是睡着睡着，他做梦了。梦里他是太傅，洞房花烛的太傅，一开始好像还在演戏，他牵着病怏怏的锦儿进了新房，但戏到这里突然改了剧情，盖头挑起，新娘子竟然变成了明华公主。

“我就知道你心里一直有我。”

明华公主热情地钻到他怀里，笑盈盈地对他说，然后，两人一起倒在了床上。

身体柔软的女人，重复又规律的动作……

穆廷州陡然惊醒，空荡荡的豪华套房，只有他急促的呼吸声。

大概一分钟后，穆廷州揉揉额头，开灯，去浴室洗澡，顺便换了一条内裤。

第二天早上五点，穆廷州准时醒来，刷牙洗脸，等肖照过来，两人下楼用早餐。这个时间，绝大多数宾客都在睡觉，电梯一路下降，快到三楼，速度却慢了下来。

肖照推推眼镜，颇有兴趣地猜测：“会不会是明小姐？”

穆廷州头往左偏，电梯门打开，他随意瞟了一眼。

明薇正要打哈欠，认出里面的两人，她忙换成一个灿烂微笑。

肖照笑："早。"

明薇下意识看向穆廷州。

穆廷州薄唇紧抿，视线在她脸上转一圈，马上就移开了，好像多看一秒都是浪费时间。

明薇习以为常，只管跟肖照说话。

穆廷州不看她，却听到了她的声音，清润酥软。可同样的声音，传进脑海却变成了梦里的另一句话："穆廷州，这是拍戏，你别这样……"

忆起那荒唐梦境，穆廷州浑身僵硬，他演过反面人物，但从未拍过强迫女人的戏，怎么莫名其妙做那种梦了？

乱七八糟的，根本不符合他的人设。

明华公主嫁人前的戏份比较多，中期戏份轻松，六月下旬，明薇利用三天空档，回苏城了。

明强来高铁站接大女儿，快五十的男人，身材保养得非常好，高大健壮，露在外面的两条手臂结实有力。他留着板寸头，脖子上戴着一圈金灿灿亮眼的粗项链，手腕上同样有块金表，浑身散发着"土"豪的气息。

"爸！"老爸鹤立鸡群，低头看手机，明薇故意绕个圈子，然后从后面用力拍老爸肩膀。

听到女儿的声音，明强先咧开嘴，只是一回头，看到瘦了一圈的明薇，明强立即黑了脸，老婆的消息也不回了，瞪着一双虎眸训明薇："破翻译有啥好当的，累死累活一个月工资还不如我给你的零花钱多！回家吧，啥也别干了，早点把肉养回来。"

《大明首辅》还没有铺天盖地的宣传，知道女主演具体信息的人并不多，明薇没告诉家里人，准备正式宣传或电视剧播出的时候，再给家里人一个惊喜，这样明强当然误会女儿是做翻译太辛苦，累瘦了。

"工作不累，我故意减肥的。"明薇笑着挽住老爸手臂，打听家里情况。

明强不上当，一路都在审问女儿在帝都的生活，具体到明薇一日三餐都吃什么。

半小时后，车子驶进一个高档临湖住宅区。

二十多年前，明强只是个开汽车修理厂的小老板，文化程度只有初中，但他看着粗，头脑却精明，还特别擅长结交各路朋友，于是赚的钱越来越多，三年前开了一家名车 4s 店，生意红火。明薇外公曾经嫌弃女婿五大三粗的，觉得女婿配不上他才貌兼备的女儿，如今早把女婿当亲儿子看了，隔三岔五要见上一面。

“怎么这么瘦了？”从厨房出来，看到大女儿，江月同样诧异地问。

明薇假装没听见，嬉皮笑脸地拍马屁：“妈今天真好看。”

江月嗔了女儿一眼，端着菜盘走向餐桌。四十出头的女人，穿一条淡青长裙，身段玲珑纤细，根本看不出年纪。乌黑的头发用玉簪绾在脑后，简洁素雅，下面露出一段修长优美的雪白脖颈，风韵动人。

明薇撒娇地凑过去，嘴馋想先抓菜吃。

江月嫌弃地打女儿的手。

明强目不转睛地看着娘儿俩，薇薇小时候就像江月，现在长大了，无论五官还是气质，娘儿俩都像一个模子刻出来的，但江月温柔似水，薇薇的柔里却掺杂着一股倔劲儿，只要她认定的事，十头驴也拉不回来。

就像他与江月希望女儿在南方读大学，别去帝都，女儿非要一个人北上，离家千里。对此，明强头疼又自豪，觉得薇薇脾气随他，可偶尔明强又控制不住地想，薇薇是不是随了那个男人，那个江月不肯告诉他身份、他仅凭蛛丝马迹推断应该住在帝都的人。

“姐。”卫生间门打开，明桥走了出来。

“想好读什么专业了吗？”明薇热情地抱住刚刚高考结束的妹妹，还摸了摸妹妹的头发。

明桥性格偏冷，跟亲姐姐也不会太热络，看眼端着菜走出来的母亲，她低声道：“汽车工程。”

明薇惊呆了。

“你看，你姐也不赞同，哪有女孩子去捣鼓汽车的？”江月放下菜盘，不悦地瞪着小女儿。

明桥低头不语。

明薇看看自己的冷美人妹妹，却记起小时候妹妹就喜欢去家里的修理厂玩，这儿摸摸那儿摸摸，没一会儿准弄得满身油污。别的女生包括她喜欢好看的裙子喜欢洋娃娃，妹妹只喜欢汽车模型，并且得到了老爸的支持。

明薇很开明，既然妹妹喜欢汽车，那读汽车专业也挺好的。

"我啥都没说。"明薇立即澄清，然后躲去卫生间洗手。

午饭一家人就明桥读什么专业展开了激烈的讨论，最后三比一，江月的反对票无效。饭后江月生闷气，一个人去厨房收拾，不准两个女儿插手，明强厚着脸皮赖在厨房哄老婆，明薇跑到妹妹房间聊天。

"读T大吧，姐也在帝都，有空就去看你。"撑着胳膊趴在床上，明薇开心建议妹妹。她偏文科，读的语言系，妹妹从小就是理科天才，动手能力超强，高中她一个音乐盒坏了，交给妹妹，一会儿就给修好了。姐妹关系好，明薇希望妹妹离自己近点。

"能录取就去。"明桥早有计划。

明薇笑，妹妹可是今年的省理科状元，进T大妥妥的。

在家住了三晚，假期结束，明薇重返剧组，一边拍摄一边学习，时间过得忙碌而充实。

转眼到了八月，天气转凉，历时五个多月的《大明首辅》剧组，终于迎来了最后几场戏。

人间一天，剧中一年，《大明首辅》杀青在即，女主角明华公主也人到中年，成了两个孩子的娘。两个孩子都很可爱，只是孩子爹太不安分，因为嫉妒明华公主曾经深深恋慕太傅大人，驸马爷一直将太傅当成眼中钉，为了打压深受皇上信赖的太傅，驸马毅然走上谋逆道路，最终功亏一篑，被押入大牢。

当年的小皇帝已经成人，狠辣果决，下旨斩首驸马九族，只有明华公主被免了死罪，幽禁于公主府，终身不得外出。

明华公主心知驸马死罪难逃，进宫跪求皇帝饶过她两个尚未成年的儿子，可昔年依赖她信任她的小皇帝没了，坐在龙椅上的是威严冷漠的新一代霸主，他毫不留情地拒绝了明华公主，并命侍卫送公主出宫。

被人拖上马车，明华公主伏在坐榻上呜咽痛哭，哭着哭着，她肩膀忽然停止颤动，然后缓缓抬起头，凌乱的发丝下，是一双泪水涟涟的眼睛。她一动不动地看着车板，许久许久，那双眼里重新燃起希望。

明华公主擦了眼泪，翻出玉梳明镜，一丝不苟地装扮起来。马车轻轻颠簸，她化得认真极了，黛眉细长，眼眸如水，白驹过隙的十几年岁月，仿佛没在她脸上留下一丝痕迹。

化完妆，明华公主放下镜子，对着车窗发会儿呆，她眼神坚定下来，低声吩咐道："去太傅府。"

车夫领命，在下一个路口转弯。

"Good！"

戏份一次通过，张导演看看腕表，宣布上午先拍到这里，下午再继续。

明薇跨下马车，助理立即撑伞过来，替她挡住八月明晃晃的日光。明薇喝口水，视线无意一扫，发现一群熟悉的工作人员里多了一个陌生女人，穿一条充满异域风情的吊带黑裙，头戴遮阳帽，眼戴墨镜，又酷又艳，一双红唇媚惑勾人。

明薇忍不住多看了两眼。

对方似乎注意到了她的视线，嘴角微扬，摘下墨镜朝她走来。

助理小声告诉明薇："那是东影老板娘的亲姐姐沈素，天际模特经纪公司的老总，估计想签你。"

明薇恍然大悟。外面的人不知道她出演明华公主，但这在圈里并不是秘密，从她进组到现在，陆陆续续一直都有经纪公司约她见面。小公司明薇拒绝了，有两个让她心动的较知名经纪人，她请陈璋参谋，陈璋掌握的内幕比她多，建议她推掉，再等等。

思忖间，沈素已经来到近前，微笑着自我介绍，并夸赞了明薇的演技。

明薇谦虚道谢。

"明小姐有时间吗？方便的话，一起吃个午饭吧。"沈素提出邀请。

明薇有两小时休息时间，与沈素去了酒店。

沈素最初主要给模特当经纪人，最近几年开始向影视圈拓展，单靠自己就打下了一片天地，后来她妹妹嫁进东影陆家，沈素手里的资源更多了，公司总体实力非常强悍。但沈素公事公办，跟明薇聊天时一句都没有提到推荐明薇试镜的东影老板娘，还劝明薇不用急着做决定，先拍戏，杀青了再仔细考虑是否签约天际。

明薇当时就心动了，回房上网搜索沈素的相关资料，再看看沈素留给她的合同，明薇的心便稳稳地落了地。

第一部剧即将拍摄完成，经纪人也有了，看来她的演艺事业要真正开始了。

下午是明薇与穆廷州的最后一次对手戏。

太傅府，太傅一个人坐在书房，愁容满面。

年过五旬的太傅脸上有了皱纹，嘴周、颏下都留了胡须，唯一不变的是那双深邃明亮的黑眸。经历过无数朝廷风云变幻，太傅很少流露出明显的个人情绪，但此时此刻，他心情沉重，沉重得快透不过气。

“大人，公主求见。”

太傅手一抖，有那么一瞬怀疑自己是不是听错了，可马上又了然。

她现在只能求他了。

太傅亲自去迎接公主，远远望见她一身公主朝服，脸色苍白，却皎若明珠，让他无法直视。

“不知公主前来，恕臣有失远迎。”离得远，还敢看两眼，挨得近了，太傅恭敬地垂着头，如这么多年，他与她的每一次见面。

明华公主无声落泪。

当初她恨他无情，冲动嫁人，婚后数月，锦儿病逝，太傅成了鳏夫。那时明华公主悔得寝食难安，多希望时间倒退，那她一定会再等几个月，等他丧了妻子，再缠着他，直到他心软。也就是那时候，明华公主才知道她爱太傅太深，早已深入骨血。

可时间回不去，她也没了任性的资格，驸马对她情深义重，她腹中又有了孩子。

错过了，终究是错过了。

“太傅请起。”她轻轻地说，声音哽咽。

太傅没有抬头，微微弯着腰，请她去上房。

自从婚后，两人见过几面，但很少交谈，如今共处一室，她不再年轻任性，他依旧沉默寡言，物是人非。即便如此，在明华公主眼里，太傅不是外人，她与他不用客套。他或许不喜欢她，可他一直在用他的方式照顾她，包括数次容忍驸马。

静默半晌，明华公主直言道：“驸马罪无可恕，我无心救他，可琅儿、瑀儿是我身上掉下来的肉，我不能眼睁睁看着他们去死……太傅，皇上最听你的话，我求你……”

说到这里，明华公主泣不成声，捂着嘴转了过去，背对他哭。

她不想为难他，但她真的没办法了。

“臣遵令，臣会竭尽所能，替两位公子周旋。”

没有任何犹豫，没有任何利弊权衡，太傅平平静静地承诺，那么轻易就答应下来，很容易令请求之人产生一种被宠溺的错觉，似乎她要他的命，他也会毫不迟疑地奉上。

明华公主哭得更悲伤了，曾年少不懂事，看不透他深情，如今懂了，却也迟了。

她抬袖擦泪，擦到泪停，然后慢慢转身，朝他走去。

太傅低着头，目光跟随她脚步移动，距离只剩两步了，他本能地想要后退。明华公主却先一步扑过来，不顾一切地抱住他，脑袋紧紧抵着他宽阔胸膛，有极力隐忍的哭声传了出来。这哭声比什么撒娇都管用，太傅稳稳地站在原地，不躲了，闭上眼睛给她抱。

“穆泽对你好吗？”她哭着问。

穆泽是太傅的养子。

“敬我如亲父。”太傅嘴角微扬，声音意外柔和。

明华公主笑了，身边有个小辈陪他，多多少少是个伴。

“如果重头再来，还会骗我吗？”她依赖地蹭蹭他胸口，幽幽地问。

太傅睁开眼睛，视线落在对面挂着的字画上，又好像穿过那幅字画，看到了十五年前。

他明白她的意思，但他不知道该怎么回答，会不会，他也不知。

门外有小厮走动，朝务缠身的太傅，无法给明华公主太多时间。

他不催，明华公主主动松开他肩膀，小手拉着他左臂，一点点下移，最后握住他布满茧子的大手。太傅低头，看见她一边落泪，一边将她手腕上的红玉镯子，她母妃留给她的镯子，从她那边，套到他手上。

"以后我出不来了，你照顾好自己，一把年纪了，别再事必躬亲。"言罢松手。

太傅手指动了一下，想抓住她，但他还是放她走了，连送都没送。

未料今日一别，便是永别。

接下来，太傅进宫面圣，不惜放弃手中大权换取明华公主两个儿子活命。皇上有些动摇，答应考虑考虑，夜里却梦到驸马带着两个儿子杀进皇宫，皇上惊醒，杀意越发坚定，很快，驸马一家尽皆问斩。

明华公主惊闻噩耗，呆坐一夜，黎明之前，她换上少女时期的发髻服饰，服毒自尽。

太傅闻讯，一夜白头，自此日渐消瘦，于同年深冬溘然长逝。

太傅死时会回首一生，牺牲爱情成就千秋功绩，受万人敬仰。从正剧角度，穆廷州真实地演绎了这位首辅的生平，壮年杀伐果决，晚年睿智内敛。从言情角度，太傅与明华公主虽然是悲剧，但两人的感情线始终贯穿全剧，戏份精简却幕幕动人，为太傅这个角色增加了人性的一面，也为整部剧增添了很多趣味性，成为吸引年少观众群体的关键。

杀青宴上，张导演喝高了，拍着穆廷州肩膀夸个不停，也不单单穆廷州，每个重要演员都得到了导演的夸赞。剧本写得好，演员演得好，无须上映，张导演便清楚地知道这次合作又出了一部好片，注定会成为经典。

"我们老了，早晚要退出舞台，你们几个小辈要努力，以后中国影视就靠你们了，要么不拍，拍就拍精品，为下一代带个好头！"张导演大声道，脸都喝红了，跟着高举酒杯，"来，为好片干杯！"

"为好片干杯！"

明薇起立，与众人碰杯，莫名豪情万丈。

热闹了一晚，快到九点，宴席才散。

明薇这一桌走得最晚，叫了代驾，她、穆廷州、陈璋上了一辆车，穆廷州坐副驾。

“下部戏选好了？”陈璋同明薇聊天。

明薇已经签了沈素那边，因为保密协议，她不便说太清楚，只道：“有两个剧本，一个是大项目的女二，一个是小项目的女主角，我还没想好要接哪部。”女二是正面人物，戏份不少，据说在女星中间挺抢手的。

陈璋稍微一琢磨，就猜到大项目是什么了，意味深长道：“选择权在你，不过，我也接了一个大项目。”

明薇秒懂，笑了笑，没给准信儿。能跟朋友合作当然愉快，但明薇其实更喜欢那个小项目，有新鲜感，大项目剧本老套，全是宫廷剧那些套路。

车到酒店，陈璋还要去别的地方见朋友，明薇、穆廷州下了车。

明薇与陈璋有说不完的话，跟穆廷州，她找不到话题，反正穆廷州不爱搭理人。

谁料等电梯时，穆廷州先跟她说话了，问她要接的两个剧本是什么类型。

明薇受宠若惊，忙简要回答。

穆廷州面无表情，先跨进电梯，看着楼层数字道：“你起点高，能拍女主角就别拍女配，掉价。”

沈素也说过这话，明薇受教，低声道谢。

三楼到了，明薇仰头，看着对面熟悉又陌生的“影帝”，她突然有点不舍，似朋友将别，毕竟合作了四五个月。

“穆先生，再见。”

赶在电梯门关上之前，明薇三步跨出去，回头朝里面的“影帝”道别。

穆廷州默默地看着她，薄唇紧抿，黑眸深邃，分辨不出眼底情绪。

女人打完招呼就走了，电梯门关上，继续上升，载着一个神色复杂的男人。

剧组杀青，明薇先回苏城，第二天再陪妹妹去帝都入学报到。

"妈，你也去吧，我读大学你都没去送。"出发前，明薇搂着母亲道。

江月笑："我晕车，出不了远门，你爸爸去就行了。"

"好吧，别想我们。"

明薇无奈放弃，父女三人去了机场，八点多出发，到帝都正好吃午饭。饭后去T大报道，明强跟辅导员打听女儿班里的男女比例，男辅导员看看明薇姐妹俩，笑了："这届学院一共七个女生，三班就明桥一个，有的班级清一色都是男的。"

明强脸黑了，第一次后悔支持女儿学汽车，那么多恶狼围着，女儿被欺负了怎么办？

明桥无所谓，她是来读书的，同学是男是女跟她没什么关系。

明薇却告诉自己，有空就来这边看看妹妹。

东西放进寝室，明强带两个女儿去提车。去年明薇毕业，明强就想送女儿一辆车当毕业礼物，明薇觉得打车方便拒绝了，现在当了演员，需要更多的私人空间，明薇便高兴地接受了老爸的心意，挑了一辆白色卡宴。

"桥桥别急，等你毕业了，爸也送你一辆。"手心手背都是肉，明强一碗水端平。

明桥一点都不急。

送走老爸，再将妹妹送回学校，明薇开车返回公寓。

林暖出国旅游了，公寓就她自己。明薇洗个澡，靠在床头看民国剧《南城》的剧本。

这是沈素为她挑的第一部剧。

现在的影视圈，一个演员想红，可能不需要扎实的演技，但好运气一定是必不可少。明薇属于运气爆棚的那类人，因为与林暖是闺密，沾了林暖的光，被东影老板娘推荐到大制作，但能顺利签约沈素的经纪公司，这是她努力提高演技的结果。

明薇非常感激《大明首辅》剧组。

如果说她进组的初衷是为了赚外快，那么在接触过一众敬业的好演员，亲眼目睹并参与一部电视剧的制作过程后，明薇真正喜欢上了演戏这职业，而且明薇觉得，演戏跟当翻译有一个从根本上吸引她的相同点：丰富多变。

做翻译要接触各行各业，可能今天与广告公司合作，明天就要去做制药厂经理的翻译，这就要求明薇不断了解新的行业背景，扩大知识面。演戏则比翻译更有趣，它要求明薇代入一个全新的人物，在短短几个月里，过另一种精彩生活。

而凡是明薇感兴趣的，她都会力求完美，高标准要求自己做到最好。

《南城》十月中旬在上海开机，明薇只有一个半月的时间准备。剧本里女主角是富家千金，后沦落风尘，卖艺不卖身，因为明薇会古筝，剧组临时改动剧情，将女主角擅长的琴换成筝，如此明薇只需培训民国交际舞、耍枪与一些礼仪就够了。

九月底，明薇接到《大明首辅》剧组通知，要她去录音棚配音。

《大明》主要演员的台词功底都很强，明薇是唯一的外行，但她音色好，念起台词很有味道，所以没安排配音。张导演拍摄时采用现场收音，后期会滤掉杂音，可有些场景拍摄时噪音太大太杂，后期过滤困难，这时候就需要重新配音了。

按照剧务所说，明薇的配音今天就能录完。

明薇定了六点的闹钟，起来后练了一小时瑜伽，简单吃点早饭，八点左右出门，门都锁上了，记起天气预报，明薇重新开门，拿雨伞。今天限行，她叫了一辆车，提前十五分钟抵达录音棚。

推开车门，一滴雨水落在脸上，趁雨势还不大，明薇快步跑向大厦入口，路上赶超两个持伞的人。明薇没留意，一直跑进大厦才喘了几口气，再慢悠悠朝电梯那边走去。正是上班时间，电梯忙碌，刚上去一趟，下面还有五六个在等。

明薇站在人群外围，低头玩手机。

“啊，你是穆廷州吧？”

明薇耳边忽然传来一道年轻女人兴奋的声音，心中一动，循声望去，一眼就看到了穆廷州。

身高接近一米九的男人，站在几个上班族另一侧，鹤立鸡群。他戴着网球帽，墨镜遮挡了大半张脸，只露出紧抿的薄唇，无形中散发着拒人千里的孤冷。明薇看过去的时候，穆廷州微微点头，承认了身份。

年轻女粉丝激动地从包包里掏出笔记本，请"影帝"签字，其他人纷纷效仿。

但穆廷州只签了三个。

他话少，第一个认出他的女粉丝主动替他解释，围观群众纷纷表示遗憾，然后电梯一下来，他们热情无比地请穆廷州先进，并体贴地给穆廷州留出一大片私人空间。这么一搞，能搭十几个人的电梯，除了穆廷州，就只剩六七个人的地方了。

明薇摸摸额头，选择搭乘下一趟。

电梯门缓缓关上，走了。

明薇面朝大厅外面站着，短短几分钟，雨大了，哗哗地砸落，秋风秋雨，有一点点萧瑟。

都说什么样的心情看到什么样的景，好吧，明薇确实有点失落。

合作的那几个月，明薇一开始是反感穆廷州的，可穆廷州的演技摆在那儿，明薇发自内心地佩服，一旦佩服起某个人，对他的缺点就会下意识包容。两人合作默契，交流却不多，明薇没奢望"影帝"愿意跟她做朋友，但分别前一晚，穆廷州主动询问她的事业并提点她如何挑剧本，明薇便觉得两人应该有了点同事情谊。

可刚刚，穆廷州一眼都没看她。

没认出来？不太可能，朝夕相对四个来月呢。认出来但没兴趣打招呼，或是不想在公开场合与她相认？

明薇更相信后者，但这也从另一方面说明，她与穆廷州不是一个水平线的人。

咖位相差悬殊，又怎么能谈交情。穆廷州避她是应该的，她也该忘了合作之谊了，免得太热络，被"影帝"或群众误会她想倒贴。

等明薇来到录音棚，穆廷州已经摘了墨镜帽子，低头听工作人员说话，侧脸淡漠又专注。

“明薇来啦，没挨淋吧？”录音导演笑着打招呼。

明薇微笑摇头，见穆廷州并未看她，她就一心陪录音导演说话。

说来也巧，男女主演都到了，但两人的配音没有任何交集，明薇自己录自己的，穆廷州在做什么，她听不见，也没那个好奇心。陈璋人在外地，录音导演安排助理陪明薇对戏，给她找感觉，明薇表现不错，录了一会儿，中途休息。

“穆先生在隔壁录，要去看看吗？”助理邀请明薇。

明薇摇头婉拒：“我回几条微信消息。”

助理自己去了。

明薇刷刷微信玩玩微博录录音，工作顺利结束。

离开录音棚，大概下午四点，明薇拿着手机走进电梯，准备到了楼下再叫车，谁料按好楼层，一抬头，看到穆廷州不缓不急地走了过来，距离电梯还有十来米。明薇犹豫了下，但既然打了照面，她还是挡住电梯门，等他。

“穆先生，好久不见。”她客气地寒暄。

穆廷州看她一眼，点点头，跨了进来。

电梯里只有他们两个，气氛几乎凝滞，明薇不想表现得像倒贴，却也不想太不懂事，尽量自然地找话题：“早上等电梯时我看到你了，你忙着签名，我就没去打扰。”

穆廷州淡淡嗯了声，眼睛看着电梯，脑海里是今早第一次看到她的情形，她穿着牛仔裤从他身边跑过，刘海被风吹乱，露出光洁额头，白皙脸庞一闪而过。电梯门前，她低头玩手机，他签名时，余光注意到她在看他，没等他歪头，她缩缩脖子转过去了。

四层楼，电梯很快降落，梯门打开，楼外大雨滂沱。

明薇准备叫车。

“你去景山公寓？”穆廷州视力好，看到了她的目的地。

明薇惊讶抬头，见男人盯着她的手机，她本能地道：“是，是啊。”

"坐我车吧，顺路。"穆廷州目视前方，侧脸清冷。

明薇判断不出他是客套还是真心，想了想，笑着道："算了吧，被人看见又要乱传了。"

"随你。"穆廷州冷声说，戴上墨镜，撑开伞，毫不留恋地跨入雨中。

明薇站在大厦里面，等了五分钟左右，滴滴司机来了，她撑伞赶过去，上车。

雨太大，明薇忙着收伞，没留意不远处的路边停了一辆黑色保时捷。

明薇乘坐的车开走了，保时捷停在原地，直到明薇那辆车消失在车海，穆廷州才开车上路。雨水不断地砸中车窗，雨刷规律地来来回回，穆廷州一手握着方向盘，一手抵着下巴，幽深黑眸没有焦距地望着前路。

"穆昀，朕不行了，明华、太子还小，你替朕照顾好他们……"

"臣领旨。"

先帝死了，留给他一个十五岁的公主，一个八岁的小皇上。

小皇上懂事听话，公主顽劣调皮，下雨天嚷嚷着去湖上泛舟："太傅，好太傅，就一次……"

她拽着他袖子，嘟着嘴撒娇，那样水润的眼依赖讨好地望着他，他无法拒绝。宫女撑伞，她不要，提着裙摆跑到他伞下，惊奇地说他好高。他立即放低，大半张伞都遮在她头顶，她察觉了，左右瞅瞅，再来瞧他。

他早已避开视线，却还是看见她偷偷笑了，笑得那么甜蜜满足。

雨线连绵打在他肩上，碰不到他的心，她在半臂之外笑着，却破了他三十年的道行。

"童童！"

凄厉的女人尖叫声划破雨幕，穆廷州猛地回神，看见马路中央呆呆站着的小男孩，他双手先于大脑行动，一个急转，黑色保时捷便如突然改道的闪电，直奔路边一棵梧桐而去，"砰"的一声，迎面撞上！

晚饭宜清淡，忌油腻。

明薇弄了一盘茭白炒肉，配上冬瓜排骨汤，雨天一个人窝在温馨的公寓里，吃得暖融融。

收拾完厨房，才晚上七点，听着窗外连绵的雨声，明薇忽然想弹会儿筝。

林暖的兴趣与职业都是汉服，公寓装修时留了一间宽敞明亮的工作室，里面清一色明清风格高档实木陈设，得知明薇会弹古筝，林暖兴致勃勃收拾出半间工作室给她放筝，中间摆上四幅山水屏风，置身房中，特有意境。

虽然林暖不介意她随时弹筝，甚至常常催明薇去弹给她听，但明薇会尽量错开时间，免得打扰林暖画图。

今晚就她一人，明薇戴上指甲，想了想，开始按弦。

她弹的是《大明首辅》中的古筝配乐。明华公主爱筝，剧中出现好几次她弹筝的戏份，明薇都是亲身上阵，官方配乐也是她弹的。剧组想另给她一笔音乐报酬，明薇没要，她对剧组有感情，没必要事事都谈钱。

初期明华公主无忧无虑，曲调欢快活泼，中期明华公主出嫁，曲风转哀婉，待明华公主当了母亲，她心境变了，曲子变得平和安逸，仔细听才能听出一丝遗憾思念。最后是为明华公主量身打造的片尾曲，婉转哀伤。

连续几曲谈完，剧情也在脑海里过了一遍，收了音，明薇怔怔地望着窗外，有点心疼公主。

幸好《南城》是欢喜结局。

过了筝瘾，明薇做了一套瑜伽，练戏之前，她习惯性地刷微博。大一注册的微博，明薇没有特意经营过，但她喜欢旅游和美食，微博上几乎都是景色、美食照片，偶尔爆几次真人照，几年下来，竟然也有了万千粉丝。

陈璋想关注她，明薇让他等官方剧照出来再说，先保持低调。

上一条微博还是三月份发的意大利旅游照，明薇翻开相册，发了一张今天拍的雨景上去，配上李清照的词：薄衣初试，绿蚁新尝，渐一番风，一番雨，一番凉。

发送不久，冒出好几条留言，有陌生粉丝的，也有大学同学，男士居多……

明薇笑着看，刚刷出一个眼熟的美女头像，电话来了，正是头像主人，她大学舍友韩小雅。

明薇犹豫几秒，谨慎地接听。

“薇薇啊，好久没联系了，还在做翻译？”

手机里传来一道充斥着浓浓喜悦的声音，猜到舍友心情不错，明薇却更好奇了。寝室四个人，她与韩小雅都是美女，明薇不想攀比，但韩小雅一直跟她比，比不过就背后说闲话，两人的关系可想而知，偏偏一个寝室的，抬头不见低头见，表面的关系还得维持。

叙旧一分钟，韩小雅终于道明她打这通电话的目的：“薇薇，我十月六号结婚，就在宏远酒店，你也过来吧，小方、秀秀都来，咱们一个寝室的好久没聚了。”

明薇有点犹豫，毕业后一直没联系的尴尬舍友结婚，要去吗？看韩小雅的表现，如果不是她刚刚发条微博秀了一把存在感，对方根本想不起要邀请她。

“来吧来吧，毕业的时候咱们都说好了，不管谁结婚，都要叫其他三个去当伴娘，我伴娘服都给你准备好了，一会儿发你图片。好了，先这样吧，我老公叫我。”

通话结束，明薇满脸无奈，从微信列表找出其他两个舍友，交流一番，果然都去。

那就去吧，吃顿饭又不会少什么。

“啊，你们快看热门话题，穆廷州出车祸了！”

熟悉的人名在毫不相关的微信圈里出现，明薇心头猛跳，立即去看微博。

#穆廷州车祸#，半小时前还没有的话题，转眼已经爬上热门前列。明薇点进去，看到一段混乱的视频，瓢泼大雨，到处都是雨衣雨伞，完全看不到人脸，但镜头给了一张穆廷州豪车的特写，黑色保时捷，车牌号……

明薇浑身发冷，怎么可能，下午她才见过穆廷州，好端端的一个人，怎么就车祸了？

呆了五分钟，明薇给沈素打电话。

沈素知道的比她多，证实穆廷州的确进了医院，具体情况还不了解，并劝明薇保持沉默，先别在微博转发穆廷州相关信息，包括祈求平安之类的。明薇现在哪有心情玩微博，打过交道的熟人出了车祸，她只希望他平安。

冷静五分钟，明薇给肖照发消息，这也是她与穆廷州那边唯一的联系方式。知道肖照现在肯定忙得团团转，明薇言简意赅：我看到新闻了，希望穆先生平安，你先忙，我会留意最新报道。

肖照没看到明薇的消息，收到穆廷州车祸通知，他分别给工作室助理、穆家父母打了电话，然后手机关机，第一时间赶到医院，心情沉重地在手术室外等待。医院已经封锁，无关人员不得进入，穆廷州母亲窦静最先赶来，名导演穆崇在外拍戏，坐最早的飞机也要明天凌晨到这边。

“你见到廷州了吗？”看到肖照，窦静失声痛哭，想知道儿子进去前是什么情形。

肖照与穆廷州是发小，一直把穆家长辈当亲人敬重，抱住濒临崩溃的窦静，肖照镇定道：“伯母别急，护士说廷州现在在做各项检查，肯定没事的。”

儿子情况不明，窦静怎么冷静得下来，但除了等待，她无可奈何。

凌晨四点多，穆崇匆匆赶到医院。

穆廷州脾脏有轻微受伤，问题不严重，CT等检查也没发现隐患，已经可以排除生命危险，但穆廷州一直昏迷不醒，医生们只能继续观察等待。

危险解除，肖照终于有心情应对媒体。

得知穆廷州没有生命危险，网络上欢呼一片，还传出几段医院外粉丝们喜极而泣的视频。

公寓里面，明薇靠回椅背，对着笔记本屏幕松了一大口气。

不严重就好。

“叮”的一声，有微信消息，明薇抓起手机。

肖照：多谢关心，廷州醒后，我会向他转告。

明薇笑笑，回了一个“拥抱”表情：祝他早日康复，一切顺利。

肖照：会的。

放下手机，看着病床上仿佛熟睡的挚友，肖照的眉头皱得更深，远没有话里那么轻松。

两天后。

穆崇先回藏区拍摄了，肖照、窦静留在医院照顾穆廷州。早上八点，窗外秋光明媚，肖照从外面溜达一圈，拎回来好几个花篮，都是粉丝们送的。鲜花烂漫，窦静强颜欢笑，一一摆好，然后回到病床前，一边按照医嘱给儿子按摩，一边跟肖照说话：“廷州最近有什么事吗？”

她了解自己的儿子，智商远超常人，做事一板一眼，做什么都高标准要求自己，正常情况下，儿子绝不会犯开车走神这种低级又危险的错误。前两天她担心儿子，没闲暇考虑这些，现在稍微冷静下来，窦静终于想起查问事故原因了。

肖照看眼挚友，沉默片刻道：“跟他以前一样，还没完全从戏里走出来。”

有个做导演的父亲，穆廷州六岁就出道了，随着年龄增长，他的演技越来越成熟，难以出戏的情况也越来越严重。二十五岁时，穆廷州拍了一部犯罪题材的影片，那次最严重，杀青半年穆廷州依然受角色影响。但那次也是一个转折点，最近几年穆廷州摆脱角色耗费的时间开始减短，假以时日，定能做到真正的收放自如。

窦静偷偷擦泪，她的儿子就是个戏痴，大部分精力都投放在拍戏上，恋爱都没时间谈。

“廷州三十了，你只比他小两岁，年纪都不小，等廷州好了，你们俩都休息一年，先找个女朋友，拍戏不急。”平复下来，窦静用命令的语气道。

肖照摸鼻梁，刚要糊弄过去，忽见病床上的男人不知何时睁开了眼睛。

“伯母，廷州醒了！”

窦静手一抖，抬头去看，儿子真醒了！

“廷州，你怎么样？”窦静声音颤抖，俯身问，目不转睛地盯着儿子。

廷州是谁？

太傅默默地想，他听到女人说话了，但他的视线还停留在上方雪白的屋顶上，活了三十五年，下过江南去过漠北，他还是第一次看到这样的房间。他的视线缓缓下移，逐个扫过身边各种奇形怪状的东西，包括那些花篮，最后才转向床边的女人。

女人看起来大概四十多岁，留着一头奇怪的短发，也穿着奇怪的服饰。

“廷州？”儿子表情怪异，窦静下意识捂住胸口，莫名恐慌。

再次听到“廷州”这个名字，太傅难以察觉地皱了皱眉。

这是什么地方？先帝驾崩，刚刚下葬皇陵，回京路上他在护国寺暂歇一晚，怎么一觉醒来，寺院客房变了模样？心中惊涛骇浪，但太傅十四岁中状元，入朝为官二十余年，早已练就泰山崩于前而面不改色之心性，自知形势不对，便不动声色，静观其变。

肖照叫了医生过来。

主治医师先检查“影帝”身体情况，跟着和蔼地问“影帝”：“记得自己叫什么吗？”

窦静的心提了起来，肖照面色凝重。

太傅将这些怪人的神情看在眼里，沉默半晌，他抿抿薄唇，冷声反问道：“尔等何人？”

“康熙是哪个朝代的皇帝？”

“听说过《大明首辅》这部小说吗？”

“……”

知道儿子苏醒的穆崇赶回了医院。

病房中不时响起医生出于诊断目的的询问，夹杂着穆崇夫妻关切的声音，希望儿子能记起他们一家人。但知己知彼，在弄清周围情况之前，认定自己是太傅的“影帝”穆廷州，拒绝回答任何问题，有的是不愿意回答，有的其实也回答不上来。

大明首辅是他，康熙是谁？

穆廷州不知道，但他面无表情，任谁也猜不出他的内心想法。

医疗检查显示他身体正常，医生们初步判断，穆廷州大脑受损影响了记忆，误以为他是戏中古人，可穆廷州到底记得多少，因为他不肯配合回答，医生们束手无策。窦静泪比话多，穆崇比较镇定，但儿子不搭理他，镇定有啥用？

"伯父伯母，你们先跟李医生去看报告，我陪廷州说说话。"眼见病房气氛凝重，肖照忽然提议道。

穆崇看看儿子，点头默许。儿子长大了，一年到头常住外面，回家次数屈指可数，确实肖照与儿子相处时间更多，更容易哄儿子开口。

人都走了，vip 病房空旷下来，肖照关上房门，单手插着口袋走回床边。

穆廷州背靠床头，黑眸沉沉地看着他。

肖照熟悉这眼神，穆廷州扮演太傅时，便这么看人。

肖照打开手机录音，坐下，朝穆廷州笑了笑："太傅大人，继续僵持下去不是办法。这样如何？你我互相提问，一问一答，彼此了解了，才好解开眼前的困局，否则你一日不配合，就要在这里多困一日。"

穆廷州垂眸。

肖照给自己倒杯水，耐心地等着。

"穆廷州是谁？"

大概过了三分钟，床上的人低声问。

"这个，说来话长，你还是自己看吧。"肖照打开桌子上准备的笔记本，百度搜索"穆廷州"，点开词条，然后将笔记本递给穆廷州，顺便简单介绍，"笔记本电脑，一种多功能工具，搜索资料就是其中一种。"

穆廷州皱眉，勉强消化掉，先看关键的。

在他看的过程中，肖照临时扮演同期翻译，解释穆廷州目前可能不理解的词汇："这是我们这个朝代的历法，年月日……北京是我朝帝都，地理位置与明朝京城相仿……演员是一个职业，类似明朝戏子，但身份地位与他人平等，好演员非常受人尊敬……"

肖照的话通俗易懂，穆廷州虽失忆了，但他智商依然爆表，一小时后，通过这一页"穆廷州"百度词条，穆廷州对"现代"多了很多了解，尤其是一系列影视圈词汇，什么人气、奖项、电视剧，大概都明白是怎么回事了。

“该我问你了。”

合上笔记本，肖照推推眼镜，直视穆廷州道：“太傅，我想知道你苏醒之前，人在何处，发生了什么大事？我刚刚用半个时辰回答你的问题，诚意可鉴，还望太傅坦诚相告。”体贴地使用了一些古人词汇。

穆廷州对肖照持怀疑态度，但他说了实话。先帝驾崩人人皆知，他没必要隐瞒。

穆廷州进组后，肖照一直陪在身边，马上记起了穆廷州所说的剧情。当时剧情才开幕，太傅刚刚接管小皇帝、明华公主……问题是，《大明》初期剧情简单，穆廷州入戏太深是在后期，真因为入戏失忆，穆廷州怎么只记得前部分？肖照想不通。

“我为何会在这里？”轮到穆廷州发问了。

看着挚友一本正经的脸，肖照头疼道：“因为你是‘影帝’穆廷州，太傅只是电视剧《大明首辅》里的一个角色，你入戏太深，车祸撞到脑袋，记忆错乱，才误以为自己是太傅。”

穆廷州不信，目光转冷，明显对肖照失去了信任。

大致情况已经了解，肖照保存好录音，去找医生。

几位医生听完录音，再次对穆廷州的病情做了诊断：“穆先生患的是心因性失忆症，这种失忆，患者并无生理上的症状，纯系心理原因所致，通常发生在遭受痛苦打击之后，过段时间可能会自己恢复……患者可能忘了自己是谁，却记得如何开车以及其他熟练操作。

“按照肖先生所说，太傅一生爱慕明华公主，结局明华公主自尽，太傅过分悲痛，郁郁而终。穆先生可能入戏太深，他以为自己是太傅，又不想明华公主死，便有选择地遗忘那段剧情，记忆卡在爱上明华公主之前……”

“那怎么连现实生活都不记得了？”窦静焦急地问，无法接受儿子不认亲妈。

几位医生互视一眼，其中一位遗憾道：“大脑结构复杂，有些病情，现代医学也无法解释，穆先生这种情况，建议接受心理治疗。”

窦静愁容满面。

“试试吧。”穆崇疲惫道。

可惜，夫妻俩低估了亲儿子的心性与智商。穆廷州坚信自己是太傅，虽然无法理解为何周围环境变得天翻地覆，但他固执地屏蔽一切试图劝他接受“影帝”身份的说法。心理医生介入治疗，想诱导穆廷州解开心结，穆廷州闭眼闭口，当医生不存在。医生尝试催眠，穆廷州不肯主动配合，医生同穆崇夫妻商量后实施了一次被动催眠，效果不理想，穆廷州还出现了负面反应。

窦静不敢再强迫儿子。

“伯母，廷州不是普通人，咱们越逼他，他抵触情绪越高，再用心理疗法，我怕他对咱们失去最基本的信任，拒绝咱们接近他。”病房外面，肖照皱眉分析道。

穆崇赞同：“医生也说了，可能哪天廷州自己会想起来，他那智商，咱们想糊弄他都糊弄不了，先这样吧，循序渐进，一点一点来。”

窦静心事重重。

“伯母，廷州现在应该最信戏里的小皇帝与公主。秦磊才读小学，国庆跟家人出国玩了，叫他过来不方便。明薇就在帝都，伯父伯母同意的话，我请她过来一趟，由她解释这场车祸，廷州可能听得进去。”

窦静眼睛一亮，像抓住了一根救命稻草：“你有她的联系方式吗？”

肖照笑了笑，摸出手机。

接到肖照的电话前，明薇正在试穿韩小雅送来的伴娘裙，浅紫色的抹胸小礼服，裙摆及膝，说不上多漂亮，但也不丑。

“他说自己是太傅？”明薇惊得下巴都要掉下去了，网上只说穆廷州醒了，根本没提到失忆。

“嗯，情况复杂，明小姐方便过来吗？我们需要你的帮忙，毕竟在廷州眼里，你是他的公主。”

肖照语气正经，明薇却脸上一热，公主什么的，羞耻度太高。

找不到拒绝的理由，明薇马上换衣服。

医院附近肯定还守着众多记者粉丝，明薇扎个丸子头，配上一套大学生风格的打扮，裸色针织衫、浅色牛仔裤、白色运动鞋，素面朝天，一来不想吸引多余的关注，二来打扮简单点，免得穆崇夫妻生出不必要的误会，怀疑她想趁机赚“影帝”的好感。

太傅、公主关系匪浅，瓜田李下，她得谨慎再谨慎。

小区外面有水果超市，明薇买了几样水果，打车去医院。

怕粉丝闯进去闹事，医院最近严防死守，肖照提前跟下面打了招呼，明薇进去时畅通无阻。

穆廷州打了镇静剂，还在睡觉。

窦静、穆崇在外面客厅等人，看到肖照领进来的明薇，夫妻俩都吃了一惊。这新人演员怎么跟个高中生似的？从头到脚、从里到外都透着一股“纯”劲儿。

“穆导好，伯母好。”明薇大大方方地打招呼，“外面都是粉丝，我怕买太多礼物扎眼，就简单买了点水果……”

“明小姐客气了，大老远麻烦你跑一趟，真不好意思。”窦静歉疚地说，请明薇坐她身边。

“伯母，明薇是我朋友，您直接喊她名字吧，都别见外。”肖照端来茶水，笑着调节气氛。

明薇受宠若惊，不过回想待在剧组那段时间，肖照对她确实有点朋友的感觉。

肖照面热心冷，轻易不认朋友，窦静只当肖照因有事相求才对明薇热情，不由有点同情“被利用”的明薇，然后更愧疚了，拉着明薇小手先夸赞、感激了一通。她看得出来，这姑娘是真心来帮忙的，没想吸引她的“影帝”儿子的注意。

“您别这样，我是新人，与穆先生合作我学到了很多，能帮上忙是我的荣幸。”明薇诚心道。

窦静叹口气，开始聊儿子的病。

“伯母，廷州快醒了，让明薇先进去吧。”肖照看眼腕表，低声提醒道。

“麻烦你了。”窦静期待地目送明薇。

于是，明薇顶着泰山那么重的压力，单独去了里面病房，肖照三人守在客厅，屏气凝神。

秒针嘀嘀嗒嗒地转动，床上男人皱皱眉，醒了。

他无声无息地睁开眼，入目还是陌生的房间陈设，心沉了下去，他看向旁边。

没有眼镜男，没有穿白大褂的所谓医生护士，没有自称是他父母的那对儿夫妻，却多了一个身量纤细的姑娘。她面朝窗外，清澈的眼睛不知道在看什么，长睫毛轻轻扑闪，肌肤白皙细腻，如极品羊脂美玉。

第一眼，他看她眼熟。

再看一眼，穆廷州猛地认了出来！

"微臣拜见公主。"

穆廷州掀开被子，以雷霆之势跳到地上，刚要弯腰行礼，忽闻椅子滑动声，他疑惑抬眸，竟见公主跌坐在地，一脸惊慌地望着他。

穆廷州本能地检视自己，意识到他只穿了一套中衣，穆廷州大悔，当即跪地请罪："微臣身在囹圄，衣衫不整，唐突了公主，还请公主恕罪。"说着就要磕头。

"别！"明薇大叫，被炸般躲出老远，背靠窗台，惊骇又同情地看着跪在那儿的"影帝"。

这人病得不轻啊！

“影帝”的公主

第四章

甜蜜不过如此

里面荒谬的对话外面听得清清楚楚，窦静急着要进去，被肖照拦住："伯母，给他们一点时间。"

窦静只好继续忍耐。

病房里，明薇往门口扫了好几眼，猜到肖照他们不会过来，再看看仍然跪在地上的穆廷州，明薇平静几秒，试探着道："你，你先起来。"

穆廷州领命，因"衣衫不整"，他自觉地绕到病床另一侧，再屈膝跪坐，双手放在膝盖上。坐好了，男人抬起头，不着痕迹地打量明薇一番，沉重道："公主身着奇装异服，莫非也是一朝梦醒，不知为何沦落至此？"

明薇一脸黑线。

幸好她提前知悉了穆廷州的情况，搓搓手，指着旁边的沙发道："来这边坐吧。"不然看高冷孤傲的"影帝"傻了吧唧跪在那儿，她既尴尬，又忍不住想笑。

穆廷州为难："臣仪容不雅，不敢唐突公主。"他光着脚，怎能让公主看见。

明薇跟穆廷州不熟，但她了解剧里的太傅。说实话，穆廷州与太傅有些共同点，都冷，区别就在于穆廷州又冷又傲，太傅冷而威严，然后因为时代背景不同，穆廷州略显散漫，太傅肩负江山重任，整日操心国事，十分正经，没有说笑、嘲讽别人的闲心。

"你身体还没……痊愈，既然不坐，那先躺回床上吧，免得病情加重。"明薇再次劝道，说完坐到沙发上，身体、神情渐渐放松下来。

"臣遵令。"身处异地，穆廷州不敢放纵，重新回到床上，用被子遮住腰部以下。

明薇低头，寻思着怎么开口。她不能承认穆廷州是太傅，那样会坚定穆廷州的执念，可上来就告诉穆廷州他有病，肯定会激起穆廷州的抵抗情绪。唉，早知今日，大学期间她该选修心理课程的。

她默默烦恼，穆廷州也满心担忧，看公主的表现，好像已经接受了这里的一切？那些人想尽办法要将他变成另一个人，他心志坚定才没让对方得逞，可公主年幼，不谙世事，太容易受人迷惑摆布。

"公主见过其他人吗？皇上人在何处？"穆廷州率先发问。

明薇愣了一秒，下意识道：“他在……”

刚开口，明薇顿时意识到不对，她这是在默认太傅、皇上的存在，不行，她得掌握谈话主动权。

“你信我吗？”明薇心虚地问。

“臣当然信公主。”看出她的小心翼翼，穆廷州浅笑了下。先帝将皇上、公主托付给他，那么公主既是公主，也是他要照顾的晚辈，对待自己人，穆廷州不会太严厉。

习惯了穆廷州的冷脸，突然看他笑出来，暖如春风，温柔关怀，明薇恍惚了一下才回神。这杀伤力，怪不得那么多女粉丝争着抢着喊他老公，知道穆廷州出车祸，一个个哭得比穆家亲属还伤心。

“既然信我，能不能请你耐心听我说些话？”明薇认真说，打起当初毕业答辩的郑重精神。

穆廷州挑了下眉，伸手请道：“公主但说无妨。”

明薇便一字一句地从她在酒楼初遇穆廷州说起，一直讲到前几天两人在录音棚分别，最后非常惋惜地总结：“穆先生，我很同情你的遭遇，只是大家都很担心你，你的父母，肖照，还有外面成千上万的粉丝，如果你信我，能不能请你配合心理医生的治疗，早日恢复正常生活？”

穆廷州扯了扯嘴角，身体往后一靠，少了臣子的恭敬，多了一切了然于胸的长者风范。他看明薇的目光还是温和的，但温和之下是启示：“公主，如果臣信了你刚刚所言，那么臣将不是臣，公主不是公主，如此，臣最初就不该信你，你与外面那些人又有何异？换句话说，只有你是公主，臣才会心平气和地同你相处，信之敬之。”

明薇诧异地瞪大了眼睛。

穆廷州笑了笑，目光转向窗外，从他的位置，可以看到一些高楼大厦，如海市蜃楼：“公主，你还年幼，这大千世界无奇不有，臣曾听闻苗地产奇毒，其中一种服之会产生幻象，就像变成另一个人，醉生梦死。臣尚且不知你我为何会身处此境，也不知那些人用什么办法哄你接受了他们的说辞，但公主放心，无论何时何地，臣都会竭尽所能，护卫公主周全。”

眼角眉梢都是自信，那是属于穆廷州的傲气。

明薇忽然懂了，失忆的穆廷州将他的身份设定成了太傅，但他的性格还是穆廷州本人。

明薇很想帮忙，但穆廷州这种情况，她真的无能为力。

“穆先生好好休息，我先走了。”明薇起身，进来后第一次明确她对穆廷州的称呼，也算是强调身份。她是明薇，他是“影帝”穆廷州，穆廷州不信，不肯接受心理治疗，她很遗憾，但她没义务陪他玩太傅与公主的游戏。当然，如果最后穆廷州妥协，她愿意适当配合。

穆廷州听懂了她的言外之意，身体离开床头，沉声道：“公主要去哪里？”

她想劝他接受假身份，他也想帮她找回记忆，继续做大明公主。

“我不是公主，我只是普通人明薇，穆先生的病我无能为力，现在要回家了。”明薇客气地说。

“臣随公主同行。”穆廷州一跃而起，什么衣衫不整都顾不得了。

明薇脑仁疼，这次，肖照三人终于进来了，窦静捂着嘴哭，泪眼汪汪地看着她失忆的儿子：“廷州，你醒醒吧，你跟明薇都是现代人，根本没有太傅、公主，那些都是假的，都是电视剧剧情，你不是看过剧本了吗？”

穆廷州心中冷笑，话可以是假的，白纸黑字就一定是真的？公主会喜欢他一个长者，他会痴恋他视为晚辈的小公主？这种“剧情”也只能是编出来的，怕是蓄意要挑拨他与皇上、公主的关系，让大明生乱。

但穆廷州不会再反驳。

“夫人真把我当儿子看？”穆廷州面无表情地问窦静。

这叫什么话？

窦静心酸难当，边哭边点头：“我跟你爸就生了你一个，不把你当儿子把谁当？”

穆廷州看眼明薇，冷声道：“那就放我离开，否则我此生都不会考虑认你为母……”

“你再说一句！”穆崇怒了，扬手要打儿子。

明薇吓得打个哆嗦，情不自禁往肖照那边凑，窦静则一把推开丈夫，哭着挡在儿子面前，怒视穆崇：“廷州什么都忘了，你跟他发什么火？”

穆崇看看老婆孩子，两个都心疼，无奈地转了过去。

明薇毕竟是外人，不好在几个知名人士面前发表意见，肖照没那么多顾虑，沉着脸质问穆廷州：“太傅大人，威胁一个急着与儿子相认的母亲，这就是你的为人处世之道？”

穆廷州摸摸手臂被扎针的地方，眉眼漠然：“是你们先幽禁我于此。”

肖照气得眉头狂跳，“幽禁”都出来了，真想知道将来穆廷州恢复记忆，想起这段会是什么心情。

“别说了，是我们不对，妈今晚就带你回家。”与母子不能相认的难过比，窦静更心疼儿子，既然医生们治不好儿子的失忆，不如先回家，或许回到熟悉的环境，更有助于儿子康复，“老穆，你去办出院手续。”

穆崇听话地去了。

窦静擦掉眼泪，走到明薇身边，努力笑着对儿子道：“廷州，明薇有自己的家，现在外面一群记者守着你，如果他们知道你把明薇当公主，或是拍到你跟明薇回家，对你没太大影响，明薇却会受连累，造成很多不便，譬如出门被人追踪拍摄，所以你们先各回各家，以后有机会再见吧。”

注意到穆廷州一直在看她，明薇轻轻点头，自嘲地活跃气氛：“穆先生，你有上千万女粉丝，被她们知道这件事，她们肯定会对我品头论足，我扛不住啊。”

作为证据，肖照用手机打开穆廷州的微博主页，让穆廷州看他的粉丝数量与评论：“你真把明薇当公主，就该替她考虑。”

穆廷州隐约懂了，换成在明朝，他与公主走得太近，也会招惹流言蜚语。

“公主住在何处？你们要安排我住何处？”放弃同行后，穆廷州抛出两个关键问题。

“我住景山小区。”明薇对肖照说。

肖照打开地图，输入景山小区与穆廷州的别墅地址，两个地点相距二十分钟车程。明薇偷瞄一眼，发现穆廷州从录音棚回家，确实与她顺路。

"我要先去那边看看。"不亲眼查看公主住处，穆廷州不放心。

"可以，但只能进小区，不能上楼。"肖照提出条件。

穆廷州勉强接受。

肖照这才对插不上嘴的明薇道："你先回去吧，到小区我打你电话，你在阳台露个面就行。"

明薇如释重负，礼貌地跟窦静三人道别，毫不留恋地走了，没看到身后穆廷州薄唇紧抿。

明薇离开不久，穆崇办好出院手续，夫妻俩联合肖照，辛苦地突破记者、粉丝包围，成功护送穆廷州上了肖照的车。

肖照开车，透过车内后视镜看穆廷州："那么多记者粉丝，难道也是我们安排的？"

穆廷州看着窗外，充耳未闻。

窦静用眼神示意肖照安心开车，她耐心地向儿子介绍路边的一切。

穆廷州默默吸收各种讯息。

副驾驶座上，穆崇开机，立即收到各种消息，窦静见儿子盯着丈夫的手机看，她立即拿出她的，教儿子使用常用的通讯工具。前面的肖照翻出穆廷州幸免于难的手机，物归原主："指纹解锁，大拇指按住 Home 键就行。"

在窦静的帮助下，穆廷州学会了"解锁"技能。

他按照顺序点屏幕上的各种软件图标，相册里，看到几张一家三口的合照，剩下的多是风景。穆廷州心如止水，继续往下，很快轮到通讯录，一排排人名后几乎都备注着职业，导演、编剧，除了几个亲属称谓，肖照是少数没有备注的人之一。

从上看到下，从下看到上，看了两遍，都没有"明薇"或"公主"。

"廷州，这就是明薇住的小区。"窦静柔声提醒道。

穆廷州抬头看向窗外。

前面驾驶座，肖照举起手机，给明薇打电话："我们到了。"

只说一句，肖照就挂了，穆廷州却盯着他手机看了好几眼，才继续望外面楼房第五层。

阳台上多了一道身影，她站得太高，小小的，但确实是她。

“放心了？”肖照回头问。

穆廷州抿唇不语。

肖照不再呛他，驶出小区，直奔穆廷州常住的别墅。

到了别墅，穆廷州一个人待在房间，站在书架前翻书看，一直到天黑。

晚上六七点，对大都市的人来说，只是晚饭时间，饭后还有丰富多样的消遣，但对古代“太傅”而言，天黑就意味着睡觉，至少，公主应该过这样的规律生活。

穆廷州拿起桌面上的手机，给肖照发微信：我要公主的联系方式。

二楼房间，肖照哭笑不得，想了想，将明薇手机号、微信号一起回了过去。

没胃口吃饭，明薇窝在沙发上，不停地刷娱乐圈新闻。

穆廷州出院再次引起一波狂潮，明薇仔细阅读各种爆料，确定真的没有她，暂且放了心。但后患无穷，如果穆廷州固执己见，认定她是公主，那以太傅的责任心，穆廷州定会坚持“保护”她，万一被狗仔拍到，会有恶劣影响吗？

其实也没什么，相反，明薇还能借穆廷州的名气火一把，可明薇不想蹭热度，能避免最好。再说穆廷州动不动就磕头行礼，相处起来实在尴尬。安心占他便宜，穆家人、粉丝们不高兴，不占便宜，她就得主动躲，平白多个大包袱。

微信叮叮响，是程耀：刚从英国回来，一起吃晚饭？

明薇笑了，程耀也是妙人。那晚谈话，程耀只说他投资《大明》的动机是她，并未声明她靠他才能进组，但不可否认，程耀在故意诱导她误会。其实能理解，程耀想重归于好嘛，可惜适得其反，暴露了他非君子的一面。

说出真相，相信以程耀的自尊，他绝不会再纠缠，可明薇没那么莽撞。程家在帝都也是一号人物，她何必将程耀得罪得那么死？万一程耀恼羞成怒蓄意报复怎么办？人在社会上，总要圆滑点，做不成恋人，也不必做仇人。

她简单回复：吃过了。

都是聪明人，她保持冷淡，程耀自会明白她心意，该说的狠话早已说过。

这拒绝比帝都傍晚的秋风还凉，景山小区外，程耀心头苦涩。暗示明薇靠他进组，这已经是他的底线，明薇坦然拍戏又不改变对他的态度，程耀疑惑，但他问不出口，问了就是挟恩图报，更招她厌烦。

"那我先回家，有空再约。"摸摸屏保上明薇的生活照，程耀缓慢打字。

明薇没回，放下笔记本，去卫生间。

出来时，听到电话铃声，明薇拿起手机，看到一个陌生号码。

程耀换号了？明薇有丝迟疑，举到耳边接听。

她沉默，对面也沉默，这态度太暧昧，明薇皱皱眉："你是？"

穆廷州："……"

听出公主的声音，"第一次"用手机打电话的"太傅"，全身涌起一种奇怪的感觉。镇定片刻，他恭敬道："微臣穆昀，遥拜公主。"那些人硬塞给他一个名字，可他记得自己的真名。

文绉绉的话，激起明薇一身小疙瘩。

摸摸手臂，明薇尽量温和地道："穆先生，我说过很多次了，我不是公主。"

对方是病人，她要有同情心。

"臣也说过多次，您乃大明公主。"穆廷州习惯了手机通话，平静地说。

明薇无语，坐回沙发上，摸着额头问道："不提这个，穆先生找我有事？"

"叫我太傅。"穆廷州威严道。

明薇心里哀号，脑筋一转，尝试道："我想叫什么就叫什么。"不是太傅吗，他敢以下犯上？

电话那头果然沉默了。

明薇心情好转，又问他目的。

“臣想知道，公主来这边多久了。”穆廷州走到落地窗前，目光复杂地望着窗外的夜景。

明薇一口报出自己的出生日期：“我是土生土长的中国公民，家乡苏城。”

穆廷州前两天学了公历，算完公主的年龄，他讥笑道：“公主还是您十五岁那年的模样，绝非二十二岁。”又找到一个他与公主身处虚幻世界的证据。

明薇差点笑岔气：“那是因为十五岁的公主，是二十二岁的我演的。”

穆廷州自动将这句列入“公主失忆语录”，继续问：“公主身边可有宫女侍奉？”

“没有，我现在住朋友家。”

“臣需要那人的身份背景。”

“个人隐私，恕不奉告。”

穆廷州眉头快拧成一个“川”字了，忍了忍，退一步问：“对方可有家室？”

明薇脑筋绕个弯才跟上他的思路，不忍让“太傅”着急，她老实交代道：“我朋友是女的，我们俩都单身，互相照顾。”

穆廷州仍不放心：“公主衣食住行，都是她侍奉？”公主娇生惯养，一个“宫女”怎么够用？

明薇无声尖叫，攥攥拳头，挤出体内藏着的所有耐心，一口气道：“这个时代没有宫女奴婢，我跟她都是自由身份，她有她的事业，我有我的工作，我自己赚钱自己洗衣做饭，不用别人伺候。穆先生，您再用古代阶级观念考虑事情，咱们恐怕谈不下去了。”

她尾音夹带警告，穆廷州的心却要碎了。

先帝临终托孤给他，他竟然让公主沦落到操心钱财的境地，想象昔日锦衣玉食的娇气公主自己裁衣烧柴，穆廷州脸色铁青，恨不得立即找到谋害他与公主之人，逼对方交出解药，再押入大牢重刑拷问。

“穆先生？”

那头沉默太久，明薇突然有点担心，之前的烦躁情绪一扫而空。穆廷州生病了，她该多多体谅他，若非失忆，人家堂堂“影帝”也不会追着她喊公主，又跪又拜的，也许将来穆廷州记起这些，想杀人灭口都有可能。

这么一想，明薇声音更轻柔了：“穆先生，您没事吧？”

对面传来男人沉重低哑的声音：“臣无碍，公主现在以何为生？”

明薇心悬着，慢慢道：“以前是翻译，现在做演员，刚起步，很多地方做得还不够好，但我会努力的……那个，你知道演员这职业吗？”

“臣知道，有人敲门，臣先告退。”寂静的房间，穆廷州幽幽道。

明薇莫名不安，看看屏幕，见通话还在继续，她重新将手机举到耳边，意外地听到开门声，然后是下楼的脚步声。再看看屏幕，明薇轻轻咬唇，穆廷州是不会挂电话，还是忘记挂了？理智告诉她现在就挂断，可强烈的好奇心阻止了她。

满脑纠结，就在明薇准备挂断时，手机里终于又有了声音。

“肖照。”

站在肖照门外，穆廷州扬声唤道。

肖照刚洗完澡，最近忙着照料穆廷州，他都没顾上个人卫生。揉揉还没吹干的短发，肖照戴好金丝眼镜，穿着浴袍来开门，下意识讽刺道：“太傅找我……”

话没说完，人影也没看清，迎面蓦地飞来一拳，肖照没有任何防备，左脸结结实实挨了一拳头，被打得头晕眼花，连续倒退好几步。不算小时候男孩子调皮打架，只从初中算起，这还是肖照第一次挨打！

公众面前温文儒雅的男人，盛怒之下爆了粗口：“浑蛋，你又发什么神经！”说着抬起头，左脸火烧似的疼，肖照抹把嘴角，还好没流血。

他怒在表面，穆廷州寒在心底：“为何骗公主去当戏子？”

戏子？肖照差点又要骂人，只是对上穆廷州没有任何温度的眼睛，想到太傅对明华公主的深情，以及《大明》杀青后穆廷州连续几天都没开口与人交谈，他强迫自己不跟一个失忆病人计较。肖照扶扶眼镜，正色道：“我解释过了，在这个时代，演员是受人尊敬的职业，明小姐喜欢演戏，这是她的个人选择，我无权干涉。”

穆廷州理解这一点，其他人演戏他不会瞧不起，但他无法接受尊贵的公主登台演出娱乐大众。公主，那是公主，凡夫俗子见到公主都要下跪，他们有什么资格看公主……

“公主拍了几部戏？”盛怒过后，穆廷州开始审问。

肖照忍他，转身往里走，摘下眼镜，拿起吹风机继续吹头发：“只跟你合作了《大明》，正在后期制作，明年开播吧。”

“不许播，公主金枝玉叶，容不得你们轻贱。”

肖照笑，手里吹风机对准穆廷州：“不好意思，在我们这里，你不是太傅，管不了别人。”

穆廷州沉着脸躲开吹风机的风力，目光更冷。

“上辈子我肯定欠了你。”肖照低声自言自语，关了吹风机，再次向穆廷州普及影视圈，“……你与明小姐都签了拍摄合同，就算你能劝服明小姐退出演艺圈，《大明首辅》还是会照常播放。再说了，那是一部正剧，主讲朝堂风云，明小姐出演公主，服饰保守，除了跟你的那场清水吻戏……”

“住口。”穆廷州厉声打断他。

肖照耸肩。

穆廷州看着他，心底慢慢腾起一种无力感，那是他当首辅太傅时，从未有过的体验。

他人在这里，无权无势，空有护她之心却无实行之力，甚至，连公主都不信任他。

“若我发现公主拍了有损她名誉的东西，我对付不了别人，杀你易如反掌。”认定肖照与幕后之人有直接联系，穆廷州淡淡道，声音很轻，神色也不像刚刚那么吓人，却更令人头皮发麻，打心底发寒。

肖照简直要跪了，他费神费力照顾穆廷州，如今还可能有生命危险？

“太傅，冤有头债有主，你归我管，但明小姐的经纪人是沈素，她的剧本都是沈素挑的，你不想明小姐拍亲密镜头，请去找沈素谈。不过还是那句话，咱们是朋友，我处处体谅你，人家沈素、明小姐可不欠你，你最好考虑清楚再上门，免得被拒之门外。"

经纪人可以管她？

穆廷州心中一动，问肖照："我想当公主的经纪人，需要做什么？"

肖照说了一大通，口干舌燥正在喝水，闻言一口全喷了出来。

穆廷州眼中掠过一抹嫌弃。

肖照抽纸巾擦拭嘴角，不耐烦道："不可能，明小姐已经签了合同，归沈素管。"

穆廷州偏首，调动目前掌握的所有讯息思考对策："违约金是多少？我有多少钱？"

肖照蹙眉："你认真的？不怕关系公开，媒体乱传你与明小姐的绯闻？"

穆廷州肃容而坐，梅风傲骨："护卫公主乃本官职责所在，清者自清，何惧人言。"

他只尽太傅之责保护、教导公主，只要时时守礼，旁人能说什么？

肖照推推眼镜，陷入了沉思。

偷听半晌的明薇，心慌意乱地挂了电话。穆廷州病得这么重，真的还能治好吗？还有肖照，怎么感觉要配合穆廷州"保护"她了？毁约……毁个屁啊，沈素挺好的，她为什么要接受一个失忆"影帝"做经纪人？

别人巴不得跟穆廷州绑在一起，明薇偏偏不想要。

明薇一颗心上上下下，拨通肖照的号。

"晚上好，明小姐。"

才隔了几分钟，肖照又恢复了文质彬彬，而且心情似乎不错。

明薇的脑袋快乱成一团了，开门见山："对不起，刚刚穆先生打我电话，忘了挂断，我无意听到了一些。肖照，我知道你希望穆先生早日恢复，但我有我的工作生活，请你转告穆先生，我不会与天际那边毁约，他还是安心养病吧。"

肖照的目光变了几变，等明薇说完了，他回头看着沙发上的"影帝"道："明小姐放心，毁约这么儿戏的事，我不会让他胡闹的。"

明薇长松一口气。

“不过据我所知，明小姐还没聘用正式的助理？”

明薇呼吸一滞，险些断气！

如果穆廷州是普通人，明薇可以理直气壮地拒绝与他有任何牵连，对方来纠缠她就赶走，纠缠太狠就报警，总有办法收拾他。可问题就出在穆廷州太不普通，他是国内知名“影帝”，在全球都有相当的人气。

不可否认，名人总会享受一些优待，特别是一个值得敬佩的名人。

明薇也不能免俗，所以，虽然她内心是拒绝的，但她还是跟沈素坐在一起，同穆崇夫妻、肖照进行视频会议，商量让穆廷州做她助理这件事。穆廷州并没有出现在视频里，可能被肖照安排在其他房间休息了。

“沈总，薇薇，不好意思，我们这边都是记者，不方便直接去找你们，只能先这样谈了。”窦静憔悴地道歉。

“伯母客气了，我们理解。”明薇大方地表示没关系。

客套完毕，肖照接话道：“明小姐，廷州的病情相信你已经了解，他智商高学习效率快，正常生活不是问题，但他现在只认你，拒绝与我们长期接触。医生建议我们尊重他的意愿，病人情绪稳定，才有助于记忆恢复，这也是我提议廷州担任你助理的主要原因。”

“可……”

“明小姐，请先听我说完。”肖照微笑打断明薇，继续侃侃而谈，“这件事，名义上廷州受你雇用，实际上是明小姐在配合廷州的治疗，所以明小姐无须支付廷州任何助理酬劳，相反，穆家还会给你一笔可观的报酬，以示感谢。其次，明小姐投身演艺圈，除了沈总这样有能力的经纪人，还需要一位专业助理，如果明小姐不嫌弃，廷州担任你助理之后，我会义务做你的第二助理，既为明小姐提供服务，同时也是监护廷州，确保你能正常工作、生活。”

明薇有点头晕。

穆廷州、肖照可是娱乐圈的金牌艺人与经纪人搭档，穆廷州那些女粉丝拒绝穆廷州与女星的绯闻，却乐此不疲地脑补穆廷州与肖照的“浪漫”故事，现在两人都要给她这个小新人当助理，传出去，她会不会被众粉的熊熊嫉妒之火烧死？

“肖先生，您考虑过穆先生的意愿吗？”沈素冷静地问，“这种安排极有可能造成明薇与穆先生的绯闻，穆先生现在不在乎，可他总有恢复的那一天，届时若穆先生回想此时的失忆行为，迁怒明薇，一旦穆先生在公共场合表露出来，哪怕只是蛛丝马迹，明薇也将承受一定程度的舆论伤害。粉丝有多疯狂，你我都很清楚。”

从造星的角度讲，合作对明薇有好处，沈素支持，但她尊重明薇的意见，会尽量替明薇婉拒。

肖照点点头，看向穆崇夫妻。

窦静歉疚地看着明薇：“薇薇有顾虑是应该的，但你放心，我了解廷州，他不是那种人，而且我会将这点写进合同，道德、法律双重约束，尽量避免给你们造成负面影响。如果薇薇同意，在廷州担任你助理之前，我们会开媒体发布会解释此事，无论廷州能不能恢复记忆，你都是我们穆家的恩人。”

提到儿子的病，窦静声音哽咽，说完便走出镜头，擦眼泪去了。

穆崇没说什么，但他看明薇的眼神，沉重如山。

明薇对穆廷州只有同情，但窦静的眼泪让她心酸心疼。

穆崇夫妻提出的条件，不能更有诚意了。

她扭头看沈素，沈素微微点头。

明薇便朝肖照笑了笑，颇为无奈：“那就委屈你们了。”

事情谈妥了，穆崇去安慰妻子，肖照继续谈合同条件。

明薇不要穆家的报酬，这种合作，穆廷州能给她的名气带来质的飞升，虽不是她主动求的，但再要钱太不厚道，她只希望事后穆廷州别翻脸不认人。至于穆家开发布会的时间，因为明薇后天要去参加同学婚礼，定在了十月七号。

会议结束，明薇告别沈素开车回家，刚推开房门，手机响了，来自“太傅”。

明薇摇摇头，靠到墙上接听。

“微臣穆昀，遥拜公主。”

录音式的“请安”传过来，明薇头皮痒痒，闭着眼睛“嗯”了声。

“肖照说，您同意微臣当助理了？”穆廷州端坐在书桌前，对着笔记本屏幕问。

明薇被他摧残得身心疲惫，包包丢到沙发上，她人也躺下，仰面给“病人”当陪聊：“是啊，可你明白助理的意思吗？助理很辛苦，我渴了你得给我递水，饿了你要给我端饭，偶尔我还可能朝你发泄负面情绪……”

“这都是臣分内之事。”穆廷州平和道，“公主是不是累了？”

他声音突然低了几度，莫名温柔，效果如一根软软的羽毛，在心尖儿扫过。

明薇怔了几秒才随口道：“是，是有点。”

“那公主早点休息，时机到了，臣再去拜见公主。”穆廷州移动鼠标，关闭刚浏览完的科普网页。

“嗯，你……记得关机。”明薇友情提醒。

“臣明白。”记起昨晚他犯的操作错误，穆廷州神色严肃起来，努力维持太傅的威严。

明薇看不见他的样子，结束通话，她一手搭在额头上，呆呆地想事情。

公开之后，她的世界也要天翻地覆了吧？

“影帝”的公主，这名头够闪亮，她想不出名都不行。

六号参加婚礼，七号穆廷州那边公布病情，那么五号将是明薇默默无闻的最后一天。

想做什么就做什么，不用担心被狗仔跟拍，抑或被穆廷州的粉丝围堵，这样的一天比金子都珍贵！

明薇决定好好享受。

上午逛景点、到游乐场疯玩，中午一个人吃大餐，下午逛商场买买买，晚饭前做了一次全身spa，浑身舒畅，然后也榨干了她最后一丝力气。一回公寓，明薇就扑床上了，什么都不想，舒舒服服睡大觉。

睡着睡着，被电话吵醒，韩小雅的，提醒她明天别迟到。

明薇揉揉眼睛，定个闹钟，继续睡。

电话又响了，是肖照。

"明小姐，廷州回别墅后一直在看电脑，连续两晚没睡了，我劝不管用，能不能麻烦你……"

明薇纳闷："他看电脑做什么？"

肖照："了解新时代。"

明薇差点就笑了，翻个身，认命地给病人打电话。

穆廷州正在看飞机起飞原理，接到公主主动打来的电话，他神色一凛："公主有事？"

明薇无聊地绕头发："没，我听说你这两晚都没睡？"

穆廷州立即猜到是谁送信儿给公主了，但他有充分理由："公主，臣初来乍到，必须尽快熟悉这个朝代。"熟悉了，才能更好地照顾公主。

"是该熟悉，可你要劳逸结合啊，熬夜有害身体，你把自己折腾病了，还怎么当我助理？"明薇顺着他的思路说。

穆廷州沉默。

明薇打个哈欠，含糊地道："我要睡了，你睡不睡？"

透过手机，穆廷州仿佛能看到公主困倦地站在对面，鬼使神差的，他竟也感受到一丝疲惫。

"臣，遵令。"穆廷州关掉笔记本，低低地道。

明薇满意了，将手机放到床头柜上，抱着被子秒睡。

穆廷州捏捏泛酸的肩膀，练了一套形意拳舒展筋骨，这才入睡。

太久没有正常睡眠，这一觉，穆廷州一直睡到第二天上午十点多，窗外阳光刺眼。

沐浴更衣，穆廷州慢步下楼。

肖照在客厅看娱乐新闻，穆廷州可以什么都不考虑，他还要处理"影帝"的公关。

"厨房温着粥，饿了就吃，不饿一会儿直接吃午饭。"肖照背靠沙发，对着电视说。

穆廷州饿了，去厨房盛粥，吃完了准备上楼，接着了解新知识。一脚都踩上楼梯了，穆廷州忽然想起什么，回头问肖照："发布会为何定在明日？”他本以为肖照今天有事，现在看着，肖照非常闲。

肖照知道他心急见“公主”，淡淡道：“明小姐的同学今天结婚，她要当伴娘，没时间。”

穆廷州皱眉：“什么是伴娘？”怎么感觉像伺候人的？

肖照解释不清楚，让他自己百度。

穆廷州快步回到房间，开机搜索。

百度百科里有词条，也有图片，一眼扫过那些露胳膊露腿的女人，想到他的公主现在可能也穿成这样被一群男人围观，穆廷州额头青筋暴现，猛地关掉电脑，抓起手机打电话。

明薇正在卫生间补妆，一看是穆廷州打来的，她下意识皱眉，偷偷接听。

“你在哪儿？”男人怒气冲冲，没用敬语。

明薇先是一愣，跟着大喜：“你记起来了？”

穆廷州不答反问，语气急促：“是不是在当伴娘？”

明薇茫然：“是啊……”

“地点。”

“……宏远酒店，穆先生，你……”

没等明薇问完，电话断了，明薇满头雾水，想打回去，外面舍友叫她，明薇迟疑一会儿，飞快给肖照发消息：“穆先生刚刚问我在哪儿，你盯着他点，我先忙去了。”

消息发送，明薇将手机调成振动模式，重返会场。

这边肖照才听完语音，就听一阵噔噔噔的下楼声，抬头，穆廷州一身黑色西装，面冷如霜。

“你……”

“去宏远酒店。”穆廷州健步如飞，不容拒绝。

明薇大学寝室四个人，论家庭条件，明家算是最好的，只是，明薇的青春期也是老爸明强的创业期，创业这种事，有起有落，老爸为钱发愁、埋头苦干的身影不知何时深深印在了明薇脑海深处，所以后来家境转好，老爸也越来越土豪了，明薇依然保持着勤俭节约的生活习惯。

韩小雅从小就是校花级美女，没想到一进大学就撞上了明薇，整个学院不说，连班花她都只能排老二。习惯被人众星捧月的她当然受不了，暗暗较劲儿跟明薇比了四年，结果妆容再精致，别人也不承认她比明薇美。

颜值不如人，韩小雅发愤图强，毕业前夕，明薇做了自由翻译，她成功进了一家知名外企。

韩小雅本来想炫耀一番的，但微博上明薇经常发一些出国旅游照片，吃吃喝喝别提多快活，再看她，因为是新人，既要左右逢源打好人际关系，又要加班加点地工作，生活太累，韩小雅故意忽视明薇，只与境况不如她的同学保持联系。

今年开春，韩小雅陪公司一位王姓老总出国公干，一个中年离异多金有权，一个年轻貌美欲迎还拒，宛如干柴烈火，熊熊燃烧了起来，如今更是奉子成婚。韩小雅漂亮会哄人，王总特别宠她，要什么给什么。

韩小雅春风得意，不过因为明薇太美，她最初没打算邀请明薇当伴娘，后来原定的一位伴娘起水痘出席不了，正好明薇发了一条微博，韩小雅一时兴起，这才叫明薇来凑数，趁机炫耀一番她的美好婚姻。

新娘要去会场了，出发前，伴娘们围在身边看她戴首饰，项链、耳坠、戒指一套全是卡地亚牌子，珠光宝气，让女人难以抗拒。明薇知道她怎么做会让韩小雅高兴或郁闷，但她人都过来了，何必在这种日子玩幼稚，所以韩小雅秀首饰，她挽着舍友小方的胳膊，三女一起看。

"哇，这是几克拉的？"小方发自肺腑地羡慕、好奇。

韩小雅甜蜜地伸出一只手："他想送我九克拉的，我怕将来不敢戴出门，就挑了这一款。"

"多少钱？"另一个舍友嘿嘿地问。

韩小雅看眼明薇，低头笑："咱们不谈钱，重要的是他对我的心。"牌子款式都有，舍友们回头网上一查，自然知道价格。

"啊，好羡慕你。"小方将戒指还给新娘，真的很羡慕。

韩小雅慢慢将戒指套到她白皙修长的无名指上，不着痕迹地打量明薇脚上的高跟鞋，声音真诚，充满了祝福："你们别急，缘分到了，说不定比我嫁得还好呢，到时候就轮到我羡慕你们了。"

小方叹气："得了吧，我肯定没戏，薇薇或许还有机会。"

韩小雅听了，抬头问明薇："薇薇可是咱们学院的院花，追你的人不少吧？"

明薇无奈笑："没遇到合适的。"

韩小雅一脸明白的表情："自由职业就这点不好，交际圈太窄，要不我介绍你来我们公司？工资绝对比你现在高，还有各种福利。"

她只顾着刺激明薇，没注意到另外两个舍友尴尬的表情。都是舍友，怎么不推荐她们？

"还是不了，我不太习惯束缚。"明薇婉拒，看看外面，提醒新娘，"是不是要下去了？"

想到宴会厅里事业成功的老公，韩小雅幸福地点点头，身穿繁复奢华的婚纱，隆重登场。

婚宴有专业策划人，伴娘们任务轻松，而且韩小雅特别照顾明薇，没给她安排什么活儿，明薇便去找其他几位校友叙旧聊天，直到新郎、新娘要携伴娘、伴郎团们合影，明薇才大大方方地朝台上赶去。

三位伴娘，小方脸蛋清秀但身材比例不太协调，肩宽腿粗，秀秀身材不错但五官普通，导致身穿伴娘服的明薇走到前面时，一下子吸引了所有宾客的视线。女客们目光复杂，男人们则明目张胆或隐晦地欣赏美女，看她雪白的肩膀、纤细的腰肢、修长匀称的腿。

就连新郎官王总，都忍不住多看了明薇几眼。

明薇化了淡妆，离得远点，肯定盛装打扮的新娘更艳丽夺目，可距离近了，一个天生丽质，一个需要锦上添花，高下立判。

注意到老公的眼神，韩小雅悄悄咬唇，但手碰到怀孕四月的小腹，她又笑了，结婚证领了，孩子也有了，明薇不可能威胁她的位置。

她目送明薇上台，摄影师笑着指导几人摆姿势，大家摆好了，正要开拍，宴会厅外面突然传来一阵骚动，像地面突然形成的龙卷风，过境之处，立即引起喧嚣。明薇好奇地探身张望，先看到靠近门口的宾客乱了，有人震惊地捂住嘴，有人狂喜尖叫："穆廷州！真的是穆廷州！啊啊啊！"

那一秒，明薇双耳忽然失聪，什么都听不见了，只看到一个穿黑色西装的男人大步跨进宴会厅，灯光好像也变成了粉丝，全都打在他身上，太晃眼，她看不清他的脸，也看不清他手里拿的是什么。

但明薇知道，穆廷州是为了谁而来，尽管她不清楚理由。

关键时刻，趋利避害的本能发挥了作用，明薇做贼般偷偷往舍友身后躲。

"穆廷州！老公，是你请他来的吗？"

明薇刚藏好，韩小雅也从那做梦似的感觉中醒了过来，激动地问她老公。

王总目瞪口呆地看着朝这边走来的"影帝"，已经彻底蒙了，他怎么可能请得动这种超级明星？

与"影帝"相比，王总的颜值简直成了泥石流，韩小雅双眼发亮地望着"影帝"，没留意自己老公的呆愣，她兴奋地朝"影帝"走去，想要来个粉丝与"影帝"的热情拥抱。他都来参加她的婚礼了，抱一下应该没关系吧？

然而穆廷州连她一根头发丝都没看，寒着脸避开韩小雅，再越过另外两个伴娘，径直来到明薇面前。他面容冷峻威严，眸中涌动着怒气。抬头看到这样的"影帝"，明薇突然记起一幕《大明首辅》剧情：第一次意外拥抱后，为了得到太傅的关心，明华公主故意摔倒，当时太傅也是一副臭脸。

可她做错了什么？

明薇努力朝穆廷州使眼色，求他想办法圆过去，别现在曝光他的病。

只是她刚动了下眼珠，穆廷州动了，双手一甩一扯，转眼就将明薇裹了起来，从脖子到脚，严严实实。明薇呆若木鸡，半天才反应过来发生了什么。她难以置信地低头，就见身上多了一层似窗帘又似被单的东西，长得都拖地了。

有那么几秒，整个宴会厅都没了声音。

"你有……你疯了？"

闷热感将明薇拉回现实，扫眼台下举着手机拍摄的宾客，再看看身上的“外袍”，明薇脸唰地红了，一边挣扎一边质问穆廷州。她知道他有病，但能不能别这么有病？一想到她被裹的视频很快就会被传到网上，明薇恨不得一头撞墙！

丢人，丢死人了！

“公主千金之体，冰清玉洁，如此不顾清誉，臣痛心疾首，不能不管。”穆廷州身体逼近，低沉压抑地在她耳边说。明薇还在琢磨她怎么不爱惜名声了，脚下突然一空，竟被穆廷州打横抱了起来！

众目睽睽之下，“影帝”抱女人了！

宴会厅内尖叫连连，各种牌子的手机被主人高高举起来，或录或拍，场面完全失去了控制。

明薇脑海里一片空白，唯一的反应是躲在穆廷州的臂弯里，不进镜头。

穆廷州低头，看到她几乎红透的侧脸与耳根，目光更冷，煞气逼人。围堵的人群见了，下意识地退到两边，再加上有肖照帮忙，五分钟后，穆廷州抱着明薇顺利走出酒店，直奔肖照那辆Levante（玛莎拉蒂）而去。

等一群宾客追过来，Levante 已经消失在了马路上。

“王总，那个伴娘跟穆廷州是什么关系啊？”

“小雅你行啊，大学同学居然是穆廷州的女朋友，怪不得那么漂亮。”

“不过好好的婚宴，穆廷州抢人做什么？”

“啧啧，穆廷州占有欲可真强，你看他拿窗帘裹住女朋友，肯定是吃醋了，不想让别人看他的女人，真霸道。”

“影帝”抢了伴娘就走，宾客们重回宴会厅，但话题都集中在“影帝”的绯闻八卦上，而本该风风光光的新郎新娘落寞地站在台上，要多尴尬就有多尴尬。婚宴主持试图挽回局面，可惜效果堪忧，宾客们的心已经跟着“影帝”飞了。

炫耀不成反被明薇抢了风头，韩小雅气得脸都白了，心里把明薇骂了千百遍。

Levante 后座，明薇脸一会儿红一会儿白，胸口宛如活火山，随时可能喷发。

穆廷州坐在她旁边，双手搭在膝盖上，眼帘低垂，嘴角紧抿。

肖照看看后座，识趣地保持沉默。

最后还是明薇先沉不住气，谁都不看，低着脑袋，试图把手从窗帘里释放出来。

“公主。”穆廷州不悦地开口，声音严厉，像训人。

明薇听见了，但她懒得理他，自己挣自己的。

“回别墅再说吧，他是古人思想，觉得你穿得太少了。”肖照同情地看了看明薇。

“我管他怎么想！”明薇不听，继续挣扎。

她穿着抹胸礼服扭来扭去，窗帘滑落，白皙肩头若隐若现，穆廷州忍了又忍，终于忍不住了，伸手想把窗帘拽回去。明薇发现了他的动作，在穆廷州大手靠近之前，她猛地抬头，愤怒地瞪他。

穆廷州的手，就那么顿在了半空。

她生气，他理解又不理解，但他愣住，是因为她眼里盈盈浮动的泪。

他没再继续，明薇重新低头，眼里的泪受重力作用，沿着脸庞滚落。

凭什么，他凭什么？

她迁就他的病，可她是个自由人，他有什么资格管她穿裤子还是裙子？甚至强行带她离开？

明薇哭出来了，委屈劲儿也过了，扭过头，努力让自己平静下来。

车里鸦雀无声，明薇看着车门，穆廷州目光复杂地看她。

肖照谁都没看，以最快速度开回别墅车库，然后车门一甩，丢下两人，他先进去了。

公主也好，明薇也好，穆廷州闯的祸，他自己解决吧！

穆廷州一直在等肖照离开，有些话，他不想当着外人的面说。

肖照一走，穆廷州看看面朝车窗的公主，他默然下车，从车尾绕到明薇那边，拉开车门。

明薇人还在窗帘里裹着，其实路上可以挣开，但她突然不想挣了，赌一口气。明薇懒得看穆廷州，转过脑袋，只留后脑勺给他。

“臣情急之下对公主不敬，请公主责罚。”穆廷州毫不迟疑地跪下，低头赔罪。

明薇听到点动静，回头见他跪在那儿，她既别扭又头疼，没好气地吼他：“你起来！今天我先跟你说清楚，我不喜欢你下跪，再跪一次，那你不用当我助理了，咱们各过各的，这辈子我都不会再见你！”

“影帝”跪得容易，她还怕折寿呢！

太傅乃重臣，对待公主完全不必动不动就下跪，但穆廷州犹记得她眼里的泪，愧疚道：“公主……”

“起来。”明薇冷冰冰地打断他。

她盛气凌人，穆廷州眼帘微动，默默站直了，腰以上被车挡住，明薇只能看到一双大长腿。西装最衬男人气质，轮到穆廷州这种颜值爆表、身材完美的极品，女人看他的腿，就与男人看美女大波效果一样。

明薇又扭了过去，烦躁不已。

穆廷州顿了顿，关上这边车门，重新绕过去坐好，顺便关上右车门。

生气解决不了问题，明薇背靠座椅，目视前方：“肖照说你最近在熟悉现代常识，你了解现代服装了吗？”

穆廷州垂眸：“臣略知一二。”

明薇冷了声音：“那你难道不知道现代观念开放，女人喜欢穿什么就穿什么？”

穆廷州知道，但那些都是网上看到的文字与服装图片，因为前几天见面公主衣着还算保守，暴露程度与古装差不多，他便以为公主懂得避讳，哪料到……脑海里再次浮现宴会厅中的公主，大半个肩膀都露在外面，白花花的，以及那条不到膝盖的裙子……

穆廷州及时打住念头，肃容辩道：“她们是她们，公主金枝玉叶，臣身为太傅，对公主有教导之责，公主犯错，臣无法坐视不理。”让公主受了委屈，是他之过，但接公主回来，穆廷州并不觉得自己有错。

明薇火气上涌，想强调她不是啥公主，但开口之前，她硬生生憋了回去。

如果穆廷州那么容易放弃他的幻想，他也不会成为她的所谓助理。

明薇深深呼吸，决定换条路走："既然你把我当公主，是不是该听我的话？"

穆廷州不卑不亢："公主行事稳妥，臣但凭公主吩咐，公主行事有差，臣必当劝谏。"

明薇气笑了，盯着他道："按照你脑袋里古人那一套，我就不该抛头露面，那你当我助理做什么？直接把我关进故宫得了，顺便把故宫里的工作人员都赶出来，再给我找一群宫女太监伺候。哦，别说我没提醒你，在我们这儿，除非别人自愿，你敢逼迫别人当太监，等着进牢房吧！"

穆廷州僵硬地坐着，脸上没有任何表情，眸中却风起云涌。

他何尝不想让她入住皇城?

一觉醒来，周围什么都是陌生的，公主被那些人蛊惑，忘了前事，除了性格倔强与曾经无异，其他方面简直像变了一个人。皇上远在千里，身边被安排了新的父母，穆廷州刚得知时恨不得杀了所有折辱皇族的人，可事实是皇上在那边过得很快乐，肖照还说，如果他坚持去保护皇上，不仅年幼的皇上会哭会恨他，会耽误学习影响心智，那对儿父母也会诉诸法律，用强制手段限制他接近皇上。

穆廷州不敢冒险，他只能先照顾单独生活更容易遇到危险的公主，等皇上到了心智成熟的年纪，他再去禀明真相。

但这是无能的妥协，如今公主提及被人占据的故宫，提及他无法安排的宫女太监，明晃晃揭发他的无能，穆廷州身心煎熬，头痛欲裂。

不想在公主面前示弱，他努力压制胸口的狂乱情绪，但明薇就在他身旁，清晰地看到穆廷州脸色苍白，仿佛一转眼，额头就多了一层汗珠，他搭在膝盖上的双手，也紧紧握成拳头，隐隐地颤抖。

明薇突然有点怕，她是不是说重了，刺激到了失忆的"影帝"？电视上不都是这么演的吗，如果强迫失忆病人记起现实，病人会非常痛苦。

前一秒还气他无理取闹，这会儿明薇又同情"影帝"了。

"太傅……"

明薇不自在地在窗帘里扭了扭，低着脑袋投降，病人为大，他喜欢听什么，她叫什么就是，当务之急，先稳定病人的情绪。

熟悉的称呼传入耳中，冰冻般的“影帝”终于有了动静，眼中狂躁情绪瞬间沉入海底，换成内敛的惊喜，一闪而逝。他缓缓侧首，看到缩在座位上小小的她，本就纤细瘦弱，现在裹成一团，更像孩子。

“公主记起臣了？”穆廷州试探着问，期待掩饰在心底。

明薇摇头，小心翼翼地偷瞄他：“你感觉怎样？还难受吗？”

穆廷州沉默半秒，随即自嘲一笑，目光悠悠地望向窗外：“臣才疏学浅，暂且无力改变现状，惟愿公主信臣，你我之间莫再横生罅隙。”

明薇呆呆地看着那张老气横秋的俊脸，忽地笑了，幸好她读过书，换个文化程度不高的，恐怕连穆廷州的话都理解不全。

谁病谁有理，明薇唉声叹气：“我也不想跟你吵，但就算我是公主，既来之则安之，在找到回去的办法之前，咱们都得先适应这个时代对不对？拿衣服举例，你不赞同我衣着暴露，但我已经露过了……”

穆廷州皱眉：“何时的事？”

明薇立即就想拿手机，可惜胳膊没能抬起来，身体还随着惯性朝一侧歪去。

穆廷州眼疾手快地扶住她，一触即退。

明薇抿唇，大眼睛无辜又委屈地看着他：“给我解开，我要拿手机。”

穆廷州下意识看向她肩膀，才瞥见她泛着粉色的耳垂便马上收回，别开脸帮她解身后的窗帘结，然后背对明薇坐着。

破茧而出，明薇夸张地松了口气，低头看看，礼服皱了歪了，露得更多。明薇脸一红，飞快拽好礼服，收拾好了，这才取出肖照临危不乱帮她拿回来的手包，翻出手机搜索她的旧微博。忽略猛增的粉丝、私信，明薇不停刷相册，找到去年夏天的一张沙滩照。

“你看。”明薇将手机递过去。

穆廷州背对她，反手接手机，看屏幕之前，他已经做好了心理准备，但当他看到照片上只穿一条勉强遮住大腿根短裤的公主，大大咧咧张开手臂站在海边，穆廷州猛地翻过手机，心跟照片中的海面似的，碎成了一道道波浪。

"阅读量代表看过这张照片的人数，而且不单单这一张。"明薇继续补刀。

穆廷州没看，直接删除。

他侧着身体，一言不发，手臂动来动去不知道在捣鼓啥，明薇好奇地问了两次他也不回答。明薇疑惑，凑过来看，就见穆廷州在删她微博照片，删那些记录了她美好时光，并且经过她仔细挑选才上传的照片！

"给我！"明薇怒了，一手按他肩膀一手抢手机。

穆廷州不给，不习惯与公主身体接触，穆廷州一手挡她一手推开车门，身姿敏捷地下车，并抢在明薇出来之前关上车门。他背靠车门，明薇推不开，急着从另一边下车，结果她刚甩上车门，身后突然传来开门声，明薇诧异回头，就见穆廷州拍动作片似的钻进了副驾驶座！

心念急转，明薇猛地拉车门！

没拉开……车门被穆廷州锁了。

"穆廷州！"

明薇火冒三丈，绕到副驾驶那边，疯狂拍窗："穆廷州你别太过分，那是我的手机我的照片，你凭什么删？"

她话里带火，穆廷州犹豫了一秒，见眼前这张照片只露了两截白皙小臂，便放过了，只删露得多的。他食指一划，屏幕上跳出来一张男人背影照，对方站在一个摆满古怪器械的地方，上半身光着，肌肉感十足。

照片配字：喜欢健身的老爸，[骄傲脸]。

穆廷州冷笑，公主之父乃大明帝王，这个男人分明是假冒的，用来彻底迷惑公主，让她以为她真是这里土生土长的平民女子。他之前应该也被迷惑了三十来年，但他意志力比公主强，及时苏醒了。

既然是假的，自然没有保存的必要。

删了照片，穆廷州继续往下翻。

明薇看不清他都删了哪些，只知道他手没怎么停过，又心疼又恼火。明薇急中生智，张开手臂跑到车前："穆廷州！"

穆廷州抬头，看到露胸露胳膊大腿的公主，他马上又低下头去，非礼勿视。

“你再不出来，我穿成这样去找肖照，我还要抱他！”明薇大声威胁。

穆廷州眉头一跳。

明薇不管他，转身就往车库外面走，身后传来开门声，明薇嘴角上扬，走得更快了。

可惜，就在明薇即将跨出车库的前一秒，熟悉的窗帘再次飘落，将她束缚得牢不可破。

明薇仰头，眼中怒火熊熊。

他眉眼清冷，语重心长道：“公主自重。”

“影帝”的公主

第五章

同居生活

明薇裹着窗帘走进了穆廷州的三层别墅。

肖照懒洋洋地靠在沙发上，手里端着茶，瞧见她这副打扮，男人放下茶杯，幸灾乐祸地笑了：“看来太傅比公主厉害。”

“我饿了，没力气跟他拉扯。”明薇一点都不客气地坐到肖照斜对面，气鼓鼓地说。她真饿了，早上吃得简单，当伴娘站了一上午，好不容易熬到开席了，还没动筷子就被穆廷州抢了出来，饥肠辘辘，身心俱疲。

“在这儿吃吧，我让赵姨做了你那份。”肖照看眼厨房，笑着说。

明薇点点头，外面都是记者，正是风浪高潮，她吃饱了才有精力突出重围。

两人默契地无视穆廷州，明薇手从窗帘中伸出来，一边打开微博一边问肖照：“网上曝光了？”

距离穆廷州酒店抢人，刚过去半小时。

“上了热搜，还没有你的具体身份揭秘，你微博新增粉丝，主要都是那些宾客影响的圈子，以及手快的微博群众。”肖照马上回答，声音平稳，十分专业，“但最迟今天下午，你的消息肯定会公之于众。”

明薇心不在焉地听着，把手机调成静音，看不知哪个宾客上传的视频。里面穆廷州高冷登场，神经病的内在丝毫不损他帅气的仪表，在如此高颜值“影帝”的衬托下，被灰色窗帘裹成毛毛虫的她，怎么看都比较傻。

明薇痛苦地关掉视频，顺势把披着的窗帘也扔到了对面沙发上。

肖照本能地瞥了过来。

年轻女孩绷脸靠着沙发，乌眉水目，肤白唇红，肩膀单薄如美玉雕成，下面抹胸礼服完美发挥了它的设计目的。明薇身段纤细，胸部丰满却不夸张，很符合东方审美。礼服裙摆只能遮住膝盖之上，两条修长美腿并拢微斜，白色细高跟中，她的小脚白白净净，指甲莹润可爱。

无处不美，美得自然清新，赏心悦目。

浅尝辄止地欣赏，肖照君子地收回视线，低头喝茶。

穆廷州去而复返，见公主又把窗帘扔了，他沉着脸快步走下楼梯，然后故意面朝肖照站着，反手将一套黑色休闲套装送到明薇面前：“请公主更衣。”

肖照发出一声轻笑。

穆廷州淡淡斜他一眼。

明薇心烦意乱，再加上别墅这边没酒店宴会厅温度适宜，她扯过衣服直奔卫生间。

穆廷州监视般盯着肖照。

肖照晃晃茶杯，低头劝“影帝”：“女人爱穿裙子，你管得了今天管不了以后，与其天天烦她逼得她看你更不顺眼，不如早点接受现实，大家愉快相处。”

穆廷州没应，听到那边的关门声，他回头看看，坐好了，先替公主倒茶，再倒自己的。

卫生间，明薇半蹲着，卷了好几下才卷好两条过长的裤腿，站起来照照镜子，好像小孩子故意穿大人的衣服。套装应该是穆廷州的，但看起来非常新，不知道有没有穿过。洗手台上手机屏幕一直闪烁，电话、微信消息连续不断，明薇全部忽视，先给妹妹打电话。

明桥人在食堂，听姐姐说完近况，她有点担心：“会影响你吗？”

明薇故作轻松：“不会，姐姐还占了便宜呢，晚上肯定上头条，名气大了，还怕没人找我拍戏？我就怕狗仔们去学校打扰你。”明星没有隐私，但明家没有见不得人的秘密，父母那边好说，明薇只担心影响妹妹学业。

“姐，你照顾好自己，不用管我。”明桥出于意料的冷静。

“嗯，那你有事打我电话，联系不上我打沈姐、肖照的也行，一会儿我把号码发你。”

叮嘱好妹妹，发完联系方式，明薇咬咬唇，换种心情给老爸打电话。

明强、江月正在吃午饭，孩子们不在身边，少了很多顾忌，明强故意紧紧挨着老婆，两人像年轻时候一样腻歪甜蜜。接到女儿电话，明强咳了咳，声音变得正经起来：“我跟你妈吃饭呢，薇薇吃了没？”

明薇背靠门板，小声交代。

听说女儿背着他演古装正剧女主，明强咧开嘴，笑得特别自豪，得知电视剧男主角是大红大紫的“影帝”穆廷州，明强更骄傲了，有穆廷州出演，这电视剧能差？反过来证明她女儿足够优秀。但当女儿说出穆廷州车祸之后的事，明强的笑脸就变成了黑脸。

“什么公主太傅，他是不是看你漂亮，故意装傻纠缠你？”在明强心里，他女儿最好，别的女人想方设法追求“影帝”，到了自家女儿这边，就变成“影帝”死缠烂打了，就是这么护短自信。

老爸太看得起她，明薇臊得慌，压低声音道：“没有，他失忆前拿鼻孔看我，基本不跟我说话，现在动不动就给我下跪，正常人谁这样？”穆廷州都未必跪过他爸妈。

明强有点相信“影帝”是真病了，但他还是不高兴：“薇薇别管他，咱们别掺和这破事。”

明薇叹气：“说得简单，宝马老总有事请你帮忙，你能不管吗？”

明强开的就是宝马 4s 店。

“薇薇，要不咱们不演戏了，演戏又累又要应付狗仔，妈怕你受不了。”江月抢过手机，焦急地劝女儿，姣好的脸庞不知不觉白了。

明强忽然想到了老婆的秘密，粗重的眉毛渐渐皱了起来。

明薇不知情，小声撒娇：“妈，我喜欢演戏，比当翻译有趣多了。”

江月抿唇，挣扎半晌，最终还是舍不得委屈女儿，柔声道：“行，那你小心点，家里不用你担心。”

家人都沟通过了，明薇再无后顾之忧，给沈素打电话。

江月却没了继续吃饭的胃口，手里拿着筷子，神不守舍。

明强曾经答应她不追问当年旧事，但现在关系到长女，明强拿走老婆的筷子，扶着她肩膀将她转过来，低头看她的眼睛：“月儿，你不希望薇薇演戏，是不是怕薇薇出名了，那个人来认她？”

江月低着脑袋，眼底一片复杂。

怕吗？当然怕，怕自家平静的生活被打乱，怕女儿得知真相，伤心爸爸不是亲爸爸。可女儿喜欢演戏，她忍不住又抱了一丝侥幸心理。那年她去酒店演出，茶水里被一个有钱老板下了东西，她喝的时候不知道，喝完身体感觉不对，立即想要离开，还没走出酒店整个人就迷糊了，隐约记得撞到一个男人……

第二天，陌生的客房，江月在男人怀里醒来，她浑身发冷，以为自己被那个坏老板糟蹋了，哭得生不如死。

但要了她第一次的另有其人，对方很不满意她哭，一边穿衣服一边讽刺她："昨晚是你投怀送抱，我好心满足你，现在哭什么？"

那是一个高大俊朗的男人，面容冷峻，眼神孤傲轻蔑。他问她叫什么，她只知道哭，他终于不耐烦，丢给她一沓钞票，还有一张纸条："我对你有点兴趣，但我徐修从不强人所难，号码给你，打不打，看你心情。"

男人走了，江月撕了纸条，也没要他的钱，唯独记住了他的名字。

其实他不说，她也认得他，那晚的宴会，就是当地富商为了招待他而办。

她穿好衣服回了家，彻彻底底洗了好几遍，可惜天意弄人，她还是怀上了。她命苦，去医院诊断被熟人看到，对方以此威胁要跟她发生关系，父母思想守旧，她害怕，六神无主地被男人拉着走，幸好被明强撞见。

明强是她的追求者之一，粗鲁彪悍，绝不是江月喜欢的类型，但明强当着熟人的面承认孩子是他的，还狠狠揍了对方一顿，跟着向她求婚。她哭得昏天暗地，最终为了江家的体面，答应嫁给明强。

孩子来得不愉快，怀孕期间她极其煎熬，差点抑郁，是明强细心照顾她，任劳任怨，等孩子出生，看着明强开心灿烂的笑脸，她早就动摇的心，彻底为他打开。

所以，江月由衷地希望那个显贵的男人早已忘了她，别将薇薇联系到他身上。

别墅里。

吃完午饭，肖照上楼了，明薇与穆廷州面对面坐在客厅。

"穆廷州，我要跟你约法三章，你答应，咱们继续合作，你不答应，咱们趁早一拍两散。"

明薇昂首挺胸，态度强硬。

穆廷州稳如泰山："公主先说。"

明薇伸出一根手指："第一，不许你下跪磕头，任何情况都不许。"

穆廷州看看她，不太情愿地嗯了声："好。"

开局顺利，明薇继续道："第二，如果你觉得我哪里做得不妥，你可以提出意见，咱们心平气和地商量，但我对我的言行举止有绝对的控制权，在沟通无效的情况下，你必须听我的，不得强迫我做任何事，包括穿衣风格。"

穆廷州抿唇，半天没说话。

明薇噌地站了起来："不同意就算了，以后咱们互不相干。"

"公主。"穆廷州几个箭步拦到她面前，阻止她走。

明薇仰头，挑衅地问："同意了？"

穆廷州不想同意，奈何他空有太傅之名没有太傅之权，公主一意孤行，他真没办法强来。

"臣可以答应，但也请公主承诺，以后不论做任何事，公主都必须先知会于臣。"

明薇撇嘴，扭头道："难道我去卫生间，也要向你报告？"

穆廷州脸上飞快掠过一抹尴尬，退后一步道："日常琐事不必，但公主出门要见何人，要去何地，须报给臣知。"

明微想了想，重新坐回沙发："好，咱们各让一步。"

穆廷州没再落座，探究地看着她："除了这两点，公主还想臣做何事？"

昔日俊美高冷的"影帝"，现在自然无比地一口一个公主，想到自己接下来要说的话，明薇莫名脸热，声音也不复刚刚的理直气壮："我，我知道你把我当公主，但男女有别，现在开始，你要尽量对我冷淡，能不说话就不说话，更不要有任何身体接触……免得被人看见，说不清楚。"

她真的不想跟"影帝"闹绯闻，不想沦为千千万万女粉丝的假想敌。

前两条穆廷州答应得都困难，这点他却轻易接受了，淡然道："公主放心，臣有分寸。"

她是公主，他是太傅，理该保持君臣之礼。

明薇的微博一直没有申请演员认证，本来是想等《大明首辅》正式宣传之前认证的，只是随着她与穆廷州“暧昧关系”的曝光，认证注定要提前了。沈素建议明薇，等穆家那边开完发布会再递交申请。

其实只隔了一天，但今天认证，明薇难免有迫切宣传自己之嫌，不如由穆崇夫妻先公开她的身份。

但网友们还是从各个渠道知道了明薇的演员身份，并脑补明薇、穆廷州在拍摄过程中假戏真做，摩擦出了爱情火花。以绯闻为基础，穆廷州的粉丝们很快分成了两派，支持派爱“影帝”爱到尊重他的一切选择，并肯定了明薇的容貌。反对派则认为明薇既没名气，也长得一般般，根本配不上她们的老公“影帝”。

这两派中间，从各个角度挑剔明薇的反对派，在人数上占绝对优势。

“长得还行，但也就那样，比她漂亮的女明星多了去了，穆廷州到底看上她啥了？”

“外大毕业有什么了不起，现在名牌大学生早不值钱了，更何况比她学历高的女人有的是，光凭一个外大本科毕业证书就想配上穆廷州？”

“只有我关注一个意大利语翻译也能拍戏吗？有后台吧！唉，只要有脸有后台就能进演艺圈，怪不得最近电视剧质量越来越不行了。”

“我觉得明薇很美啊，明星也有恋爱自由，人家穆廷州喜欢就够了，要你们叽叽歪歪。”

……

穆廷州微博下面的评论数火箭般增长，明薇这边的粉丝也嗖嗖破了五万大关。

出了这么大的新闻，明薇什么都做不下去，回到别墅后几乎一直在刷微博，光刷她这边的评论都刷不过来。粉丝们吵得热闹，明薇心情还算平静，反正她与穆廷州又不是真的谈恋爱，随便粉丝们胡乱猜好了。

刷到十点，明薇困了，正打算关掉笔记本，肖照的电话来了。

“公主睡了吗？”肖照不无调侃地问。

明薇背靠枕头，一手将落到前面的长发往后撩，反击道：“你被他传染了？”居然也叫她公主。

“相信明天之后，叫你公主的人会越来越多。”肖照一边说话，一边点了下鼠标。

穆廷州就坐在旁边，见肖照关注明薇了，他也将光标移到明薇的昵称下面，点击关注。

明薇的微博页面还开着，粉丝数量持续增长，她已经懒得查看了，便不知道两人做了什么，但时刻关注穆廷州动态的那些粉丝们却兴奋得炸了锅。

“穆廷州关注明薇了，是要承认恋情吗？”

“哇，这好像是穆廷州第一次关注年轻女星哎，之前他关注的都是他父母那代的。”

“肖照也关注明薇了！啊啊啊，穆廷州恋爱，他是不是伤透了心？”

“等等，他们俩该不会想拿明薇当挡箭牌吧？”

“楼上滚粗，穆廷州才不是那种渣男！”

肖照随便点开几条，对这些评论早已无动于衷，“太傅”穆廷州对现代知识了解得还不够全面，皱眉问肖照：“拿公主当挡箭牌，是何意？”

肖照扯扯嘴角，懒得理他。

通话还在继续，明薇听到了，奇怪道：“什么挡箭牌？”

肖照笑：“你去看他底下的评论。”

明薇立即转到穆廷州的页面，看到有人说穆廷州、肖照关注了她，她震惊地张开嘴，连忙去看自己的新增粉丝，结果因为穆廷州的举动，明薇粉丝数量增加得更快了，她根本刷不出“影帝”二人组。

“什么时候回粉？太傅还在等。”斜眼看下穆廷州的笔记本，肖照打趣道。

明薇犹豫了下，分别关注他们。

肖照再提醒穆廷州刷新。

穆廷州面无表情地照做，见明薇的关注列表中多了他，他立即合上笔记本，并抢走肖照手机，迅速移到落地窗边，正色道：“公主，时候不早，您该就寝了。”

他音色清冷，与肖照温润的声线非常容易区分，明薇愣了愣，跟着点头："好，你们也早点睡。"

耳机里传来一道低沉的声音："臣遵命。"

明薇浑身别扭，果断挂断电话。

主人公们睡了，看热闹的还在努力寻找新的八卦爆料。

帝都另一座别墅中，韩小雅坐在书桌前，不停地刷着微博，证实穆廷州、明薇真的互粉后，她情绪瞬间跌到谷底，嘴唇也气恼地噘了起来。亏她在这边为嫁入豪门扬扬得意，明薇竟然不声不响地演了女一号，并且与"影帝"闹起了绯闻！

穆廷州是谁？他的是父亲名导演，母亲是畅销作家，不提二老的财产，穆廷州本人就是东影第四大股东，各种投资加起来，据说身家几十亿，无论家产还是颜值，都能将她老公踩到脚底下，如果明薇真成了穆太太……

"怎么还不睡？"王总洗完澡出来，见怀孕的新婚老婆还在玩电脑，他不太高兴。

"马上睡。"韩小雅强颜欢笑，心事重重地关了笔记本。

第二天韩小雅还有新婚应酬，除了早上睡醒刷了会儿微博，之后一直忙，直到午饭前才挤出一点私人时间。她急切地开机，先去明薇主页，然后震惊地发现明薇粉丝居然已经破了十万！这是什么速度？

再细看看，明薇居然已经认证成了演员，还发了一条新微博。

大家好，我是新人演员明薇。

《大明首辅》是我参演的第一部戏，能与穆先生以及其他诸位老师合作，是我的荣幸。

穆先生的演技大家有目共睹，我从他身上学到了很多，一直都把他当前辈敬佩。获悉穆先生的病情，我深表遗憾，唯一能做的是按照医嘱配合穆先生的治疗。在此我承诺，无论穆先生是"影帝"还是太傅，我都会继续尊敬他，也请大家多多关注穆先生的恢复情况，为他营造良好的舆论环境。

祝穆先生早日恢复记忆，创造更多优质作品。

微博发布于一小时之前，但转发、评论数都已惊人。

韩小雅看得糊里糊涂，回到微博首页，这才注意到一条新的热门话题：穆廷州失忆。

韩小雅更糊涂了，点进话题，看到一段被疯狂转发的视频。

视频中，穆崇、窦静、肖照共同出席了发布会，由穆崇宣布儿子病情，肖照陈述接下来穆廷州的行程安排，也就是以助理的形式陪在明薇身边，直到记忆恢复，最后窦静憔悴总结：

“首先，我替廷州谢谢媒体与公众对他的关怀，这段时间大家都在为他祈福，我们真的很感动。

“然后，我要特别感谢明薇。廷州现在自认太傅，他的很多想法都是古代陈旧观念，包括昨天的视频，也是因为廷州觉得公主不该穿礼服，他才固执地带走明薇，以至于明薇没能为她的新婚朋友庆祝。听起来或许好笑，但廷州这样，让明薇的生活与工作都受到了影响，所以我与廷州爸爸都很感激明薇，也希望喜欢廷州的朋友们多支持明薇，不要再给她添加舆论压力。

“最后这一段话，我想对媒体朋友们说。廷州是公众人物，接受媒体关注，可以说是他演艺事业附带的义务之一，如果廷州一切正常，我不会干涉你们追踪他报道他，但廷州病了，我想以母亲的身份恳求各家媒体，请你们给廷州一定的私人空间，给他时间治疗，不要追得他太紧……”

说到这里，窦静再也说不下去了，低头落泪，被穆崇搂到怀中。

肖照推推眼镜，手持话筒，金丝眼镜后的黑眸闪着危险的光：“如果因为哪家媒体追得太紧，致使廷州病情恶化，我们必将诉诸法律，追究到底。”

主角们陆续离开，视频结束。

韩小雅重新播放一遍，终于捋顺了思路，穆廷州失忆，也就是说，他与明薇根本不是恋爱关系？

她被明薇大好前途压得沉重的心，突然就轻松了。

韩小雅笑着看视频下面的评论。

"祝州州早日康复！"

"明薇命太好了吧，被穆廷州当公主宠！天哪，还有比这更苏的人设吗？"

"太傅那么爱公主，穆廷州爱上明薇是早晚的事啊！"

"啊啊啊，所以说昨天穆廷州抱明薇，是名副其实的公主抱！"

"羡慕明薇，我也想当公主！"

"来来来，我赌一根辣条，太傅公主肯定会在一起！"

上万的评论，那么多所谓的铁杆粉丝，居然都在聊太傅与公主。

韩小雅不喜欢这些预测，控制不住地又去看明薇那边的评论，结果底下一溜都在喊明薇公主。

韩小雅突然不想看了，"啪"地合上笔记本，一个人生闷气。公主公主，多么苏的称呼，几乎每个女生小时候都幻想过当公主，为什么明薇运气那么好，那么多女演员，偏偏让明薇捡了这个便宜？

她心里不平衡，有人比她更想吐血。

再次看完穆廷州从婚宴现场抱走明薇的视频，王盈盈烦躁得想抓头发。明华公主这个角色本来是她的，如果不是被明薇这匹黑马半路抢走，那么现在被穆廷州当成公主宠着的人该是她啊！

这个明薇，先是抢了程耀……

想到程耀，王盈盈眨眨眼睛，忽地哈哈大笑，翻出手机给程耀打电话。

叫他捧明薇，现在明薇成了穆廷州的公主，他肯定悔得肠子都青了吧！

明薇提前办了一个手机号，专门用于影视圈的工作联系，私人号码只有至亲好友知道。现在她一夜成名，曾经的同学、朋友、翻译工作圈，无论关系远近，陆续有人联系她，夹杂着不少媒体电话，太乱太杂，明薇直接设成静音，暂且只用新号手机。

今天有《南城》开拍前的培训，明薇定了六点的闹钟，铃声一响，她眯着眼睛去摸手机，正要关掉闹钟，却透过勉强睁开的眼缝，发现屏幕显示的不是闹铃，而是肖照的电话。

明薇醒了一半，坐起来接听。

“公主起来否？”

听多了“公主”，明薇竟然越来越习惯了，打个哈欠道：“刚醒，有事吗？”

肖照笑：“今日公主出门，臣与太傅来护驾。”

“正常说话。”明薇烦躁地掀开被子，一边下床一边问，“你们出发了？”

“嗯，刚到你门外。”

明薇震惊地停在原地：“你们怎么上来的？”楼下明明有门禁。

“有住户认出我们，帮我们开的门。”肖照淡笑答。

出乎意料，又理所当然。明薇摸摸额头，再看看身上的睡裙，她无奈道：“等我三分钟。”

“不急，公主慢慢来。”

肖照礼貌地结束通话，收好手机，朝穆廷州伸手。

穆廷州一身黑色西装，将肖照那份早餐还回去，他继续拎他与公主那份。

没用上三分钟，门开了，穆廷州偏头。

时间匆忙，明薇只来得及换上一条牛仔裤一件针织衫，简单抓了抓头发，有点乱，却带着美人初醒的慵懒美感。看到衣冠楚楚的娱乐圈两大男神，明薇尴尬道：“今天只是去培训，你们可以不用来的。”

穆廷州不以为然：“公主声名鹊起，外面堵了一批记者，您一人出行，恐有危险。”

明薇低头腹诽，还不都是他害的。

“太傅带了早餐，一起吃吧。”肖照缓和气氛。

明薇请他们进来，让肖照帮忙招待“太傅”大人，她先去卧室洗脸。十分钟后，明薇重新露面，长发柔顺地披在肩上，脸上化了淡妆，看着更精神了。

早饭是赵姨做的，鱼片粥与小笼包，打开盖子，热气香气同时弥漫开来。明薇食欲大增，看看穆廷州，第一次感受到了被太傅纠缠的好处。睡醒就有人提供免费营养早餐，除了家里的老妈，谁还会这么好？

“多谢太傅。”吃人嘴软，明薇朝穆廷州甜甜一笑。

穆廷州微微颔首，请她先用筷，等级观念分明。

明薇就不客气了，先尝了一口香稠的鱼片粥。

穆廷州奉行食不言寝不语，明薇与肖照有一句没一句地闲聊。

“你们关系刚刚曝光，最近几天记者都会密切关注你，今天的穿戴，跟沈素商量过了吗？”扫眼明薇身上的黑色牛仔裤、米色针织衫，肖照道，“女星街拍搭配品位太差，也会成为黑点。”

明薇点头：“一会儿换件风衣。”

“如果可以，我想参观一下你的衣柜。”

“好……”

“不可。”在明薇答应之前，穆廷州冷冷道。

肖照继续慢条斯理地喝粥，拿他的话当耳旁风。见穆廷州朝她看了过来，明薇露出一个哄孩子似的温暖笑容：“太傅，肖照是想帮我搭配服装，你放心，我会先收拾一下，保证里面没有不可见人的衣物。”

穆廷州这才同意。

饭后明薇先去收拾，贴身衣物包括睡裙都藏好，再请他们进来。

肖照立即就要过去，穆廷州却挡住他，肃容道：“公主闺房，外男不得擅入，还请公主将衣物拿到外面。”

肖照扯扯嘴角，什么都没说，重新坐到沙发上。穆廷州这一失忆，明薇差点被逼疯，但肖照才是第一受害者，相处几个日夜后，肖照已经找到了规避更多伤害的方法，即尽可能地接受穆廷州，不反对、不辩解。

两个男人一站一坐，明薇来回瞅瞅，懂了，认命地去抱衣服、提鞋。

同等家庭条件的子女中，明薇过得相对节俭，只准备了几套高档套装、礼服用于商业应酬，日常穿着都是比较亲民的品牌，前不久《大明》杀青，她临时又买了几套品牌休闲装。但衣服贵不代表搭配好，肖照眼光高，看完明薇的收藏，他才勉强配出三套。

“晚上去逛商场。”配完最后一套，肖照“命令”道，并善意提醒明薇，“记得带卡。”

身为一个女人，服装搭配技能竟然不如一个男的，明薇有点受挫，但有高人指点她买衣服，想到自己可以穿得漂漂亮亮的，明薇还是挺高兴的：“好，不过我卡里只有这么多，你别带我去太奢侈的地方。”

她嘿嘿笑着朝肖照伸出一根手指头。

她笑得可爱，穆廷州看了心酸，堂堂大明公主，本可以享受天下华服，如今竟要担心钱财不够？

“公主只管挑衣，臣会替您结账。”穆廷州朗声道，眼睛看着肖照，不容外人轻视公主。

肖照笑而不语。

明薇吓坏了，现在穆廷州愿意为她花钱，病好了后悔，找她算账怎么办？她可不能贪图眼前利益提前消费，将来还款时心肝肉疼。

“不用不用，我自己有钱。”明薇一边婉拒穆廷州，一边朝肖照使眼色。

肖照跟穆廷州是一伙的，当然不会让穆廷州亏钱，除非有足够证据证明明薇肯定会成为穆太太，真那样，穆廷州替明薇买账便天经地义了。

商量好了，明薇又辛苦地将一堆衣服、鞋子都抱回卧室，这个过程中，那两个平均身高超过一米八五的高大汉子，就一动不动地站在旁边，眼睁睁看她一个弱女子当搬运工。肖照想帮，但穆廷州不让他碰公主的衣服，穆廷州提议由他帮明薇将衣服运到卧室门口，明薇“铁骨铮铮”地拒绝了！

要帮就帮全套，帮一半算什么？

忙活完，三人出发，肖照的 Levante 停在楼下，远处围满了记者。“影帝”失忆不能受刺激，为了避免出意外担责任，记者们不敢凑太近，但也绝不可能放过这么大的新闻卖点，所以明薇他们一出来，各种闪光灯就开始唰唰唰地闪了。

明薇穿着米色风衣，眼戴墨镜，遮住大半张脸，但她皮肤白皙，嘴唇红艳，本身的清纯甜美与墨镜塑造的冷感完美融合，再由穆廷州、肖照一左一右尽职尽责地护驾，一亮相，既有冷艳女王风范，又有娇气公主备受宠爱的柔弱感。

记者们其实都是冲着"影帝"来的，只是明薇气场太强，他们镜头的焦点便不受控制朝明薇倾斜，最后的效果，穆廷州与明薇平分秋色，肖照……毕竟只是助理，只占了边角，用他帅气的仪表，为"影帝"、公主锦上添花。

到了车前，兵分两路，肖照绕到驾驶位，穆廷州护送明薇上车。

男人抢先一步替明薇拉开车门，并微微俯身，体贴地帮明薇护着头顶。

明薇："……"

她并不需要"影帝"如此体贴，可穆廷州已经做了，她只能先上车。

就在明薇低头准备上车的那一刹那，五米外记者围成的人群中，突然冲出来一个短发女人："廷州你醒醒，你是我们的，那女人是骗子，她不是你的公主！"

疯狂的女人，疯狂的速度，疯狂的尖叫，从未经历过粉丝闹场的明薇吓得忘了行动，呆呆地站在车前，看着那女人越来越近。她吓傻了，已经拉开车门的肖照也神色陡变，但他只是攥了一下扶手，没有任何行动。

穆廷州也不需要他帮忙，动作迅速又不失温柔地将明薇塞进车，然后轻轻关门，等他站直了，疯女人已经跑到车前，激动地朝穆廷州伸手，要拥抱、占有她心目中的偶像老公。可惜迎接她的是一个教科书式的过肩摔，简单利落，只听"砰"的一声，疯女人被重重地摔到地上，两眼圆睁，半天没出声。

众记者："……"

明薇："……"

现场鸦雀无声，穆廷州眉眼淡漠地摸出一张手帕擦手，擦完往女人身上一扔。他重新拉开车门，低头对明薇道："您坐里面。"

明薇身体先于大脑行动，毫不犹豫地挪到内侧。

穆廷州弯腰进来，带上车门。

"没出人命吧？"驾驶座上，肖照回头，不放心地问。

穆廷州言辞吝啬："不会，开车。"

肖照放了心，驾车离去。

车子动了，穆廷州转向明薇，见她小脸惨白，目光温柔了几分："公主勿忧，有臣在，没人能动您分毫。"

明薇不敢看他，胡乱"嗯"了声，心怦怦跳。她早知道穆廷州练过武，可亲眼目睹穆廷州彪悍的武力值，明薇不怕别人碰她，却怕哪天穆廷州情绪失控，朝她动手怎么办？一个精神不太正常的人，谁能保证没有意外？

回想她之前竟然朝穆廷州发过脾气，明薇不禁一阵阵后怕。

不行，以后穆廷州再气人，她都必须忍着，不能轻易发火。

"公主，这边防卫不足，外人可轻易闯入，臣恳请公主移驾寒舍，由臣亲自照顾。"

她心慌意乱，穆廷州另有所想，几番考虑，开口提议道。

明薇傻了眼，穆廷州让她搬去他的别墅"寒舍"？

"公主不愿？"见她眼神躲闪，穆廷州微微朝她倾来，疑惑低沉的语气，仿佛别有深意。

想到疯狂粉丝被穆廷州过肩摔的那一幕，明薇心尖一颤，鬼使神差就答应了："好，好啊……"

明薇在穆廷州、肖照的陪伴下逛了一晚商场，吸引了无数关注，也刷掉了不少"血汗钱"。

东西太多，两大男神帮她送货上门。

"公主暂且安歇一晚，明早臣再来接您。"穆廷州退到门外，恭敬地说。

"好，太傅慢走。"明薇哭笑不得，目送穆廷州转身，她再朝电梯前的肖照摆摆手。

人走了，明薇关门回房，先收拾好新买的战利品，再摊在沙发上刷微博。

果不其然，早上他们仨出门的视频被人传到网上了，标题亮眼：公主出行，"影帝"护驾。

明薇点开视频。

换个视角看，感觉截然不同，因为跟穆廷州他们都熟悉了，早上出门明薇没觉得多夸张，但现在作为一个观众，看着被穆廷州、肖照护在中间的"公主"，明薇自己都觉得像是在观看偶像剧。不过明薇并不自恋，确定她没有丑镜头，明薇就只看穆廷州了。

一身裁剪得体的黑色高定西装，无形中加强了"影帝"的颜值，那张脸淡漠清冷，仿佛外面的花花世界与他毫不相关，但当这样冷冰冰的人主动替一个女人拉开车门时，虽然脸庞被挡，可他恭敬自然的动作，还是令人遐想到"温柔"一词。

前一秒还细心照顾公主的"影帝"，下一秒便展现了他冷漠无情的一面，一锁一甩，疯狂女粉丝就被丢出去了。没人关注女粉丝被摔的时候表情是不是痛苦，所有人欣赏的都是"影帝"简单利落的动作，帅气干练……

反正明薇只回放了三四遍。

真帅啊，可惜出了车祸，脑袋摔傻了。

明薇再一次惋惜，穆廷州是个好演员，如果没出车祸，他可能已经在为新片筹备了，再回想她与穆廷州合作拍戏的那几个月，被"穆太傅"纠缠之后，明薇第一次发自肺腑地心软了，觉得她应该对穆廷州好一点。

感慨过后，明薇好奇地点开评论。

"我的天，太傅好帅！"

"太傅文武双全，又帅又忠犬，石头做的公主也会动心吧？"

"这视频比偶像剧还精彩，像不像全民围观太傅谈恋爱？"

……

粉丝们为什么会粉一个明星？因为粉丝能从明星身上得到一种快感，或是精神层面的敬佩折服，以明星为榜样激励自己，或是感官层面的享受，比如明星颜值高、性格好、幽默搞笑，总而言之，喜欢明星，是因为明星让粉丝舒服了。

现在穆廷州作为"太傅"的表现趣味十足，再加上他与明薇并非恋爱关系，那些粉丝们就更想看他的最新进展了。而且《大明首辅》电视剧虽未上映，实体小说销量却猛地攀升，粉丝们看完小说，得知书中太傅对公主的深情，感动落泪的同时，也移情到穆廷州、明薇身上，希望太傅早日征服“公主”，圆满一段爱情。

种种因素合起来，嫌弃明薇抢走穆廷州的评论越来越少，支持她的粉丝们越来越多，评论中都亲昵地喊她公主或明公主。

明薇托着下巴，情不自禁地刷着一条又一条评论。

身旁传来手机铃声，明薇随手一捞，意外看到一个有些眼熟的未备注号码，好像是程耀。

明薇犹豫要不要接，其间电话断了，对方又打来第二次。

明薇叹口气，接听。

对面先传来一声男人的冷笑：“总算打通了，明公主，知道我今天一共给你打了多少次吗？”

明薇靠回沙发，平静道：“那个手机号太忙，这几天都没用，新号还没来得及通知所有朋友。”

程耀半个字都不信，如果不是他拐弯抹角从别人那里打听到她新号，她这辈子都不会主动告诉他。

“你跟穆廷州是怎么回事？”程耀摁灭烟头，危险地问。

“网上解释得很清楚了，就是那么回事。”明薇心不在焉地道，走到卧室，打开电脑继续刷评论。

程耀讽刺地笑：“穆廷州有钱有貌，现在还把你当公主看，你敢保证你不会动心？”

明薇有点烦他了，直接呛道：“动不动都是我的事，程耀，我说得很清楚了，只要你愿意，咱们还可以做朋友，做恋人不可能。”

“当然不可能，你现在有了穆廷州，眼里更看不见我了！”憋了几天的烦躁之火被她一句点燃，程耀猛地起身，一脚踹歪了沙发。

话不投机，明薇绷着脸挂断电话，并将程耀的号码拉进黑名单。

世界清净了，明薇却没了刷评论的心情，看看时间，竟然快十点了。她揉揉长发，想去洗个澡。

手机又响了，明薇下意识皱眉，看到“太傅”两个字，她才放松警惕。

“微臣穆昀，遥拜公主。”

熟悉的开场白，就像打电话通用的“你好”，明薇笑笑，走到衣柜前挑睡衣：“怎么了？”

“公主刚刚跟谁打电话？”别墅这边，穆廷州坐在电脑前，英挺的长眉微皱。在他看来，晚上十点是最迟的睡觉时间，他本想找公主商量一件事，并提醒公主就寝，未料电话一直忙碌。半夜三更公主还在跟别人通电话，两人的关系一定不简单。

“一个朋友，太傅找我有事？”明薇挑了一条粉色睡裙出来，想快点说完，她好去洗澡。

“臣挑了两张床，稍后发公主微信，还请公主过目。”

床？明薇满脸疑惑，见电话断了，她放下睡裙，先看微信。

“叮叮”几声，穆廷州的微信来了，是两张图片。

明薇放大了看，好家伙，是两张古代拔步床，高档实木，雕刻精美，奢华之气扑面而来。

太傅：臣以为，公主更适合用这等床具，静心养神。公主下旬即将启程南下拍戏，臣会安排工匠重新装修公主的寝居，具体桌椅陈设待臣汇总之后，再请公主挑选。公主爱筝，臣也会为公主安排一间筝房。

明薇呆若木鸡。

敢情穆廷州不但把她当公主保护照顾，还要把她当真正的古代公主养啊？

明薇震惊得差点打错字，赶紧回复：不用不用，我大多数时间都在外面，太傅别麻烦了。

穆廷州随时都有可能恢复记忆，他恢复的时候，也就是两人分道扬镳之时，她注定不会在那边住长久，那又何必让穆廷州瞎折腾？好好的别墅，重新装修、购买家具，都是一笔开销。

太傅：公主不必客气，照顾公主是臣之责。

明薇：……我没客气，我睡惯了现代床，不习惯古风的了。

消息传过来，穆廷州看完突然沉默了，猜不透公主是在客气，还是真的不喜欢。

他正卡壳，明薇发了一个月亮表情：不早了，太傅别忙了，晚安。

穆廷州看看那个月亮，回她：公主早睡，臣告退。

被人关心的感觉总是好的，明薇放好手机，哼着歌去洗澡。

穆廷州却在为难，三分钟后，他将两张拔步床的图发给肖照：公主的床，用这种如何？

肖照拿起手机，分别点开图片，语音回他："跟别墅不搭，你等等。"

穆廷州默默等着。

一分钟后，肖照发来几张图片："这些是欧式宫廷公主床，现在女人都爱这种，你挑一个吧，先别告诉公主，留着当惊喜。"

穆廷州皱皱眉，还是觉得古风床更顺眼，但肖照的话也有道理，古风床确实与别墅不搭。

"我还有别的房产吗？"穆廷州问肖照。

肖照挑眉："你想做什么？"

穆廷州："与你无关。"

肖照气得笑了，但还是将穆廷州的几处房产情况发给他，后来猜到穆廷州问房子的目的，肖照补充道："老爷子有座四合院，不过房子现在归穆导管，你想重新装修，得跟穆导商量。"

提到他如今名义上的父亲，穆廷州沉默了。

有穆崇把关，肖照一点都不担心穆廷州胡闹。

第二天早上，肖照开车陪他去接明薇。明薇并不准备把东西全搬到别墅去，只收拾了两箱衣服与日常用品。

"公主这边没筝？"扫眼摆在客厅的行李，穆廷州奇道。

明薇本能地看向闺密的工作室。

穆廷州懂了，劝她："一起带上吧。"公主爱筝，怎能不带在身边。

"算了，太重了，搬来搬去的麻烦。"明薇找借口拒绝。

"臣帮您搬。"穆廷州坚持，并不认为公主还会搬回来。

明薇没辙，带他去工作室，门一打开，室内古色古香。穆廷州怔了一下，环视一周，目光再落到公主纤细的背影上，他难以察觉地抿了抿薄唇。公主口口声声否认她的身份，但看这边的陈设，公主显然喜欢古风，所以，她就是他的公主，忘记前事的公主。

既然如此，他宁可暂认穆崇为父，也要送她一座古宅。

"太傅？"筝就在眼前，穆廷州却神色复杂地看着她，明薇奇怪，小声喊他。

穆廷州回神，视野清晰，看到他的公主站在四幅屏风旁，明眸皓齿，面若桃花。

"臣在。"他垂眸，拱手行礼。

明薇："……需要我帮忙抬吗？"虽然她的筝并不重。

听到如此稚气的问题，穆廷州嘴角上扬，笑着走到筝前，弯腰抱筝，动作熟练。

先是公主抱，再是失忆，当媒体拍到明薇搬到"影帝"别墅时，粉丝们已经见怪不怪了，凑 CP 的呼声反倒越来越强烈。

肖照发微博澄清：因女粉丝事件，"太傅"担心"公主"安全，暂接到别墅居住，亲身保护。

明薇低调转发，没有添加解释，她是众人眼中的受益者，再说什么"我跟他只是普通关系"的话，容易招惹粉丝反感。而中心人物太傅大人，在公主入住他的寒舍后，便不再关注微博，觉得刷微博是浪费时间。

早上六点，明薇自然清醒，看到陌生的房间，她愣了几秒才记起搬家的事。穆廷州的别墅一共三层，三楼原来是穆廷州的地盘，如今整个三楼都成她的了，用穆廷州的话说，"她是公主，公主不宣召，除了打扫房间的赵姨，旁人谁也不得擅闯公主居所。"

这恭敬的姿态，明薇差点飘起来，真以为自己成了公主。

洗完脸，明薇里面穿着健身服，外面套上休闲套装，第一次以住客的身份跨出房门。

三楼静悄悄的，明薇不由自主地放轻脚步，走到二楼，依然一片静谧。看眼穆廷州紧闭的房门，明薇继续往下走。

"公主起来啦。"赵姨人在厨房，看到她，笑眯眯地打招呼。

明薇尴尬，摸着脑袋道：“阿姨还是叫我明薇吧。”

赵姨满脸堆笑：“那可不行，太傅大人特意嘱咐我喊公主的。”“影帝”虽然病了，但性格脾气几乎没怎么变，赵姨就觉得这件事没那么严重，而且明薇漂亮好相处，赵姨心底也有点期待两人能走到一起，这么大的别墅，还是人多才有意思。

明薇无可奈何，聊聊早饭，她重新上楼，准备去她的专属健身房健身。作为一个演员，保持身材乃日常必须。

走到二楼，忽然听到开门声，明薇抬头，看到穆廷州从西边一个房间走出来，透过门缝，里面的健身器械露出冰山一角。门前，穆廷州一身黑色休闲装，俊脸泛红，短发又湿又乱，显然刚运动完，洗过澡。

目光相对，穆廷州秒速退回房间，诚恳的赔罪从门缝传了出来：“臣不知公主在外，唐突了。”

明薇眨眨眼睛，回想穆廷州的打扮，没露胳膊没露腿，头发湿就是唐突？

“没事我先上去了。”

回到三楼，明薇忘了那段小插曲，专心健身，然后换身衣服，神清气爽地下楼。

客厅里，穆廷州与肖照并肩坐在沙发上。肖照也住在这片别墅区，之前担心穆廷州的情况，他多陪了穆廷州几晚，现在明薇来了，肖照迫不及待地搬自家去了，反正就算他不走，二楼三间房，一间改成健身房，一间书房，一间做穆廷州的卧室，根本没有他的容身之地。

但赵姨做饭好吃，肖照常来蹭饭。

明薇才走到二楼，穆廷州便提前站起来了，远远地朝明薇行礼：“臣穆昀拜见公主。”

肖照没动，但也朝明薇看了过来。

迎着两大男神的目光，明薇差点不会走路了，借与肖照说话转移压力：“你吃过了？”

肖照笑：“在这边吃。”

明薇点点头，三人一起去了餐厅。

"那个，我爸说他刚刚登机，大概十点到这边……"吃完半碗粥，明薇低着头说。

穆廷州放下筷子，神色严肃："他来做什么？"

明薇抿唇。

肖照一猜就准，讽刺穆廷州："你把人家女儿拐到自家，明先生不来才怪。"

穆廷州平静反击："他与公主到底什么关系，你比我清楚。"就是不承认明强夫妻。

"好了，我爸是想来这边看看情况，穆先生如果不同意，我会安排我爸住酒店。"明薇打断两人的口舌之争，依然低着头。从法律上讲，穆廷州有权拒绝老爸登门，但老爸担心她也是人之常情，穆廷州真敢拒绝，她马上搬出去。

穆廷州沉默，真的在考虑让明强住酒店的可行性。

他情商一向感人，肖照做主道："公主放心，一会儿我去接机。"他亲自接人，以示重视。

明薇嘟哝道："咱们一块儿去吧。"

肖照温和地反对："不好，外面都是记者，你跟廷州出门动静太大。"

明薇想想也是，朝肖照笑："那辛苦你了，改天我请客。"

肖照坦然接受。

穆廷州看看两人，忽然觉得公主朝肖照笑的次数，似乎有点过于频繁。公主年幼，正是情窦初开的年纪，他忠言逆耳屡次触怒公主，肖照却事事纵容，两相对比，更显得肖照好，长此以往，公主会不会……

"公主还有一妹？"穆廷州动动手指，违心地问。违心，是因为他知道那个妹妹也是假的。

明薇诧异地看他："是啊，怎么了？"

穆廷州垂眸道："明先生千里迢迢来京，不如也请那位明小姐过来，你们……一家团聚。"

他终于肯承认她与家人的关系了，明薇忍不住笑："好，正好今天周六，谢谢太傅！"

她笑得比刚刚还欢，一双眼睛水润明亮，浮动着快乐的光芒。

穆廷州暗暗摇头，公主真是太好糊弄了，他怎么放心让她一个人去外面闯荡。

饭后明薇给妹妹打电话，姐妹俩互相担心，都想当面聊聊。

“我现在不方便出门，一会儿肖照先去接你，顺路再去机场，咱爸脾气不好，你见机行事。”站在落地窗前，明薇说完行程安排，小声嘱咐妹妹，怕老爸朝肖照开炮。

商量好了，明薇把妹妹的号码发给肖照。

八点多，肖照开车离开别墅，记者们见车里只有他一人，继续守在别墅外面。

距离 T 大还有十分钟路程，肖照打明桥电话，几分钟后，肖照抵达 T 大附近的一个路口。他放慢车速，视线沿着路口往前看，很快便发现一个穿牛仔外套的女大学生，她穿着白色球鞋，估测身高一米七，及肩长发散落下来，挡住了半边脸。

肖照慢慢开过去，离得近了，他按了下喇叭。

明桥在玩数独游戏，听到动静，她偏头，透过车窗，看到一个穿浅灰西服、戴金丝眼镜的男人。最近网上都是姐姐的新闻，明桥了解穆廷州的同时，也简单查了肖照的相关资料，因此一眼就认了出来。

她收起手机，朝那辆 Levante 走去。

确定了她的身份，肖照下车，微笑着自我介绍：“你好，我是肖照。”

男人风度翩翩，明桥淡淡一笑：“麻烦你了。”

明薇声音柔，明桥的音色却偏冷，无形中拉开了距离感，与肖照脑补的稚气新生完全不同。

“应该的。”简单握握手，肖照绅士地帮她拉开车门。

“谢谢。”明桥简单明了，弯腰上车。粉丝们眼中的男神，在她眼里只是陌生男。

肖照时间拿捏得非常准，两人在机场等了十分钟左右，明强的航班便降落了。

“爸爸！”接机大厅，明桥先认出老爸，轻轻挥了挥手。

明强单枪匹马来的，没带任何行李，意外看到小女儿，他喜上眉梢，只是瞥见女儿身边的眼镜男，明强笑脸陡变冷脸。

肖照始终保持客气的微笑，一边走向停车场，一边简单地向明强介绍情况："明先生放心，廷州敬明薇小姐为公主，衣食住行处处用心，绝不会委屈明薇小姐。"

"用不着，我的女儿我自己养。"明强语气强横，他这次过来，就是要接女儿离开穆家。

肖照推推眼镜，默默往明强头上盖了一个戳：来者不善。

等红灯的时候，肖照将明强那句话发给穆廷州。

穆廷州心中一沉，公主太信任明家人，如果明强坚持，公主恐怕会盲从。

"公主，肖照接到明先生了，他似乎准备接走您。"穆廷州从单人沙发上站起来，盯着明薇道。

明薇在看电视，闻言愣了愣，老爸电话里可没这么说。

"公主想走吗？"穆廷州平静问。

明薇当然想走，一个是陌生的别墅，一个是闺密的公寓，肯定跟闺密住更自在。

明薇关了电视，看看穆廷州，见他神色正常，她低下头，捏着遥控器道："太傅，其实咱们住在一起确实不太合适，粉丝们都以为咱们有……那种关系了。"那天她是被穆廷州的过肩摔吓到了，没敢一口拒绝。

"都是无关之人，臣只在乎公主安危。"穆廷州坐到明薇身边，隔了一人的距离。

明薇握着遥控器，绞尽脑汁琢磨拒绝的理由。

穆廷州像是猜到她心中所想，忽地笑了，安抚道："公主不必为难，公主想走，臣不会强留，只是无论公主定居何处，臣都会竭力与公主毗邻而居，以保证公主安全。"

明薇震惊抬头。

穆廷州从容自信："臣是无权，但臣有财，只要诱之以利，那些邻居定会让出房产。臣只担心，公主疲于搬家或因媒体频繁曝光浪费精力，无暇准备即将开拍的新剧。”

男人侃侃而谈，明薇呆呆地张开嘴，竟然有点认同他……

知道她已妥协，先晓之以理的太傅大人继续动之以情：“公主，臣苏醒已有多日，但昨晚是臣睡的第一个安稳觉，还请公主留在寒舍，成全臣一片护主之心。”

男人起身，抱拳朝沙发上的女孩行礼，两排长睫毛整齐垂下，侧脸俊美又诚恳。

第六章

二十四孝男助理

“薇薇，你还是去林暖那儿住着，爸给你雇几个保镖，咱们不住他这儿。”

路上跟小女儿说过话了，到了别墅，明强没搭理那位赫赫有名的“影帝”，直接将明薇叫到一旁，用所有人都能听见的声音“窃窃私语”，最后才放低声音，看傻孩子似的看着宝贝女儿：“他脑袋有病，你跟他住一起，哪天他发病怎么办？”

明薇已经被穆廷州那番威胁与诚意打动，回头看眼沙发那边，她扯扯老爸的袖子，小声撒娇：“爸，我都搬过来了，再搬回去媒体又要瞎猜……再说我下周就出发去上海了，身边都是剧组人员，肯定没事的。拍摄三个月，等我回来，他可能已经恢复正常了。”

“没恢复怎么办？”明强瞪眼睛，“他一辈子不恢复，你还给他当一辈子公主？狗屁太傅，你是我女儿，他凭什么管你？”一想到刚刚进门，女儿想冲过来抱自己，却被穆廷州一声咳嗽止住了，明强就火冒三丈。

应付完穆廷州还要哄老爸，明薇真的快心力交瘁了：“你先别想那么远啊，穆导他们比咱们着急，肯定会想办法尽快治好他的。”

明强哪能这么容易放弃：“说得简单……”

“爸……”明薇嘟嘴，拉长声音抗议，“反正我就住这儿了，今天开始我要专心准备新剧，你想让我烦心，那就继续说。”说罢，可怜巴巴地望着老爸。

面对女儿的撒娇，明强没有任何抵抗力，扫眼一直提防观望他们的穆廷州，明强重重哼了声，瞪着穆廷州道：“行，你翅膀硬了，我管不了你，不过他们要是敢欺负你，薇薇你尽管告诉爸，爸替你报仇。”

他脖子上戴着金链子，浓眉大眼，俨然一个黑社会老大。

明薇莫名觉得尴尬，想起高中读书，每次开家长会，只要老爸一出现，其他孩子家长立即会安静下来，把老爸当危险人物防备。

“行了，去坐坐吧，你不是还夸过人家有演技吗？”明薇努力提醒老爸对穆廷州有过的好印象。老爸不会搞什么浪漫，一家人每年最多的活动就是集体去看电影，穆廷州电影作品更多，有次他演一个犯罪片，大概是戳了萌点，老爸看完夸了好几句。

明强回忆不起来！

但他还是坐沙发上了，气势十足。

"明先生中午在这边吃吧。"肖照替不苟言笑的"影帝"招待客人。

明强阴阳怪气道："外面都是记者，我们一家只能蹭饭了。"

肖照笑容不改："给您添麻烦了。"

明薇特别不好意思，劝肖照："我爸脾气不好，你们忙去吧，我陪我爸就行。"

明强却道："薇薇你们姐俩去楼上，我有话跟穆先生说。"

明薇心里七上八下的，躲在老爸身后偷偷嘀咕："人家是'影帝'，你别得罪死了，我以后还想在影视圈混呢。"

"上去上去。"明强不耐烦地轰她。

明薇轻轻推他一下，领着妹妹上楼了，然后躲在三楼楼梯旁偷听。

客厅，明强正襟危坐，盯着穆廷州、肖照道："我不管你们是'影帝'还是经纪人，薇薇是我女儿，我明强虽然没多少钱，但保证她们姐妹吃穿不愁没问题，现在是你们求薇薇帮忙，不是我们赖着你。薇薇还小，被你们纠缠一阵就心软了，可我丑话说在前头，如果她们姐俩因为你们受了委屈，我明强保证十倍百倍地还回去，不信就试试。"

男人声音洪亮，铿锵有力，明薇在楼上听得清清楚楚，嘴角高高翘了起来，有老爸撑腰就是好啊。放心了，明薇搂着妹妹胳膊往卧室走，打听妹妹那边的情况："学校有去记者吗？有没有影响上课？"

楼下，面对公主"假爹"的威胁，穆廷州面无表情："我奉先帝遗命教导公主，绝不会让任何人欺辱公主。"说着，意有所指地看了看对面的两个男人。

肖照仰头看天花板。

明强火气上涌，眼看就要爆发，口袋里的手机响了，明强狠狠瞪眼穆廷州，掏出手机一看，老婆的。戾气瞬间收敛，明强快步朝窗边走去，语气也从愤怒的老爷们变成了面对老婆的灰太狼："……嗯，到了……没生气，聊得挺好的……"

穆廷州无动于衷，肖照笑了，这些男人啊，外面再横，到了自己女人面前都成了妻奴。

想到穆廷州对明薇的恭敬，肖照推推眼镜，坐到穆廷州身边，一手搭着沙发，一手放在膝盖上，用只有穆廷州能听见的声音调侃道："如果不是那天在医院，你对伯母太不客气，我都要怀疑你在故意玩失忆，趁机追求明小姐。"

车祸前穆廷州对明薇就不一样，他早看出来了。

穆廷州自动屏蔽一切无意义的话。

手机振动，肖照摸出手机，看到来电显示，他挑挑眉，按了接听。

一分钟后，肖照结束通话，对穆廷州道："有位名导演想请你跟明小姐合作一部电影。正好晚上有空，我让他来别墅见面，相信沈素也在通知明小姐。"

穆廷州皱眉，因明强回来了，他便没有询问详情。

接女儿脱离狼窝的计划落空，下午明强就回去了，肖照先送他去机场，再送明桥回 T 大。

"有事常联系。"肖照停好车，绕到后面，帮明桥拉开车门。

"我姐刚进影视圈，希望你看在穆先生的分上，多照顾我姐。"T 大生活平静，明桥更紧张姐姐，娱乐圈听起来就很复杂，姐姐没有背景，长得又那么美，无法不让人担心。

肖照却觉得这份担心幼稚可笑，看着眼前的小女生道："二小姐太小瞧廷州的影响力了，她现在是国民公主，谁敢得罪她？"

明桥不喜欢他的自负，点点头，头也不回地走了。

肖照站在车旁，目送女孩走过一个路灯，对比姐妹俩的性格，他笑笑，上车离去。

晚上六点，沈素与廖导相继抵达别墅。

沈素是明薇的经纪人，不用介绍。廖导来头更大，曾有两部电影获得奥斯卡提名，其中一部男主角正是穆廷州。穆廷州失忆前，他与廖导关系还算不错，这也是肖照痛快邀请廖导来穆廷州别墅的主要原因。

贵客登门，鉴于穆廷州暂时还无法接受礼服，明薇换了一套白色套装，长发高绾，耳上戴珍珠耳环，一步一步沿着楼梯走下来，优雅中流露出几分事业女人的成熟。肖照赞许地点头，穆廷州只看一眼便移开视线，恪守礼法。

“公主这样穿，更漂亮了。”美人来到近前，肖照绅士地恭维。

明薇浅浅一笑，有一点点羞涩。

“太傅觉得如何？”肖照故意逗“影帝”。

穆廷州冷声告诫他：“公主乃金枝玉叶，非你我能直言妄议。”

自诩再也不会被“影帝”伤害的肖照，还是被呛到了，气得先去外面等人。

明薇默默地尴尬。

耳边突然传来穆廷州低沉的声音：“肖照言辞轻浮，公主还是疏远为妥。”

他一本正经的，明薇笑了，耐心解释道：“太傅，现代女子喜欢被人恭维，我也是，有人夸我漂亮，我会很开心。”

看着她明媚笑脸，穆廷州脑海不自觉地浮现出几句诗词，全是盛赞女子貌美的，但就在他犹豫要不要说出来让公主更加开心时，他眼中的公主却低头一笑，意味不明地笑，随即朝门外走去，只留下一缕淡淡清香。

穆廷州抿抿唇，缓步跟上。

一番介绍后，五人坐到餐厅共进晚饭，气氛轻松下来，再愉悦地谈正事。

谈到新接的奇幻剧本，廖导神采飞扬：“咱们国内文艺好片不断，但科幻大片基本空白。我想拍一部经典，既需要好剧本做根基，也需要名演员吸引粉丝带动票房。刚接到剧本，我第一个想到的就是廷州……女演员我一直在物色新面孔，这几天看到明薇的照片，一下子跟我想象中的女主对上了。昨天我去张导那儿看了几集《大明》，明薇很有灵性啊，演女主没问题。”

明薇连忙谦虚。

廖导哈哈笑：“当然，用你，也是想蹭蹭你与廷州的热度，现在国内你们俩最火。”

明薇就不好说什么了。

沈素笑道："明年开拍，明薇这边档期没问题，穆先生……"

"抱歉，我不会演戏。"话题转到他，穆廷州平静又异常坚定地道。公主喜欢拍戏，他阻止不了，但他堂堂太傅，绝不会拍什么电视电影娱乐旁人。

廖导真没想到"影帝"会拒绝，不解地看向肖照。

肖照苦笑，替"影帝"擦屁股："廷州的情况……现在确实不适合接戏，但我相信，如果他没失忆，一定不会错过这次与您合作的机会。"

廖导发愁了，摸摸下巴，他再次看向"影帝"："这样吧，女主就是明薇了，男主角我先等等，明年五月开拍，或许那时廷州已经康复了，我了解廷州，他绝对喜欢这个剧本。"

肖照起身，郑重地代表穆廷州向他道谢。

明薇也再次感谢廖导对她的信任。

只有穆廷州神色淡淡，除了留意公主与两个外男的身体距离，其他什么都不上心。

十月下旬，明薇带着她的两大新任助理，高调无比地去了上海。以登机困难，飞机降落，从机场出来，又是一波人山人海。穆廷州配了保镖开道，但保镖都差点被挤成肉酱，明薇几乎是被穆廷州、肖照架着走的，碰来碰去，几次撞到穆廷州怀里，他顺手提她走几步，当天就上了头条。

粉丝们高呼浪漫，明薇叫苦连连，真是出了名，才知道成名的麻烦。

到了酒店，明薇摊在沙发上，一动不想动，然后不知不觉就睡着了。

下午四点多，明薇被陈璋的电话叫醒，约他们共进晚餐，导演也在。

明薇笑着说好，挂了电话，她揉揉脑袋，心中有些感慨。

《南城》只是东影的一部小制作，既然是小制作，男女主演就不用请太大咖位的，所以她这个新人靠沈素拿到了女主演，男主演则是另外一个具有潜力的新演员，而正红着的陈璋，在《大明》里给"影帝"穆廷州当完男二，原定是要去演一个大项目的男主角的。

但她的一夜成名，成了娱乐圈的变数。

东影临时决定将《南城》列为重点宣传项目，那么除了明薇这个名气高涨但演技并不成熟的女主，还需要一个既有名气又有演技的男主角，力争口碑、收视双丰收。商场无情，原来的小鲜肉被临时换掉，恰逢陈璋有两个多月的档期，抓紧一点，应该能保证《南城》的拍摄。

其实也有别的男星选择，但据说陈璋非常看好《南城》，他的经纪人便给他争到了名额。

明薇有一丝丝同情被替换的男演员，可这并不影响她与陈璋的交情。

洗澡之前，明薇在她与男神们的小群里发微信通知："晚六点陈璋请客，你们去吗？"

"叮叮"两声，隔壁两间客房里，穆廷州、肖照的手机同时响了。

肖照笑着私聊"影帝"：陈璋就是《大明》里的驸马。

穆廷州正在看《南城》的剧本，听完语音，他不悦地皱眉。《大明》小说他看了好几遍，剧情有看似合理的地方，也有数不清的荒唐，譬如公主会喜欢太傅，譬如太傅会动情，甚至在动情后因为一些虚名放弃公主……

穆廷州绝不承认《大明》里的太傅是他，整个故事，只是肖照等人编造出来，给他与公主洗脑的工具罢了。既然不承认故事，他更不会承认陈璋驸马的身份，尽管陈璋确实是平西侯府世子。如果陈璋记得前事，他会争取这个同盟，可惜……失忆的世子，于他没有任何意义。

"公主想去？"穆廷州回。

明薇：嗯，已经答应了。

穆廷州：那臣陪公主赴宴。

肖照：+1。

明薇愉快地去洗澡，洗完站在衣柜前挑衣服，手指碰到长裤，顿了顿，收回来，再看一遍，拎了一条红色长袖连衣裙出来，上面领口只能露出锁骨，相当保守了，下面裙摆不及膝盖，绝对会给"太傅"带去视觉冲击。

她喜欢裙子，这一锤子早晚都要落下，不如趁早，免得影响拍摄。

明薇穿好裙子，配了一双黑色高跟鞋，看看时间，五点整。

拎起手包，明薇轻轻开门，做贼似的朝左边穆廷州的房间走去，同时给他发消息：我在你门外，请开门。

穆廷州看到消息，毫不迟疑地离开书桌，走到门前，他下意识瞥向猫眼。门外公主长发披散，微微卷曲，显得有些慵懒，她穿着一件红衣服，那红衬得她肌肤胜雪，白得让人不敢多看，但他还是注意到她戴着一条珍珠项链，小小的珍珠垂在领口，莹润光泽，如它的主人。

视线下移，穆廷州拉开门，最先入眼的是一双黑色高跟鞋，以及，公主白净小巧的脚丫。

那是只有未来驸马才能看的千金之体！

心中猛震，穆廷州本能地便想关门，明薇防着他呢，一看他往后躲，明薇立即冲上去，极不淑女地往门缝里挤。怕弄疼她，穆廷州不敢强来，迫于形势转身，一边往前走一边背对她训诫："公主穿成这样，是存心激怒臣吗？"

明薇轻轻关上门，小声道："太傅同意我拍戏，说明太傅不是迂腐之人，那为何不肯再变通一点，让我穿裙子？现在是春天还好，以后夏天了，难道你还要我穿得严严实实的？不可能，我怕冷也怕热，夏天就喜欢穿裙子。"

"公主喜欢拍戏，能从中得到乐趣，臣才赞同，但女子衣不蔽体，影响的是公主的清誉。"穆廷州一直走到窗前，脸都快贴窗帘上了，有点像面壁思过。

明薇将手包放他书桌上，再站在穆廷州斜后侧，心平气和地讲道理："古人对女子苛刻，现代男女平等观念开放，如果我在古代，那我一定谨听太傅教诲，可在这里，没人会因为我穿裙子指指点点，那我为何不按照自己的喜好行事？"

这是诡辩，穆廷州马上反驳："君子处世，贵在自律，岂能因无人抨击便明知故犯？"

明薇服了，口舌斗不过他，只能耍无赖，抱胸靠到书桌上，哼道："我就故犯了，你能怎么样？我敬你是太傅才好言好语劝你，你不听，那我也没办法，太傅看不惯我穿裙子，那今晚自己吃吧，肖照陪我去赴宴。"

"公主。"穆廷州长眉紧锁，再一次领教到抚养孩子的无力，若是自家子女，他可以惩戒责罚，偏偏身后的是公主，打不得骂不得。

"太傅慢慢考虑，我先走了。"故意等了两分钟，明薇拎起包包，转身就走。

穆廷州握拳，微微侧首，看到公主白花花的小腿，他立即别开眼，然后歪头疾步追上公主，霸道地挡在她面前，闭上眼睛道："臣受先帝遗命教导公主，既然公主一意孤行，臣只能阻拦公主前去赴席。"

明薇早有准备，拿出手机，打开她提前下载的几张剧照，举到穆廷州面前："太傅看看这是什么。"

穆廷州不看。

明薇笑："太傅一直不愿我暴露身体，可太傅这张，全国无数人都看过了，太傅怎么不考虑自己的清誉？还是说，古代男人并不介意暴露身体供人观赏？"

穆廷州皱皱眉，闭着眼睛抬手，明薇知道他要做什么，主动将手机塞到他手中。

穆廷州转身，低头一看，屏幕上是一张他的剧照，全身上下只有一条长裤，胸口尽裸。

明薇幸灾乐祸地添油加醋："其实，太傅身材超好，很多模特……"

"公主慎言。"穆廷州冷声打断，但脸上却有莫名的火悄然肆虐，他努力无视公主所说，飞快删除照片。手机是明薇新买的，里面照片不多，她下了五六张穆廷州露胸剧照，都被他删除了，反手还明薇手机。

"太傅还有什么想说的吗？"明薇正经地问，不想刺激他。

"臣是臣，公主是公主，不可相提并论。"穆廷州坚持己见。

两个招数都失败了，明薇无声叹口气，靠到旁边墙上，低头看地。

"公主？"身后没有一点声音，穆廷州疑惑地问。

没有人回答，穆廷州又唤了一声。

"干什么？"明薇没好气地道，丝毫不掩饰她的哭腔。

穆廷州突然手足无措，再无威严太傅的气势，低声道："您……"

"我不高兴。"明薇扭头，一边说一边轻轻抽泣，"太傅口口声声说为了我好，可太傅毫不关心我喜欢什么，只计较礼法……太傅仪表堂堂英明神武，想听你话的女人数不胜数，太傅何必粘着我，不如换个人当你的公主好了……”

“胡闹，公主乃天子之女，岂是旁人想当就当？”穆廷州低声训道，但那声音温和，毫无威力。

“可我连自己穿什么都做不了主，这个公主当得有什么意思？”明薇一把将包包甩到他身上，接着转过去，捂着脸呜呜哭。

穆廷州六神无主，脚边是她扔过来的小包，精致秀气。

良久良久，他迟疑着开口：“公主……”

“别喊我公主，我不是公主！我只是丫鬟，你想骂就骂想关押就关押的丫鬟！”明薇愤愤地说。

穆廷州头疼，弯腰捡起包包，细心擦拭上面并不存在的灰尘。

女孩委屈无比的哭声还在继续，穆廷州越听越烦，既想劝她维持公主该有的威仪，又怕她哭得更伤心。

时间一秒一秒过去，穆廷州看看腕表，再有五分钟，肖照就该过来了。

“罢了，公主去吧。”到最后，还是他投降。

明薇嘴角不受控制地翘了起来，维持哭腔：“你真同意了？”

穆廷州短短“嗯”了声。

明薇眼睛一转，又问：“太傅去不去？”

穆廷州当然要去，公主穿得那么少，更不让人放心。

肯去就是没生她的气，明薇彻底满意了，欢快地跑出几步，张开手臂转身，笑着叫他：“那你先转过来。”口说无凭，穆廷州敢看她了，才是真正的接受。

穆廷州攥紧她的包。

“太傅……”

女孩拉长声音喊他，与她朝明强撒娇时一样，软软的，又紧紧地勾着人心。

他慢慢转身，转到一半，外面有人敲门。

“太傅。”

是肖照的声音，每次他叫穆廷州太傅，都带着一丝戏谑的味道。

明薇放下胳膊，有点慌，怕肖照误会她来穆廷州房间的目的，但也只是一点点。短暂的慌乱后，明薇默默等穆廷州开门，同时飞快在脑海里排练说词。

穆廷州却没动，大概过了三十秒，他对着门板道：“稍等。”

说完，穆廷州斜视着走到明薇的身边，低声道：“瓜田李下，为免他误会，还请公主暂避于卫生间，虚掩房门，听臣咳嗽，公主再悄悄离开。”

明薇点点头，接过包包，她小心翼翼躲卫生间去了。

穆廷州巡视一番房间，确保没有公主留下的痕迹，这才去开门，一手整理领带。

西装是正装，“影帝”穆廷州不太喜欢，但自诩太傅的穆廷州，却自发选择了西装作为常服。

“差不多要下去了。”肖照站在门外，没有进去的意思。

“我笔帽掉床下了，你帮我找找。”穆廷州毫不客气地道。

他失忆后脾气更古怪，肖照狐疑地看他一眼，认命了，进去给三十岁的太傅大人找笔帽。

“在床头那边。”

“不早说？”

一个颐指气使，一个心情不太愉快，明薇偷笑，听穆廷州咳嗽了，她飞快拉开虚掩的门，再如成功偷盗的小贼，溜之大吉，回自己客房了。

“找不到。”白干一场，肖照放弃了，一个破笔帽，值得他弯腰费事？

“算了，先去接公主。”穆廷州面无表情，滴水不漏。

明薇在照镜子，听到敲门声，她忍笑，脚步轻快地去开门。

房门打开，肖照抬起头，见到裙装打扮的明薇，他愣了愣，一边绅士地夸赞明薇，一边观察“太傅大人”的反应。穆廷州本是垂着眼帘，视野里突然闯入一双莹白的修长美腿，他立即后退一步，视线也挪到了公主脸上。

明薇好奇地瞧着他，刚刚磨蹭半天，穆廷州都没正眼看她穿裙子。

穆廷州却误会了她水润润大眼睛流露出的情绪，记起公主曾说喜欢被人夸赞容貌，穆廷州抿抿唇，用一种向帝王交差的郑重语气道：“公主国色天香，光彩照人。”他必须哄公主开心，免得公主被擅长甜言蜜语的肖照所骗。

明薇脸唰地红了。

什么叫绅士？肖照那种自然亲切、让人听了浑身舒服却不会太当回事的赞美才叫绅士，穆廷州这么严肃正经，一点都不轻松，反让明薇觉得压力山大，幸好周围没有外人，不然丢死人了。

她看肖照，肖照抬手推眼镜，却遮挡不住他嘴角的笑。

“走吧。”明薇红着脸关上门，先行一步。

明薇这条连衣裙很修身的，从后面看，她小腰细细，美腿修长，穿着细高跟走路，腰臀自然而然摇摆，完美展露了女子窈窕婀娜的形体美。肖照只欣赏地看了眼，之后便正常走路了，穆廷州难以避免地也看了一眼，跟着加快脚步跨前一步，挡在肖照身前，不让他看。

他的意思太明显，肖照无语望天，人家明强都没这么紧张女儿好不好？

“以小人之心，度君子之腹。”肖照压低声音道，穆廷州这是在质疑他的人品。

穆廷州充耳未闻，眼睛看着走廊，耳边却再次响起公主呜呜的哭声，只是，刚刚照面，公主笑意盈盈，似乎不像哭过……

正困惑，明薇停在了电梯前，穆廷州下意识追上去，帮她按楼层，按完马上挡在明薇右侧，阻隔可能来自肖照的觊觎视线。肖照只觉得好笑，他倒要看看，一会儿到了餐厅，四面八方都是人，穆廷州要怎么避免明薇露腿。

电梯降到一楼，门一开，大厅中走动的人影便映入眼帘。

俊男美女同时亮相，路人们同时看向电梯，女人们看穆廷州、肖照，男人们更欣赏明薇，很快有人认出这三人组，兴奋地过来要签名合照。穆廷州将明薇拉到身后，目光冰冷，肖照上前几步，微笑着道：“今天不方便，希望大家配合。”

粉丝人少，好劝，遗憾地停在原地，只举起手机录视频、拍照。

穆廷州也意识到他无法阻止别人看公主了，薄唇紧抿，面带煞气，吓退不少围过来讨要签名的粉丝。

“你看，好几个穿裙子的。”明薇小声跟他说话。

“公主比她们尊贵。”穆廷州张口就来。

明薇笑容一僵，对上穆廷州幽深认真的黑眸，她心头忽然荡起一丝异样，难以形容。

“太傅这话还是少说为妙。”肖照虽然离得远点，但也听到了，尽职尽责地履行他“影帝”经纪人的义务，“在太傅心中，公主是天下第一尊贵的公主，但那些女人也是她们父母、情人心里的公主，太傅可以奉承公主，对待别人也要尊重，否则传出去，你与公主的名声都会打些折扣。”

“是啊是啊，人人平等。”意识到隐患，明薇连忙附和肖照。

穆廷州不置可否。

前面临窗一桌，陈璋与《南城》高导早就站了起来。只有高导是生人，陈璋帮忙引见，然后先朝穆廷州伸手：“太傅，好久不见。”他知道穆廷州的近况，喊太傅是照顾穆廷州情绪。

穆廷州挑眉：“世子记得我？”

陈璋吃了一惊。

穆廷州懂了，再不看他。

落座时，穆廷州让明薇坐最里面，然后安排肖照坐明薇另一侧。得到“太傅”的信任，肖照总算舒坦了一回。

陈璋假装没看出两人的小心机，只跟明薇聊：“没想到这么快会再见，新剧找到感觉了吗？”

明薇在《大明》剧组时，关系最好的演员就是陈璋，与他相处也十分轻松，笑道：“还行吧，我的人设不是特别难，倒是你，能演糙汉吗？”

陈璋保持神秘：“开拍你就知道了。”

两人有一句没一句，穆廷州就坐在旁边，看着公主好几次被陈璋逗得喜笑颜开，笑声如铃，再对比肖照、陈璋对明薇的态度，一个恭维客气，一个殷勤热络，他终于明白谁才是真正觊觎公主的人了。

晚饭结束，众人各回各房。

客房安静，明薇专心背台词，快十点钟，接到穆廷州的电话。

熟悉的敬辞，明薇忍不住开玩笑："下次我把你这句话录下来，再设置成你的专属铃音，这样你就不用每次都遥拜了。"

"太傅"没有幽默细胞，沉默几秒，直接问："陈璋此人，公主怎么看？"

明薇眨眨眼睛，靠到床头道："他挺好的啊，我第一次拍戏，他教了我很多。"

穆廷州声音严肃："公主身份尊贵、才貌双全，依臣看，陈璋对公主别有居心。"

明薇真没看出来："你想太多了，现代男女都这样交往。"

先是提醒她疏远肖照，现在又怀疑陈璋，这位太傅是不是太紧张他幻想的公主了，以至于要提防所有靠近她的男人？这个苗头可不好，明薇必须及早掐掉："太傅，凡事都要讲究证据，在太傅找到铁证之前，请太傅尊重我的朋友，不要轻疑。"

穆廷州难得无言以对。

"好啦，明天开机，太傅早点睡。"

穆廷州："……臣告退。"

他声音沉郁，明薇脑海里顿时浮现出一个忧愁国事的大臣形象，想想穆廷州也是一片好心，她打开微信，语音补充道："太傅放心，我喜欢穿裙子，但如何跟男人相处，我有分寸，短时间不会找男朋友的。"

穆廷州秒回："公主尚且年少，再过两年，臣会为公主物色合适的驸马人选。"

明薇情不自禁笑："好，我听太傅安排。"

任性的公主终于乖顺了一回，穆廷州松了口气："时候不早，公主早睡。"

明薇发文字：晚安。[月亮]

穆廷州盯着那弯月牙，最终还是没回，不习惯说"晚安"。

热热闹闹的开机后，《南城》剧组正式开工。

第一场戏，南城俞家大小姐俞婉音带着两个婢女出城赏桂花，偶遇船夫周长胜。

俞婉音低调出门，衣着比较平民化，上着一件杏黄衫袄，下套白色绣花长裙，乌黑的长发梳成两条长长的细麻花辫，搭在胸前，白净脸蛋嫩嫩的，活脱脱一朵刚刚绽放几片花瓣的二月梅花。

化好妆，明薇照照镜子，跟着化妆师出门了。

助理肖照因为时间太长，出去溜达了，助理穆廷州耐心地守在门外，听到开门声，他抬起眼帘。

明薇一手扯条麻花辫，不太好意思地低着头，就怕穆廷州又正经八百地夸她。

但穆廷州只是多看了她几眼，便收起手机，看着远处道："走吧。"径直走前面带路。

明薇默默地跟在他身后，直到到了拍摄现场，穆廷州停下脚步，她才笑着朝船夫打扮的陈璋走去。陈璋只穿一件背心，脖子上搭着一条半旧毛巾，看到明薇，他故意举起一条手臂暴出肌肉："怎么样，像不像劳动人民？"

明薇笑着点头。

只顾同陈璋说话，没注意到肖照旁边，穆廷州的那张俊脸都快黑了。

道具、摄影一切就绪，《南城》开拍。

南城郊外有座小岛，岛上遍植桂树，每逢金秋时节，富户人家、平民百姓都会去岛上赏桂花，船夫们也会早早撑船过来招揽生意。高长胜性格豪爽身材魁梧，手底下聚了五六个小弟，众人正在船头喝水聊天，忽见远处袅袅娜娜地走来三个姑娘，领头的黄衫丫头约莫十六七岁，全身沐浴在秋光中，那小脸又白净又水灵，看得众人移不开眼。

"这生意我抢了！"有人急急地撑篙，其他人也躁动起来。

"都给我老实待着。"

一直坐着没动的高长胜狠狠看了余婉音一眼，丢了嘴中叶子，终于拍拍手站了起来，眼睛一扫，就没人敢跟他抢了。

男人高高大大，眼神也不像普通船夫那么老实，带着一种粗糙的侵略感。两个丫鬟有点担心，小声劝主子换个船夫，余婉音点点头，然而其他船夫不想得罪高长胜，竟然都不肯拉她。余婉音抿唇朝高长胜看去，男人吊儿郎当地盯着她笑：“怎么，怕哥哥吃了你？”

船夫们哄笑。

余婉音是倔脾气，闻言美眸一瞪，不顾两个丫鬟反对率先跨上高长胜的船，气鼓鼓坐在船头，扭头看山水。

高长胜咧嘴笑，搓搓手，轻轻一撑，船便前进了一大段距离。

借两个丫鬟遮掩，余婉音偷偷打量高长胜，男人结实宽阔的脊背，肌肉感十足的双臂，还有粗犷俊朗的侧脸，都牢牢地吸引了她这个大家闺秀的视线。忽然间，高长胜扭头看来，黑眸准确地锁定了她，余婉音吓得攥住帕子，慌乱转过头。

“Good！”导演喊卡，这一幕结束。

两条船都停了下来，现在要拍远景，明薇这边的摄影师挪到了导演这边。明薇不用动，化妆师给她检查妆容，她随意观察工作人员，视线不知怎么挪到了站在对面船尾的穆廷州身上。视线短短撞了一秒，下一刻，穆廷州便别开了，神色清冷。

他一直都是冷脸，明薇习以为常，吹吹湖风，继续拍摄。

行船过程都是远镜头，十分顺利，船到桂花岛码头，拍摄暂停，摄影师再次移到明薇这条船上，拍近景。

船稳了，一个丫鬟先上岸，准备接小姐，另一个丫鬟付了船费，然后扶住余婉音。可就在余婉音一脚跨上船板时，身下的小船突然剧烈一晃，她吓得惊叫，身体刚往左歪，两只大手蓦地攥住她肩膀。

余婉音惊魂不定地回头。

高长胜低头看她，对上她湿漉漉的大眼睛，他突地俯身，好像要亲她。

余婉音本能地躲闪，高长胜却在快亲到她时止住，看她一眼，再挪到她耳边，低笑调戏：“我高长胜活了二十五年，第一次看到这么标致的娘们。钱你收好，哥哥看你顺眼，心情好，白送你一程。”

余婉音如受惊的兔子，羞红了脸，却没勇气反击，等到上了岸，她才气急败坏地将几个铜钱砸到立在船头的男人身上，红着脸骂道："谁稀罕你送，一个破船夫也好意思装大方，什么时候开得起洋车了，姑奶奶或许会多看你一眼！"说完大步往前走。

高长胜揉揉被铜钱砸中的手臂，眼睛却始终直勾勾地望着远走的大小姐，跟野狗看肉包子似的，越看越馋。

这一幕拍了三次。

终于拍好，明薇脸上冒了一层细汗，没办法，十月的江南，白天还挺热呢。

头顶忽然投下一片阴影，明薇抬头，看到一把青色的遮阳伞，持伞的人是穆廷州，这位"影帝"真把自己当助理了。

"谢谢，我自己来吧。"顶着周围工作人员八卦的眼神，明薇心虚得慌，有点小学生趁班主任有病，使唤班主任伺候她的感觉。

穆廷州看看她，什么都没说，眼睛望向前方，人却青松般屹立在她身旁，一手高举，为她遮阳。他不听劝，明薇抱着保温杯转过去，背对众人喝水，水是温的，看着地上并排洒下的两道身影，她脸也温温的。

几米之外，陈璋同助理说完话，一回头，就看到了斜对面的两人。男人一身黑色西装，修长挺拔，浑身散发着拒人千里的孤傲，素来目空一切，现在却旁若无人地为她撑伞。娇小的她低着头站在伞下，离他那么近，仿佛正与他说着悄悄话。

忙碌杂乱的拍摄现场，所有人都自觉地与那二人保持距离，像是默认了两人的关系。

陈璋皱眉，将保温杯递给助理，他笑着走了过去。

"一会儿还要上岛，走得动吗？"他熟稔地问明薇。

明薇回头，对上露着双臂的陈璋。不得不说，陈璋身材确实好，船上被陈璋握住肩膀时，明薇完全能感受到属于男人的强大力量。

"这点路算什么，你太小瞧我了。"明薇笑着说。

陈璋就道："那一起走吧，这边景色还不错。"

"嗯。"熟人结伴而行，明薇没有多想。

"我替你打伞，正好我也挡挡。"陈璋自然无比地去接穆廷州手里的伞。

“不劳陈先生。”穆廷州漠然拒绝，并非常突兀地挡在明薇面前，直视陈璋道，“公主不拘小节，不介意陈先生袒露双臂，但我身为太傅，有照顾公主之责。拍摄期间我不管，拍摄结束，还请陈先生着装整齐了再来与公主交谈。”

他早就看陈璋不顺眼了。

陈璋知道“影帝”病了，但今天还是他第一次真正领教“影帝”的病情。穆廷州是“影帝”，演技精湛，作为一个后辈，陈璋由衷地尊重穆廷州，只是，关系到明薇，现在不是两个演员的较量，他若妥协，便是矮了穆廷州一头。

“这……你介意吗？”意外过后，陈璋挪开一步，问明薇。

明薇尴尬极了，躲在穆廷州身后偷偷朝陈璋摇头。

陈璋笑道：“那我就不换了，这个天气，穿外套有点热。”

他笑容爽朗，只跟明薇说话，却用行动扫了穆廷州的面子。

穆廷州转身，面朝明薇，他幽深的黑眸古井无波，没有任何责备。

但明薇莫名愧疚，不敢看穆廷州，也不想强迫陈璋去穿外套，低头时瞧见地上的影子，明薇灵机一动，抬头对陈璋道：“岛上路窄，两人共用一把伞不方便，我还是自己撑吧，你怕晒就再去拿一把。”说完去抢穆廷州的伞，穆廷州毫无准备，被她微凉的小手一碰，他立即松了手。

明薇嘿嘿笑，放低伞沿挡住脸，默默松了口气。

陈璋没去拿伞，穆廷州也没拿，两人都在明薇身后跟着。

到了岛上，众人继续拍摄，中午才返回酒店。

明薇回房了，肖照去了穆廷州的房间。

“有事？”穆廷州解开衬衫扣子，准备沐浴。

“跟你谈谈。”肖照坐到椅子上，认真地看着他的好友。穆廷州真心要当明薇助理，他却是跟过来照顾穆廷州的，上午穆廷州与陈璋的针锋相对他全都看在眼里。肖照不是心理医生，他不懂怎么科学地帮助穆廷州，但他必须适当地提醒穆廷州一些事，或许有助于记忆恢复。

穆廷州坐到他对面，洗耳恭听。

"陈璋喜欢公主，你看出来了吧？"肖照推推眼镜，肯定地说。

穆廷州垂眸，默认。

"那我想知道，公主已经到了挑选驸马的年纪，太傅为何反对陈璋接近公主？"锁定穆廷州的眼睛，肖照犀利地问，"是觉得陈璋哪里不妥，配不上公主，还是公主国色天香，太傅情不自禁动了心，下意识想独占公主？"

明薇颜值出众，性格讨喜，拍戏认真，是个容易招惹桃花的美女，陈璋、穆廷州动心都很正常。

穆廷州低头解腕表："陈璋言辞轻浮，配不上公主。"

"你呢？"

"我是太傅，对公主有保护之责。"放好腕表，穆廷州站了起来，冷淡地斜睨肖照，"下次你再说这种无稽之谈，我绝不理会，走吧。"

"说得好听，到底怎么回事，你心里清楚。"肖照深深看他一眼，出去了，反手带上房门。

穆廷州原地站了片刻，脱了衣服，去卫生间沐浴。

他开了冷水，水流连续落下，穆廷州闭着眼睛，脑海里却不受控制地闪现几个镜头。

他在病房醒来，她安静地坐在床边，长长的睫毛扑闪扑闪，美得像幅画。

汽车后座，她噘着嘴靠着椅背，娇小的身体裹在窗帘中，委屈巴巴的，令人怜惜。

酒店客房，她穿着露腿红裙闯进来，眼神明亮大胆，逼他看她……

这就是他的公主。

先帝临终托孤时，她只是公主，他对她了解匮乏，一朝醒来，她在他身边，不再是一个公主名讳，而是活生生的姑娘。她生气、哭闹，她撒娇、欢笑，当时不觉如何，事后回想，他竟然每一幕都记得，清晰得像电影回放。

为何会这样？

他说不清楚，只知道她是公主，他是太傅。

穆廷州关掉淋浴，抹把脸，去拿浴巾时，他脚步一顿，过了会儿，歪头看镜子。

镜中的男人双臂修长，胸口结实，下面是四排对称的腹肌，明显又内敛。

“其实，太傅身材超好……”

耳边突然响起她戏谑的声音，穆廷州神色一变，抓起浴巾转身，胡乱擦头。

《南城》与《大明首辅》不同，后者主讲首辅的政治生涯，明薇扮演的公主真的就是整部剧中的花瓶，存在的意义只是成为首辅的白月光，再促进驸马造反这一剧情。作为一部正剧，《大明》并不需要太多的感情戏，激情戏更是不会有。

可《南城》讲的是俞婉音与高长胜的爱情，一段民国岁月中的风花雪月，纵观大红的一些爱情片，总是少不了程度不同的激情戏，或是简单的亲吻，或是情之所至的拥抱，粉丝们也会剪辑唯美动人的拥吻镜头，广泛流传。

《南城》中就有几场吻戏，站着躺着……

明薇接到剧本，已经做好了心理准备，既然当了演员，该放开的就放开，尺度太大的可以拒绝，这种小程度也不拍，她何必当演员？就连当红女星、影后什么的，人家不照样在拍？像穆廷州那种严格规避亲密戏的，要么被导演淘汰，要么就得有挑剔的资格。

她接《南城》在先，穆廷州车祸失忆在后，从“影帝”“自甘堕落”成为助理，穆廷州做的第一件正事便是浏览《南城》剧本，并非常细致地在每一场男女主演有身体接触的戏份，分别画了一个叉。而且穆助理非常讲道理哦，人家还在旁边备注了删掉戏份的理由，甚至提出“更好”的剧情提议，用来烘托气氛。

但人家导演只想拍个文艺又商业的爱情片，穆廷州的剧情改编过于文艺深刻，视觉效果肯定不如真刀真枪的亲吻。

看过穆廷州修改的剧本，明薇先跟肖照暗中商量，牵手、拥抱、扶肩膀这种戏份，两人合作，成功劝服穆廷州接受了，至于无论如何都谈不拢的吻戏，肖照提出一个解决方案：假装答应删除，拍摄时调虎离山，明薇偷偷拍，全剧组都瞒住穆廷州。

明薇同意。剧组求之不得，所以这晚，剧组通告没有明薇的戏份，其实只是障眼法，明薇还是要去片场的。

"好累啊，一会儿洗个澡直接睡觉。"

吃完晚饭，跨进电梯，明薇捂着嘴打哈欠，声音仄仄的，特别疲惫，演给穆廷州看。

肖照嘴角微扬，一闪即逝。

穆廷州侧目，见她脑袋抵着电梯，长长的睫毛垂落下来，困得随时都可能睡去，娇小惹人怜惜，他心里便五味杂陈，可公主喜欢拍戏，不肯再过那种娇生惯养的生活，不肯花他的钱，他无可奈何。

"公主注意休息。"到了客房前，穆廷州低声嘱咐道。

明薇眼睛都快睁不开了，一边刷房卡一边软软地嘟哝："嗯，太傅晚安。"

穆廷州微微低头，送行礼。

肖照开玩笑："怎么不跟我说晚安？"

穆廷州皱眉，见明薇没听见般直接进去了，他眉峰立即舒展开来，如果给个眼部特写，那平静潭水般的黑眸，仿佛有一缕春风吹过，荡起几圈涟漪。

丢下没得到公主"晚安"祝福的肖照，穆廷州回自己房间了。

公主劳累休息，穆廷州继续通过电脑熟悉这个时代的一切，不知疲倦，看着看着，听到微信提示音。穆廷州捡起手机，是肖照的语音："作为你的朋友兼经纪人，我同意去掉《南城》中所有吻戏，但作为明小姐的助理，我提议她瞒着你去拍吻戏，半小时前她出发了，你现在去应该来得及。"

语音没结束，穆廷州已经站了起来，脸色铁青，西服外套都没穿，直接朝门口走去。穆廷州抽掉房卡，打开房门，一抬头，看见肖照衣冠楚楚地站在对面，细长的眼睛隐藏在镜片后，令人捉摸不透。

“我送你。”肖照简单说。

穆廷州抿唇不语，两人飞速下楼，到了车上，肖照开车，穆廷州脸朝窗外，目光极冷。

“为何告诉我？”

漫长的沉默后，穆廷州先开口，眼睛依然看着窗外。

肖照看眼后视镜，轻飘飘地回答：“想刺激刺激你，如果你对公主只有敬重之心，陈璋亲吻公主，你会愤怒，倘若你对公主动了情，就算你心里否认，看到他们亲吻，你肯定也会有些别的情绪，好比嫉妒，好比想取而代之。”

穆廷州放在膝盖上的手，不知不觉握成了拳。

肖照再看他一眼，继续道：“太傅，实话告诉你吧，你跟公主都回不到明朝了，既然回不去，你又何必拘泥于古代礼法？好，你可以说你只想保护公主，但公主早晚会嫁人，今晚你可以阻止公主拍吻戏，难道你能阻止公主一辈子不嫁？你以什么身份阻止？”

“我为何要阻止？”穆廷州终于转了过来，面冷如霜，“遇到合适的驸马人选……”

“陈璋就很合适。”肖照打断他，“陈璋是剧里的驸马，与公主本就是夫妻，现实里陈璋有名有财，更难得他对公主照顾体贴，太傅看不上陈璋，我却觉得公主对他很有好感，太傅，您可别以管教之名干涉公主婚姻自由。”

“红灯。”穆廷州扫眼前面，冷声提醒。

肖照笑笑，停车。

剧组取景地点，俞家大宅外，明薇换好戏服化好妆，跟陈璋站在一块儿，等待拍摄。

“紧张吗？”路灯下面，陈璋笑着问，低沉的声音，被夜色渲染出几分暧昧。

明薇能不紧张吗？除了跟穆廷州贴安全膜的那场简单吻戏，她还没有接过吻，现在这场，高长胜为了能配得上俞婉音，决定冒险北上经商，动身前夕，他趁俞婉音出门偷偷塞了一张纸条给她，约俞婉音晚上出来，俞婉音不赴约，他就大声嚷嚷。

剧情发展到这儿，俞婉音既嫌弃高长胜，又对高长胜产生了朦胧的情愫，犹豫半晌，终究还是出来赴约了。见到心心念念的女孩，又即将分别，高长胜一个粗人，当然想什么做什么，将俞婉音压到墙上，激吻了一番。

明薇紧张，有男女亲密接触的关系，也有担心自己拍不好的关系，她要先挣扎再默许，剧本安排，她还要咬陈璋一口，以示千金小姐对糙汉的反抗。

"有点。"她大大方方承认，低着头说。

昏黄的灯光投射下来，她只化了淡妆，但女孩的羞涩成了最好的胭脂，像一颗水蜜桃迅速成熟，红晕一点点爬上她白皙水嫩的脸庞，那诱人的青涩的美，也一点点爬到了陈璋心头。他喜欢明薇，说不清具体理由，就是喜欢看她，喜欢跟她说话，并且不专业地期待与她的吻戏。

这场戏明天会再拍一次，给穆廷州看的，从明薇闺房犹豫到她下楼来见陈璋，算是铺垫，安排到明天，现在只拍瞒着穆廷州的吻戏。按照导演的指令，明薇与陈璋面对面站在路灯下，准备几分钟，导演喊开始。

晚风习习，俞婉音低头讽刺："你走你的，凭什么要我等你？"

"我的大小姐，都这个时候了，你给我一句痛快话行不行？"高长胜弯腰，明明急得要蹿火，却还得压着脾气，苦哈哈地求她，"钱没那么好赚，人家都说了，路上肯定死人，别人都去拜菩萨，我只求你，只要你说句等我，我就是爬也爬回来，绝不舍得死在外头！"

男人话粗，情意却炽烈如火。俞婉音咬唇扭头，舍不得他走，舍不得他死，只是女孩子的矜持，叫她说不出口。

她迟迟不肯答应，男人的火无声燃烧，等不到答案，看见她咬唇，看着她姣好如花的脸，男人胸腔的火突然爆发，猛地攥住她肩膀往后一推，结实的身体牢牢压住她。

这动作侵略感太强，明薇彻底傻了，感受着陈璋逼近的气息，她本能地闭上眼睛。

陈璋搂紧她的腰，这一刻，他分不清自己是高长胜还是陈璋，他只知道他想吻她。

导演与工作人员都紧张地屏住呼吸，期待激情上演，谁都没留意有道人影乘着夜风逼近，等他们意识到不对时，一切都迟了，压着明薇的陈璋被粗暴甩开，另一个男人以君王的姿态挡在明薇面前，用他的身体将她密密实实挡住。

变故发生得太快，明薇睁开眼睛，只看到一堵人墙，他穿着白衬衫，比她高那么多，他霸道得像一座山。霸道，并不是一个夸人的词汇，现实里，没人喜欢别人对自己霸道，可看着这样以守护姿态挡在她面前的穆廷州，明薇被吻戏搅乱的心，忽然就安定了下来。

她短暂安心了，整个剧组却炸了。

“穆先生，这是拍摄现场，请你离开。”陈璋暗暗动动被穆廷州甩疼的胳膊，目光阴郁。

穆廷州扫他一眼，径自回头，漆黑眼眸终于看向了他的公主。

他眼神太亮，明薇心慌，刚要说话，他忽然攥住她手腕，隔着单薄衣袖，他掌心如火。

明薇心跳加快，呆呆仰起头。

“走。”穆廷州只说了一个字，他脸是冷的，目光却相对温和，仿佛她不走，他便松手。

“明薇，”陈璋走过来，神色复杂地提醒明微，“他是‘影帝’，这次失忆动摇不了他的地位，你只是新人，现在因为他耽误拍摄，得罪导演坏了演员风评，将来他记起来了，跟你撇清关系，那时你怎么办？”

明薇看看他，视线慢慢回到穆廷州脸上。

没有辩解，没有保证，穆廷州只是平静地看着她，让她选择。

明薇扭头，看到肖照站在远处，那个帮她出主意，却又背叛她的娱乐圈第一经纪人。为什么不背叛呢？肖照是穆廷州那边的，他做任何事的出发点，都是穆廷州的利益，虽然她想不清楚，他让穆廷州阻止她拍吻戏有什么意义。

她垂下眼帘，他稳稳握着她手腕，力道不轻不重。

肖照有目的，可这个男人，他现在是太傅，把她当公主。

每个女人都有一个浪漫的公主梦，明薇也不例外，她幻想过某天，她会遇见一位白马王子，但命运另有安排，送了一个太傅过来，一个比白马王子更英俊的太傅，一个常常固执气人，却真心敬她护她的太傅。

烟花短暂却耀眼，像这场公主的梦，她知道"影帝"早晚会苏醒，太傅会离开，但当他还是太傅时……

她想珍惜。

"影帝"的公主

第七章

初吻

在明薇看来，记忆错乱的穆廷州就像一只破坏力极强又痴心黏人的宠物狗，他总是打乱她的计划，让她手忙脚乱，偏偏他每次捣乱都是举着维护她的正义大旗，再加上平时表现得乖巧贴心，于是当他犯错，她就不忍心怪他了。

今晚这件事陈璋没错，生病的穆廷州也没错，错在明薇交了个心思复杂的肖队友。

病人需要安抚，明薇无法对穆廷州弃之不顾，但她也不能因为顾及穆廷州，彻底耽误拍摄。

“高导，我想了想，还是应该先跟穆先生沟通清楚，今晚我先不拍了，明晚保证完成这部分，包括吻戏。”明薇愧疚又坚定地对高导演道。

穆廷州身份病情摆在那儿，高导演理解明薇的做法，他只是不太放心：“明晚真的可以？”

明薇郑重点头。

高导便道：“行，那咱们明晚再继续。”

安抚了导演，明薇再走到陈璋身边，无奈道：“怪我没提前跟他说清楚，浪费你时间了。”

陈璋听到明薇与导演的对话了，知道明薇没想为了穆廷州改变原则，他烦躁的心很快平静了下来，反过来安慰明薇：“摊上这种事，你也没办法，别给自己太大压力。”

明薇嗯了声，瞅瞅等在那边的“影帝”二人组，她语气轻松地道别：“那好，咱们明天再吻别。”

陈璋笑了，站在原地目送她，看着她娇小的身影慢慢走远，陈璋忍不住叫她的名字。

女孩疑惑回头。昏暗古朴的江南小巷，她乌黑长发随晚风飘扬，露出白皙姣好脸庞，眉如新月，眼似清溪，美好得像梦中人。

“不论什么时候，别为了迁就旁人委屈自己。”陈璋真诚地说。

低柔的关心令人温暖，明薇朝他笑：“好。”

明薇换掉戏服，跟穆廷州、肖照上了车，车中气氛凝重。

“回酒店，还是去别处逛逛？”肖照系好安全带，态度自然，丝毫没有做错事要挨罚的觉悟。

“酒店。”后座的两人几乎异口同声。

肖照懂了，笑着开车。

明薇扭头看窗外。穆廷州闯祸了，外人在场，她不能耍脾气给他难堪，现在车里都是自己人，她必须表达她的不满，方便一会儿跟穆廷州分辩。右边，穆廷州目视前方，却用余光观察公主，见她嘟着嘴，就知道她生气了。

可他也很生气，她竟然跟肖照一起骗他，去做那种事。

生气的两人，谁都没有开口，默默回了酒店，一直走到客房前，肖照才主动打破僵局：“你们俩没什么话说？没事我去睡觉了。”

穆廷州幽幽地看着明薇。

明薇愤怒地瞪肖照：“是你提议瞒着他拍戏的，今晚算怎么回事？”

肖照推推眼镜，顺势摸摸鼻梁，乖乖认错：“是我不对，不过，我觉得让他看你跟陈璋拍吻戏，情绪受到刺激，可能有助于他恢复记忆，毕竟，如果咱们始终顺着他，他可能一辈子都不会康复。”

道理说得通，明薇依然气不平：“以后你答应什么我都不信了。”

肖照无辜申诉：“除了这件事，我有骗过你旁的？”

明薇不想理他。

肖照自认没他事了，识趣地道声晚安，回房了。

走廊就剩他们两个，明薇气势弱了下来，偏头问“影帝”：“你有话说吗？有就去我房间，没有算了。”说着翻出房卡，推开门，站在门内等他选择。

穆廷州沉默了三秒钟，然后，朝她走来。

明薇心情复杂，让他先进去，随后她关门。客房布局差不多，有个小客厅，明薇请穆廷州坐沙发上，她给他倒水。

穆廷州没坐，面朝门口而立，目光守礼地不往公主床那边看，等明薇忙活完了，他才冷声问：“公主为何骗臣？”

“因为我是演员，我拍吻戏是剧情需要，你不让我拍才没道理。”

明薇坐到他身后的沙发上，抱着笔记本找电影，心不在焉地回话："别跟我扯什么公主不公主的，现在咱们在现代，就要按这边的思维生活。"

穆廷州闭上眼睛，头又开始疼了，不让他守古礼，他还能说什么？

身后是她敲键盘的声音，穆廷州重新睁开眼睛，沉重问："公主，可是心悦陈璋？"

明薇反应了下才明白"心悦"的意思，笑了，看他一眼道："不心悦，但演员拍戏时不能考虑私人感情，你曾经跟我说过，只有演员完全代入角色，观众们才会入戏。好比我跟王姐，她在戏里演我妈，我就得真的把她当妈妈看，戏外继续当普通同行。"

"既然不喜欢，公主怎能忍受与他有肌肤之亲？"穆廷州最想不通的是这点。

"你为什么那么在意肌肤之亲呢？"这个问题很关键，明薇放下笔记本，绕到穆廷州对面，一本正经地看着他，"在古代某些男人的观念中，女人是男人的所有物，她的身体也是男人的，只有夫君可以碰，别人碰了，女人就不干净了。太傅坚决反对我拍吻戏，莫非也觉得我拍完吻戏，人就不干净了，就不如之前金贵了？"

穆廷州没那么想，公主是金枝玉叶，不管有几个男人，公主都是最尊贵的，受人敬仰。

"臣只是不想陈璋占公主的便宜。"他低头行礼道。

明薇笑得更欢了："怎么会，我是美女，人家陈璋也是千万粉丝追捧的大帅哥，你觉得他占我的便宜，他粉丝还说我占了他便宜呢。"

"无稽之谈。"穆廷州肃容斥道。

明薇叹口气，看他一眼，她歪头，小声嘀咕道："全中国十几亿人口，除了我爸妈，只有你把我当公主，其实在别人眼里，包括肖照，我只是娱乐圈的一个小新人而已。"

她在陈述事实，穆廷州却误会公主因为外人的不看重而情绪低落，当即安慰道："公主莫急，公主演技精湛，假以时日，定能受万民爱戴。"

明薇背过去偷笑，前不久，"影帝"穆廷州还讽刺她演技入不了他的眼，现在变成太傅，居然夸她演技精湛，太傅果然护短。

"连个吻戏都不敢拍，算什么演技精湛？"明薇收起笑，转过来，埋怨地望着他。

穆廷州微怔，转瞬了然，他堂堂太傅，年长她那么多，竟然不知不觉掉进了她话中陷阱。

穆廷州垂下眼帘，继续坚持："吻戏可有可无，并非必要。"

明薇反对："什么叫可有可无？难道现实中的恋人都不亲吻？胡扯，喜欢一个人就会情不自禁地接近他，做更多甜蜜的事，所以影视剧男女主角感情到了，肯定要亲一亲，那样观众才觉得圆满。"

穆廷州抿唇，他没喜欢过人，不懂。

"过来。"明薇坐到沙发上叫他。

穆廷州看看她，挪到她旁边，保持两米距离坐下，双手置于膝盖。

"咱们看个电影。"明薇靠着沙发说，"这是经典爱情电影之一，很感人的，就是有点长。"

穆廷州瞥眼片名，非常陌生。

点开播放，明薇抱着抱枕靠到沙发上，全神贯注地看了起来。以前她是纯观众，现在当了演员，哪怕是看过好几遍的经典老片，重温一遍，也能品出新的感悟。

一个是白富美贵族小姐，一个是年轻帅气却一贫如洗的才华画家，原本一竿子打不着的两人，在一艘豪华巨轮上相遇了，并迅速坠入爱河。他们中间隔着困难重重，但世俗羁绊阻止不了彼此之间的强烈吸引，他带着她在船舱内穿梭，终于，找到一辆仿佛特意为他们安排的马车。

明薇偷偷看穆廷州。

穆廷州仍旧坐在两米之外，只是，他的左腿不知何时抬起来了，搭在右腿上，俊脸也朝右偏，没看笔记本屏幕。

明薇暂停播放，莫名紧张，但还是问道："太傅猜到后面要发生什么，所以不敢看了？"

"臣只是觉得没意义。"穆廷州声音低哑。

明薇皱眉："太傅真的一点都没受到感染？如果我告诉你，后面这艘船沉了，Jack 死了，你也觉得这段戏没有必要？"

从未看过这部电影的穆廷州，无情地被剧透了，虽然前面剧情已经暗示船会出事，可他如何能料到男女主会死一个？

他慢慢偏头，黑眸复杂地看着明薇。

明薇双手合掌，软软地求他："看完好不好？"

穆廷州喝口水，默许了。

下面的镜头唯美又刺激，特别是那只撑在泛雾玻璃窗的手，给人带来了无限遐思。

第一次跟男人看这种镜头，明薇早就掩饰般把脸埋到抱枕中了，长发散下来一缕，恰好挡住她红红的脸。穆廷州面无表情，过了几分钟，他才随意般放下长腿，恢复正常坐姿。

后面的剧情如明薇所说，有人死了，有人活着。

"这片怎么样？"终于结束，明薇关掉电脑，揉着肩膀问。

穆廷州面朝窗帘："臣看过的电影不多，不好评价。"

明薇已经没心思再争辩什么了，她走到穆廷州对面，弯着腰看他，羡慕又憧憬："太傅，那两个演员并非情侣，但他们合作演了一部经典，我就希望将来有一天，我的演技成熟了，也可以拍一部经典片子。如你所说，吻戏不是经典必须，但剧情该我演了，我身为演员，理该好好演，是不是？"

穆廷州低头看腕表，快十二点了。

"太傅……"以为他想走，明薇急了，软软地撒娇，余音绕梁。

穆廷州眉头紧蹙，过了足足三分钟，他才起身，背对明薇道："刚刚那种戏，不许拍。"

从不许拍吻戏，放宽到了不许拍床戏。

明薇目前还没想过拍那么大的尺度，所以穆廷州同意她拍吻戏，她便满足了，高兴地点头："好，我都听太傅的！"

穆廷州目光一寒，为了劝他改变主意，她拉着他看了三个小时电影，这也叫都听他的？

"时候不早，公主快就寝吧。"

已让她如愿，穆廷州转身行个礼，走了。

明薇将他送到门口，然后开心地去洗澡，洗完出来，听到雨打玻璃声。

明薇诧异地走到窗边，外面雨淅淅沥沥的，不知下了多久。

想到明晚的外景戏份，明薇忽然有点担心。

熬夜看了电影，明薇异常困倦，早上被闹钟叫醒，懒洋洋地不想起，赖在被窝刷微信。

秋雨滂沱，导演助理单独私信她，说今天上午休息，下午如何安排，等后续通知。

明薇打个哈欠，准备继续睡觉，结果还没睡沉，有人敲门。来敲她门的不是穆廷州就是肖照，明薇不想动，摸出手机给穆廷州打电话。听完男人机械般的请安，明薇眯着眼问："你敲的门？"

"该用早饭了。"

"上午没戏，你们去吃吧，我多睡会儿。"

明薇说完就想挂断，穆廷州却在那边劝道："一日三餐，早饭最为重要，公主怎能不食？"

明薇困："我不饿……"

穆廷州坚持："不饿也得吃，公主实在困乏，可餐后补眠。"

明薇听得要哭了，为什么她有一种穆廷州被家里老妈上身的感觉？以前她在家里睡懒觉，老妈就是这套说辞！

"等我十分钟。"明薇认命地道。挂了电话，明薇打着哈欠下床，先去解决生理问题，然后意外地发现"大姨妈"到了，回想上个月的时间，差不多就是这几天。明薇有点烦，好在并无明显的身体不适，简单洗漱一番，明薇也没化妆，素面朝天出去了。

穆廷州、肖照都在走廊。

"公主天生丽质，素颜也光彩照人。"肖照认真地看看她，笑着说。

明薇冷哼："别以为花言巧语就能弥补你昨晚的背叛。"

"臣句句肺腑。"肖照十分真诚的模样。

明薇才不信，领头先走了，没怎么看穆廷州。

三人到了餐厅，碰巧撞见导演、副导演，大家就坐一块儿吃了。

"那个，明薇，我们刚刚商量了下，今天这雨下得稳定，也符合俞家变故那场雨戏的气氛，你要是没问题，下午咱们把那场戏拍了，省了一场人工降雨。"聊会儿天，高导演微笑着问明薇，说的是俞家败落，为还债，俞婉音继母狠心将俞婉音卖入青楼的剧情。

明薇呆住。

拍雨戏，她肯定会全身湿透，如果没有"大姨妈"，明薇绝不会犹豫，只是……

"不方便吗？"见她神情不对，高导演好奇地问。

明薇连忙摇头，笑道："没有，刚刚是担心台词还没背好，不过下午拍摄，上午够我准备了。"

她还没有大腕到随便拒绝导演要求的地步，可以说如果不是穆廷州，她就是最普通的新人，况且因为穆廷州捣乱，她昨晚已经耽误了一次拍摄，今天再拒绝，间隔时间那么短，即便她有理由请假，其他工作人员也会质疑她"耍大牌"。

她身体一直很好，只是一次淋雨，应该没问题。

演员配合，高导演满意了，饭后张罗配角们去片场，先拍配角的。

两个导演吃得快先走了，肖照看看明薇，关心道："真的没问题？"

拍摄《大明首辅》时，明薇也演过雨戏，但那场雨是毛毛细雨，正逢酷暑，拍雨戏是享受。现在入秋了，一下雨气温降了好几度，肖照有点担心明薇这个看起来娇滴滴的新手，如果换成穆廷州，他才不会多嘴问。

"别小瞧我。"明薇非常自信，不怕苦的样子。

肖照赞许地点头。

穆廷州不忍公主辛苦，只是，他很清楚，这种正事他劝不了。

上午明薇在房间专心背台词，穆廷州上会儿网，微信通知肖照去买保温锅，并安排酒店厨房炖姜汤。肖照早已习惯穆廷州对明薇好了，尽职尽责去办事。"影帝"有需要，酒店这边非常配合，主动提议为明薇准备驱寒的晚餐。

明薇什么都不知道，出发前三人在走廊会合，看到穆廷州拎着保温锅、保温杯，她根本没往自己身上想，奇怪道：“这是？”

“太傅担心公主受寒，特意准备了姜汤。”肖照调侃地解释。

明薇吃惊地看穆廷州，穆廷州也在看她，但他面容平静，仿佛在说，臣子关心公主，理所应当。

明薇骤然加快的心跳一点点恢复如常，她在胡思乱想什么？穆廷州对她再好，都是因为把她当公主，绝不是网友们脑补的浪漫，穆廷州心里的公主，也不带有现代的浪漫色彩。

“谢谢太傅。”但明薇还是开心道谢，有人关心自己，总是一件好事。

三人出发，抵达片场，陈璋居然也在。

“你也有戏？”“影帝”二人组与陈璋不热络，明薇凑过去搭话。按照剧情，陈璋扮演的高长胜人在北方，并没有出演这场雨戏。

“没有，我过来看看，在酒店待着无聊。”陈璋轻松地说。

明薇懂了，交际完毕，她去换戏服、化妆。

各环节准备完毕，开拍。

民国乱世，俞家生意被权贵算计，说败就败，家主吐血而亡，俞婉音日日沉浸在亡父的悲痛中，并不知晓恶毒的继母竟然拿她去抵债了，直到青楼派来的伙计登门抢人，俞婉音才如遭雷击，哭喊着要去找继母埋论。

青楼伙计哪会听？塞了帕子堵住她的嘴，再用绳子将人捆住，一人抬肩膀一人抬腿，直接冒雨往外走。俞婉音拼尽力气挣扎，奈何敌不过两个壮年男人，只有滂沱大雨迎面浇下，她衣发尽湿，眼泪才落，便与雨水混合，分不清哪些是泪，哪些是雨。

离开俞宅是一幕，进入青楼后院又是一幕，光是这两场，算上重拍、补妆，明薇足足拍了四个小时，外景拍完了，还要穿着那身湿衣服与青楼老板娘演对手戏。

“该说的我都说了，今晚你好好想想，明早再寻死觅活，看我怎么收拾你！”

将长发凌乱的俞婉音甩到床上，青楼老板娘丢下一句威胁，气势汹汹地走了。

俞婉音斜躺在床上，一双哭得红肿的眼睛直勾勾地盯着床顶，脸色惨白，没有任何生气。

摄影师举着机器拍近景，高导演坐在监视器后，让明薇维持这个状态三分钟，终于叫了一声好。

戏份结束，摄影师走开了，明薇摆脱剧情，腹部却突然传来一股无法形容的剧痛，不知是疼的还是冷的，她控制不住地发抖。

眼前一黑，有如乌云蔽日，挡住了明亮灯光，明薇歪头，一条毛毯迎面罩了下来。

她下意识闭上眼睛，再睁开，看到穆廷州俯身站在那儿，俊脸极冷，幽深黑眸亦如寒冰。可他裹住她的毛毯是暖的，他一手托住她的肩膀，一手抱起她的腿，下一刻，就将她打横抱了起来。明薇一点力气都没了，脸撞到他怀里，他胸口带着热意，十分温暖。

"明薇，你没事吧？"陈璋慢了一步，不方便再跟穆廷州抢人，他担心地问明薇。

明薇勉强笑："还好，就是有点冷。"小脸白得不见一丝血气。

陈璋心里难受，其实演员遇到雨戏很正常，可换成明薇，他管不住心，她一次次重拍，他几次都想转身，看不下去。

还想再说点什么，穆廷州没给他机会，抱着明薇大步往外走，目空一切。肖照帮忙撑伞，穆廷州健步如飞，啪嗒啪嗒溅起一路水花。肖照努力跟着，到了车前，他提前帮穆廷州打开车门，关好了，再绕去驾驶座。系完安全带，肖照习惯地往后看，却见穆廷州并未将明薇放到旁边，而是放在他腿上，姿势亲密地抱着。

眼看穆廷州要抬头，肖照及时收回视线，假装什么都不知道地开车。

后座，穆廷州怀里，明薇苍白的脸蛋慢慢红了。

"你……"她不知道该往哪看，躲在他胸口，细如蚊蚋地询问，不敢大声，怕肖照听见。

"这样暖和。"握住她瑟瑟发抖的肩膀，穆廷州声音同样轻微。

明薇动动嘴唇，最终还是把那些矜持的客气话咽了下去。她确实冷，也确实喜欢被他抱着。

默认了拥抱的合理性，穆廷州左手抱明薇，右手生涩地取下她头上发饰，再拉起明薇背后过长的毛毯，慢慢帮她擦头发。他没帮人擦过头，动作不专业，但任何动作慢下来，都会带来舒适。明薇熨帖极了，闭上眼睛，乖乖地享受。

她心里舒服，身体还在发抖，几小时雨水浸泡的影响，不是一份温柔就能驱散的。

穆廷州察觉她挪了挪腿，便低头看去。毛毯下面，她小腿露着，脚上民国风的绣花鞋早已湿透，或许，里面还积了水，就像他双脚现在的处境。穆廷州不怕冷，他只怕她凉着，扫眼正前方的肖照，穆廷州松开明薇脑袋，缓缓俯身，先后脱了她两只绣鞋，鞋中果然有水，袜子更是湿的。

犹豫几秒，穆廷州眼睛看着驾驶座，一并把她的湿袜子也脱了。

明薇当然知道他做了什么，说来可笑，现代社会女孩子夏天穿凉鞋经常露脚，但轮到穆廷州做这些，明薇竟然冒出一种古代闺秀才有的羞涩，紧张地往他怀里缩，挡住她发烫的脸。他西服也湿了，紧紧贴在胸膛，明薇清晰地听到他心跳，扑通扑通，规律有力。

眼睛看不见，感觉更灵敏，他用毛毯裹住她脚，大手隔着毛毯擦拭，脚趾缝都不放过。

明薇觉得痒痒，往后缩。

他怔了下，放过左脚，去擦右脚，擦好了，他轻轻将她双脚放到旁边座位上，盖上毛毯。

那一刻，明薇的心都要被他暖化了。

车子停下来，穆廷州用毛毯将明薇从头到脚裹严，直接抱着她进了酒店。大堂中人员零散，认出穆廷州，他们激动地拿出手机，可惜穆廷州走得太快，一眨眼的工夫就消失在拐角，有人大胆追上去，人家又进了电梯。

明薇看不到外面，也没去想那些，心里只有他。

“公主先沐浴，臣在门外等候，有事可以随时叫臣。”穆廷州放明薇站好，为了不耽误她尽快洗澡，转身就走，出去时反手带门，没有关严。

少了男人的体温，明薇更冷了，哆嗦着拿出睡衣、替换的生理用品，立即去卫生间淋浴。温暖的水流驱散了寒冷，对她的腹痛却没有多大功效，明薇站着难受，简单洗洗换好睡衣，这就出来了，恰好听见门外穆廷州与肖照在说话。

"晚饭放你房间了，其他还用我帮忙吗？"

"不用。"

"那我回房了。"

肖照说完，隔壁很快就传来开门关门声，而穆廷州应该还在她门外守着。

明薇低头，检查衣着。这次拍摄预计会持续三个月，明薇提前准备了两套秋天睡衣，太冷，她刚刚拿的就是秋款，纯棉长袖长裤，挺保守的。用毛巾裹好头发，明薇走到门前，隔着门叫他："进来吧。"站在外面，被人瞧见不太合适。

穆廷州现在只想照顾她，闻言便走了过来，推开门，看到她微微低着头站在对面，上面穿印着一只萌猫的白色睡衣，下面是浅灰色睡裤，拖鞋中露出白净可爱的脚指头……

"地上凉，请公主去床上休息。"穆廷州回头关门，低声说。

明薇嗯了声，拿着吹风机去床上了，盘腿坐着，被子盖住腿。

"先喝点姜汤。"穆廷州站在书桌前，从一个新的保温锅中往碗里盛汤。

简直是五星级的服务，明薇摸摸被子，强迫自己甩开暧昧幻想，尽量大方道谢："谢谢太傅。"

穆廷州没说什么，将七分满的碗递给她："可能有点烫。"

明薇点头，双手接碗，眼睛偷偷瞄他。见他裤子鞋也都湿了，西装外套下摆也有水迹，明薇忙道："我这边没事了，你回房休息吧。"

"臣帮公主吹头。"头顶传来他平静稳重的声音。

明薇脸又烫了，低头喝汤掩饰。汤水里放了糖，味道还好，汤水下肚，热意顿时传遍全身，肚子也没那么疼了。明薇一口气喝了两碗，穆廷州全程站在她身边，确定她不需要第三碗了，这才插好吹风机。

明薇耷拉着脑袋，解开头上的毛巾，头发肯定乱乱的，明薇想拨一拨，他不让：“公主别动。”

明薇只好放下手。

穆廷州捞起她凉凉的湿发，笨拙地帮她吹。她低着头，乌发垂下来，露出一段白如雪的脖颈，美，却纤细柔弱。穆廷州无意看了一眼，视线很快移开，全神贯注为她吹头，吹好了，再一缕一缕地帮她梳通。

其实明薇很想问他，是不是每个太傅都会这么照顾公主，但她没有问。

不问，她可以多暖和一会儿，问了，她怕心情变凉。

“公主稍等，臣去拿晚饭。”

“麻烦太傅了。”明薇小声说，目送他往外走，她再次劝说，“对了，你先换身衣服吧。”

“好。”穆廷州没再拒绝。

三分钟后，穆廷州推了晚饭过来，换了一身西服，只有贴在额前的短发暗示着他刚刚淋过雨。

两副碗筷，明薇靠在床头吃，穆廷州坐在床边的椅子上，除了咀嚼吞咽，再无旁的声音。哦，期间陈璋、导演打了两个电话，询问她身体情况，明薇都笑着应付过去了。

“我会跟导演说，明天你休息。”饭后，穆廷州收拾好碗筷，重新坐到明薇身边。

明薇想了想，将被子里的手偷偷放到肚子上：“看情况吧，状态好就拍。”

穆廷州没发表更多意见，垂眸坐在那儿，眉宇严肃。

明薇不知道他在想什么，孤男寡女共处一室，沉默的气氛，她情不自禁回想这一路他对她的好，特别是那段擦脚的情形，可能童话中的公主也没有如此被白马王子照顾过，可能以后都不会有男人那么让她心动。

雨声叩窗，一声一声像叩在她心上，渐渐又似鼓声，催她大胆问个清楚。

“你……”

“公主……”

两人同时开口。

明薇侧头，撞进他深邃的眼睛，她下意识躲开，脸红了，露出女孩子特有的羞涩。

少女动人的羞红，成了他脑海中最后一声鼓点。穆廷州不再犹豫，推开椅子，直挺挺地朝明薇跪了下去。明薇惊得坐正了，难以理解地看着他：“你怎么又跪了？”

“臣斗胆请公主下嫁。”说话前，穆廷州抬起眼帘，目光平静，眸底又似波涛暗涌。

明薇张开了嘴。

她的反应在他的意料之中，穆廷州喉头滚动，继续正色道：“臣年长公主二十年，若在我大明朝，臣定会为公主挑选年龄、才干与公主相配的佳婿，绝不敢僭越求娶，然臣与公主身困此地，不知何时能够破局，臣无法信任他人，故请公主下嫁，方便臣近身照顾。”

他抱了公主，摸了公主的脚，他必须负责。

他说得郑重缓慢，明薇乱跳的心也慢慢恢复了正常节奏。

“太傅求娶，是为了方便照顾我？”明薇低头，看着被子说。什么年长二十岁，那是太傅与公主，她叫明薇，今年二十二岁，他是穆廷州，刚刚三十岁。

这么说似乎不太妥，但穆廷州还是承认道：“公主与臣有了夫妻之名，以后再出现今日这等情况，臣照顾公主，旁人才不会非议。”他也可以心安理得地抱她，给她擦脚。

精神气都被他气没了，明薇重新靠回床头，斜眼看窗：“太傅多虑了，明天我给沈姐打电话，请她帮我介绍一个靠谱的女助理，以后太傅不方便做的，女助理可以帮我。”

穆廷州皱了下眉，然后那英挺的眉峰再也没有松开。

请女助理好像很有道理，可是……

“臣刚刚冒犯了公主。”穆廷州垂下眼帘，声音也低了下去，“臣对公主不敬，臣想负责。”

明薇笑了，扭头看他：“你是说你抱我、帮我擦脚的事？这算什么，接下来的剧情，陈璋也会抱我，还会亲我，还会跟我拜堂成亲，还有一场比较清水的床戏，难道我也要因为古代封建规矩，嫁给他？”

穆廷州抿紧了唇，黑眸幽幽地注视着她。

认清他的心思，明薇不怕跟他对视，轻笑道：“我不会因为规矩嫁人，我要嫁的男人，他一定是真心喜欢我的，如果我被雨淋湿，他会帮我取暖会帮我擦脚，但他做那些的时候，脑袋里想的不是公主臣子，也不是刻意逢迎，他只是心疼我，想让我舒服点。”

穆廷州的胸口有一块儿堵住了，里面是冲动，想说点什么的冲动，但理智与身份堵在那里，让他说不出口。

“我要睡了，你走吧。”见男人面无表情，明薇翻身躺下，拉起被子挡住脸。

她娇娇小小，一动不动地躺着，宽大的床上好像无人。

以为她真的困了，穆廷州放弃挣扎：“臣告退。”

一阵脚步声后，是他的关门声。

明薇呆呆地躺着，五味杂陈。

真傻，居然对一个记忆错乱的病人动了心。他有病啊，他早晚会变成那个高冷傲慢的“影帝”，早晚会有一日，他们在人群中相遇，她在角落站着，偷偷打量，而他光芒加身，面无表情地帮人签名，眼里没有粉丝，更没有她。

明薇蒙住脑袋，强迫自己睡觉。

早上六点半，穆廷州又来敲门。

明薇睡得沉，没听到敲门声，电话响了三遍，她才迷迷糊糊醒了。

“公主，该用早饭了。”

“不吃。”明薇毫不留情挂了电话，挂了，人却醒了，身体无力，火气旺盛。

今天开始，她再也不用他管了。

铃音又响了，明薇心烦，挂掉电话，将手机设成静音，可眼睛却一直盯着屏幕，盯了一分钟，跳出一条微信，太傅：臣带了早饭上来，开门。

竟然是上门服务！

明薇没出息地心软了，掀开被子起床，刚坐起来，眼前一片天旋地转，明薇赶紧闭上眼睛，等那股眩晕劲儿消失了，短短几秒，明薇出了一身冷汗。明薇浑身难受，叹口气，看来她抵御力还是不够，高估自己了。

换了一片卫生巾，明薇脸也没洗牙也没刷，头重脚轻地打开门，开完就往里走。

因此穆廷州进来，只看到一个披头散发的背影，等他将早饭推到床前，明薇已经爬到床上，萎靡靠在那儿，脸庞潮红，眼睛浮肿。

穆廷州心中一沉："公主身体可有不适？"

明薇摇头，顶多小感冒，能有啥事，她现在更关心的是早饭："都有什么？"

穆廷州没说话，走过来，伸手要摸她的额头。

明薇一下躲开了，眉头紧拧，抗拒溢于言表。

穆廷州的手僵在了那儿，他真的没料到，昨晚肯乖乖依偎在他怀的公主，会这么嫌弃他。

他僵硬地缩回手，沉默片刻，问："公主额头烫不烫？"

明薇还是摇头。

穆廷州不信，她绷着脸，嘴噘着，分明是在生气，才不老实回答，但穆廷州猜不透她在气什么。

"饭后臣送公主去医院，公主千金之体，谨慎为上。"穆廷州一边将小桌摆上床，一边低声说。

明薇现在最不想听的就是什么公主千金，看着穆廷州来来去去地忙活，将粥菜一样一样摆在她面前，明薇越看越心酸，越看越委屈，哽得她一点胃口都没有，一个饭粒都不想吃。

"公主？"东西摆好她却不动，穆廷州更担心了。

"不吃了。"明薇刺溜钻到小桌子底下，蒙住脑袋。他伺候的是公主，她又不是公主。

穆廷州端着碗，想陪她一起吃的，她突然这样，他愣了会儿，才彻底肯定她在耍脾气。

放下碗，穆廷州俯身过来，皱眉问她："公主心中不快？"一手扶着小桌子，以防万一。

"如果哪天，你发现我不是公主，还会这样照顾我吗？"

"会。"他毫不犹豫。

意料之外的痛快，明薇眼眶一热，哭了："那我不是公主，昨晚你也抱我？"

"是。"穆廷州只说一个字，同时拉开被子。

她没料到，脸上挂着泪珠，惊慌无措，好一会儿才喃喃地问："为什么？"

为什么？

昨晚一晚，穆廷州都在想这个问题，直到推着早饭来到她门前，他才确定了答案。

"臣非草木，也会心疼。"他轻轻帮她擦泪，眉眼温柔。

明薇听不懂，也不想糊里糊涂地暧昧："哪种心疼？臣子对公主？"

穆廷州不习惯说太直白的话，刚刚那句已属不易，现在被她泪眼汪汪地盯着，他说不出口。

所以，他手心覆上她的眼，低声诉说："不是臣子公主，是男人女人。"

明薇笑了，苍白小脸得了爱情滋润，精神焕发，嘴角上弯，红润的嘴唇比营养早餐诱人。

穆廷州看着那可爱的嘴唇，耳边忽然响起那晚在这间房，她放电影前说的话："……胡扯，喜欢一个人就会情不自禁地接近他，做更多甜蜜的事，所以影视剧男女主感情到了，肯定要亲一亲，那样观众才觉得圆满。"

甜蜜的事，是指亲吻吗？

她的嘴唇，是甜的吗？

仿佛受了蛊惑，穆廷州身体压得更低，不自觉屏气凝神。

"你怎么不说话了？"眼前一片黑暗，他那么安静，明薇紧张地攥紧被子。而且明白了他的心，她少女心作祟，忍不住开始胡思乱想，她脸都没洗，会不会很难看？呃，牙也没刷，应该没有口气吧？

就在她天马行空的时候，穆廷州悄然退开，平复几秒，他松开手。

明薇羞答答地朝他看去。

才说过甜言蜜语的穆廷州，神色如常："吃饭吧，饭后去医院。"

去了一趟医院，明薇生理期间淋雨拍戏导致生病的光荣事迹不胫而走。

明薇微博底下一片夸她敬业的，但明薇真的觉得好尴尬，因为别的事夸她敬业她爱听，可一跟"大姨妈"联系上，或者说来了"大姨妈"闹得沸沸扬扬，明薇就恨不得一直躲在客房，谁都不见。当然，这只是一段时间的窘迫，习惯了也就不当一回事了。

高导演微信上友善地批评了明薇一番，怪她瞎折腾，不知道爱惜身体，并给她安排了病假，休息好了再拍戏。老爸明强也打来电话数落女儿，整个上午，明薇的手机几乎没离手，害她都没时间仔细考虑她与穆廷州的事。

中午穆廷州再次送来爱心午餐。

明薇眼神飘忽，想看他，又不好意思看。

穆廷州表现与平常一样，食不言寝不语，饭后碗筷摆到一旁，他才正襟危坐于床边，探究地观察明薇："公主有心事？"好像拘束了很多。

明薇哪是有心事，她是心事重重！

失忆的穆廷州对她太好，明薇刚开始还能扛得住，但当穆廷州亲自替她打伞，抱着她帮她擦脚丫，明薇便投降了，情不自禁动了心。从昨晚穆廷州求婚到今天早上，明薇只烦恼穆廷州是否喜欢她，早上得到答案，明薇解决了一个烦恼，新的烦恼又来了。

她该怎么跟穆廷州相处？

做正常的恋人？日后穆廷州恢复记忆，轻则否认恋爱，重则讽刺她趁他失忆占他便宜怎么办？保持距离最安全，可穆太傅太体贴太会疼人，她舍不得推开。如果，穆廷州一辈子都是太傅……不行，这个念头太自私了，穆廷州的亲朋好友还都在盼望他恢复记忆。

谈恋爱，束手束脚，不谈，她难受。

其实，还是怪她定力不够深吧，如果她不动情，就什么事都没有了。

可是，一个高颜值的男人天天把你当公主捧，当公主呵护，几个女人能做到不被感动？

明薇恋爱经验只比零稍微多一点，她真的管不了自己的心。

她抿着红唇，看似平静的眼中情绪丰富，穆廷州看不懂，他能想到的她的烦恼只有一个。

等了很久，穆廷州主动打破沉默，郑重道："公主若不反对，臣会择日向明家提亲。"

在太傅的世界里，有男女两情相悦有媒妁之言，有洞房花烛有琴瑟和谐，唯独没有谈恋爱这个阶段。如今他心悦公主，公主心里也有他，那么下一步，便是他向公主名义上的父母正式提亲，得到应允，即可定下黄道吉日，筹备婚事。

提亲？

明薇震惊之余差点笑喷，穆廷州还真是老古董啊。如果他是"影帝"穆廷州，老爸或许会给"影帝"面子考虑考虑，可一个失忆的病人穆廷州，老爸绝不会答应，她也不会纵容穆廷州异想天开。

"太傅，你应该知道，全国上下，除了你坚信自己是太傅，其他人，包括你我的父母，包括我，都认为你是车祸后撞了脑袋，是一个暂时失忆的病人。医生分析过你的病情，第一，你会一辈子失忆，这种概率不大。第二，你恢复记忆时，记得所有事情，或者，是你虽然恢复了车祸前的记忆，但车祸发生到康复期间的，或是其他零碎片段，你可能会忘记。"

穆廷州默默看她，黑眸深邃。

明薇苦笑，低头道："也就是说，将来你病好了，极有可能否认咱们的关系，这样，我爸怎么可能同意？"

"公主怕不怕？"沉默许久，穆廷州复杂地问。

他很想对她说，他是太傅，他不会变成另外一个人，不会忘了她，但身处陌生又奇怪的世界，穆廷州没有信心，那些人能对他洗脑一次，便有可能洗脑第二次，他唯一能做的，是拼尽全力不让那些人得逞，是当他还记得，他会一直陪在她身边。

明薇笑了笑，慢慢抬起眼帘，今天第一次认真地看他。他长了一张冷漠的脸，不爱笑，总是难以接近的样子。他的眼睛深如潭水，她鼓起勇气看进去，没看出他在想什么，看的人却轻易被他吸进去，或是仓皇逃跑，或是彻底沉沦。

"影帝"穆廷州很傲，她与他有不愉快的开始，所以"影帝"再帅，明薇都懒得欣赏。然后，"影帝"变成了太傅，太傅对公主忠心耿耿管东管西，距离感瞬间缩短，她很快便注意到他有着最俊美的五官。当太傅在她面前跪下，当他将她抱到怀中，那种被人疼惜呵护的感觉，让她心生贪念。

"有点怕，可以反悔吗？"明薇努力装轻松。

"不可。"穆廷州直视她说。

"那等你变成'影帝'，你忘了我，我却还记得现在的你，像失恋被甩的，我岂不是很可怜？"本来想开玩笑的，但想到那情形，想到她喜欢的太傅会消失，明薇的眼睛忽然就酸了。

她的泪流下来，无声地落在他心上，穆廷州突然心悸，怕某天他真的忘了，怕他会失去她。

穆廷州帮她擦眼泪，看着她水漉漉的眼睛问："真有那一天，公主会去找臣吗？提醒臣记起？"

明薇泪停，垂眸看他的西装，过了好一会儿，她诚实地摇头："让我动心的是太傅，不是'影帝'，虽然你不爱听，但我还是要说，你的真正身份是'影帝'。""影帝"太冷太傲了，两人身份差太多，她没勇气去挑战穆廷州的傲，也没勇气背负"新人演员厚颜追求'影帝'"的八卦名声。

穆廷州的眉深深蹙起。

明薇看见了有点不忍，反过来安抚他："好了，先别想那么多，能认识太傅，我很满足了。"

一辈子有一次奇遇，能遇到一个这么好的人，够了。

她眼圈微红，穆廷州心有千言万语，最终只成了一句:“臣会想办法，公主勿忧。”

明薇笑着点头。

气氛依然沉重，明薇的手机忽然响了，是陈璋：“身体怎么样？”

明薇朝穆廷州做了一个噤声的手势，笑着道：“好多了，根本没网上传的那么厉害。”

“那就好，我刚从片场回来，下午没戏，过来看看你。”陈璋停在明薇的房门外，一边说，一边敲了敲门。

明薇吓了一跳，这会儿房间就她跟穆廷州，太惹人误会了。

“我去开门。”就在明薇寻思找什么借口婉拒时，穆廷州突然说了一句，声音不低，手机那边的陈璋肯定听见了。

明薇幽怨地瞪穆廷州。

穆廷州摸摸她头，帮她拉好被子，衣冠楚楚地去开门。

“穆先生也在。”已经得了提醒，看到穆廷州来开门，陈璋笑容灿烂，并未惊讶。

“公主不便下楼，我来送饭。”穆廷州淡淡道，请他进来，仿佛没看见陈璋手中的花束。

“啊，好漂亮的花！”明薇人际关系向来不错，朋友带花来看她，她礼貌地表示惊喜。

“回来经过一家花店，就去挑了一束。”将花递给明薇，陈璋站在床边打趣她，“演戏这么拼，该给你颁发年度敬业演员奖。”

“再说我轰你出去信不信？”明薇瞪他，因为影射了“大姨妈”，她脸红了。

陈璋见好就收。

床边有沙发，明薇请他坐，再递给穆廷州一个随便坐的眼神。

陈璋风趣幽默，早在拍摄《大明》时明薇跟他就聊得来，如今陈璋一来，她的笑容就没断过，不过她并没有忘了穆廷州，总是尽量想带穆廷州参与话题。穆廷州无心理会，腰背挺直地坐在明薇床这头，如老僧入定。

“会玩斗地主吗？”话题再多也不禁聊，陈璋提议玩牌。

明薇会，穆廷州不会，三人就把肖照叫过来了。

四人挪到小客厅，明薇坐单人沙发，穆廷州将椅子搬到她这边，看她的牌。

这把轮到明薇当地主，肖照、陈璋联手打她，战场无朋友，肖照出牌一点都不留情，一个炸弹就将明薇胜利的自信炸飞一半，吓得她收敛气焰，小心翼翼算计着出牌。最后剩下一个大单与一个小对儿，明薇抿抿唇，为难了。

一根白皙修长的手指默默伸过来，点了点她的大单。

有太傅出谋划策，明薇豁出去了，甩出大单。

“炸！”肖照啪嗒摔下四张牌。

“你怎么那么多炸弹！”注定输了，明薇将见不得人的小对子塞到牌底下，朝肖照叫。

肖照推推眼镜，笑着奚落她：“让你尝尝教训，不要随便抢地主。”

太嚣张了，明薇迁怒穆廷州，扭头嗔他：“都怪你瞎指挥。”

穆廷州无奈笑：“是臣之过。”

他笑得温柔，颜值更上一层楼。明薇莫名脸热，低头抓牌，脸蛋红红的。

“公主口渴吗？”穆廷州打算将功赎罪。

明薇点头。

穆廷州去倒热水，回来后，用手拿着保温杯。

明薇渴了，朝他要水，穆廷州拧开盖子再递给她。

整个过程，他伺候得自然，明薇享受得心安理得，肖照隐约猜到了，怕陈璋没看明白，故意逗明薇：“我怎么觉得公主对太傅越来越不客气了？”

明薇心中有鬼，脸更红了。

对面的陈璋认真摆牌，心却凉了半截。

打了两个小时扑克后，陈璋接到助理的电话，先走了。

穆廷州、肖照面对面坐着，气场强大。虽然两人是她的客房，明薇却有种他们才是主人的错觉。

茶几上摆着水果，肖照一边剥橘子一边好奇打量他们："你们进展到哪一步了？"

从昨晚到现在，穆廷州进进出出明薇的客房，简直成了二十四孝男友，他就料到会有发展。

明薇低头喝水，没羞，反而心情复杂。肖照，大概是她与穆廷州这段感情的唯一见证。

穆廷州也没理肖照。

肖照到底是外人，他能在穆廷州犯傻的时候推一把，却不方便管太多。吃完一个橘子，肖照碰碰摆在面前的橘子皮，对着茶几道："你们恋爱的事，暂且保密吧。"穆廷州记忆的不确定因素太多，处理不好，将来容易受舆论伤害的是明薇。

明薇点点头。

肖照将橘子皮丢进垃圾桶，也走了。

"你回房休息？"刚送完肖照，明薇站在玄关前，小声问穆廷州，一直待在她这边也没事干。

"好。"穆廷州随手拿起陈璋送来的花束，朝她走来。

明薇面露疑惑。

穆廷州停在她面前，看着她问："你喜欢这个？"

呃……明薇忽然觉得这话里有坑，尽管冷峻稳重的太傅不像是乱吃飞醋的人。

"还行吧，也不是特别喜欢。"明薇谨慎答。

穆廷州淡淡一笑，理所应当道："那臣替公主处理掉。"说完从她身边经过，开门离开。

明薇呆若木鸡。

但穆廷州很公平，拿走她一束花，晚饭前补送了一盆绿色盆栽过来，没有花朵。明薇弯腰仔细看，猜道："牡丹？"

穆廷州就在她旁边，西装笔挺，迎着明薇猜测的目光，他语调自然：

“是，公主金枝玉叶，只有牡丹才配得上公主。”

换个人说这句夸赞太假太虚，可从他口中说出来，明薇差点真以为自己有那么美了。

她红着脸低头，用嫌弃掩饰羞涩甜蜜：“别人都送花，你这盆还没开呢，光秃秃的看什么。”

穆廷州：“采摘的花朵几天便会枯萎，这盆公主精心照料，以后每年三四月份都可观赏。”

明薇轻轻地摸牡丹叶子，发愁：“我没养过牡丹，怕养不活。”

在穆廷州这边，那些都不是事：“臣替公主照料。”

明薇听了，心里一下子溢满了甜水儿，其实穆廷州不会说甜言蜜语，但他一本正经的话，比肉麻的情话更动人。

晚饭之后，穆廷州看她吃完药才走，明薇七点多就睡了，第二天六点多自然醒，坐起来感受感受，力气又回来了，只是有点虚。感冒这种病，一直卧床休息也不好，明薇下床洗脸，跟穆廷州他们一起下去吃饭。当天晚上，明薇感觉自己可以复工了，就给导演打电话。高导演很欣赏明薇的敬业，但明天全是陈璋与配角的戏，安排明薇后天开工。

“谢谢高导。”

明薇心情愉悦地挂断电话，靠到床头背台词，背了两段，陈璋打来电话找她。

“听高导说，你后天复工？”

“是啊，休息这么久，再不拍我都要长胖了。”

她的声音充满了活力，陈璋笑了笑，低声调侃她：“看来，咱们太傅大人很会照顾病人。”

明薇挠挠脑袋，突然不知道该怎么接话。

陈璋没为难她，转移话题说正事：“对了，白天我看了几段糙汉角色的吻戏，学到点经验，等咱们拍摄时，开始真亲，做做样子，后面采用借位拍摄，咱们表现出很激烈就行了。我剪辑了几段视频，一会儿发你，你找找感觉，开拍前咱们再排练具体动作，变动变动。”

明薇真的惊喜到了：“跟高导商量了吗？”

陈璋：“嗯，高导让咱们自由发挥。”

明薇佩服极了：“还是你有经验，我以为剧本怎么写，咱们就得怎么拍呢。”

陈璋靠在椅子上，故意夸张地叹气：“我也想省事，趁机多占点大小姐的便宜，但你现在不是单身了，家属在旁边看着，我可不敢乱来。”

他喜欢明薇，喜欢得还不够深，既然明薇已经心有所属，对方还是他短时间内无法超越的“影帝”，陈璋便收了那点心猿意马，准备做一个专业的演员。至于削减吻戏，陈璋是怕自己尝到太多，控制不住露了馅儿，彼此尴尬。

手机那头她语无伦次，似乎是想澄清，陈璋转转笔，笑道：“放心，我不会告诉别人，只是，他情况特殊，你自己把握，先别陷太深。”

做不成恋人，但他真的想跟明薇做朋友，不想她受伤。

“陈璋你真好。”都说娱乐圈复杂，能交到陈璋这样的朋友，明薇说不出的感动。

陈璋轻笑：“谁让你是公主，我是驸马，咱们可是拜过天地的交情。”

“后天拍完戏，我请你吃饭。”明薇豪放地说。

约了饭局，明薇放下剧本，专心看陈璋发过来的几段糙汉式吻戏。看了几遍，明薇闭上眼睛，试着代入角色，幻想高长胜压过来强吻她，但可能是刚跟穆廷州确认关系的缘故，她脑海里冒出来的居然全是穆廷州。

“叮”的一声，有微信。太傅：公主尚未康复，该睡了。

想谁谁来，明薇咬咬唇，将陈璋发来的最清水的一版吻戏视频，传给穆廷州，然后忐忑地等着。

一分钟，两分钟，视频早传送好了，穆廷州却没有回应。

明薇有些后悔，懊恼地发语音解释：“之前的吻戏剧本上比较激烈，高导说改成这样拍，后面全靠借位。”他不是抗拒她拍吻戏吗，现在可以少亲会儿，穆廷州应该会高兴一点吧？

屏幕跳动。太傅：好，公主早睡。

明薇：哦……

打完"哦"，明薇添加标点再删除，最后还是加了一个意味深长、含义隽永的省略号，然而收信人并没有领悟到，微信陷入了沉寂。明薇看看窗外，知道穆廷州会根据她熄灯与否判断她的睡眠时间，便躺在被窝里，没有关灯。

过了半小时，太傅果然再次发微信督促她睡觉。

明薇嘟嘴：睡不着。

太傅：身体不适？

明薇翻个身，直接问他："吻戏变少了，你不高兴？"

隔壁客房，听完她隐含委屈的质问，穆廷州愣了愣。他确实不高兴，无论吻戏多少，陈璋都会亲她，他只是想不通，他话里没有表现出来，公主怎么猜到他心情的？检查一遍聊天记录，穆廷州打字：何以见得？

明薇哼："你话那么少，摆明不想理我。"

穆廷州哭笑不得，他怎么会不想理她，只是当时不知道该说什么。

"算了，以后我拍亲密戏会提前告诉你，你别在场，开播了你也别看。"理解他的烦恼，明薇提出解决方案。

穆廷州秒回：不必，公主喜欢拍戏，臣会尽快接受。

明薇摸摸他古装版的剧照头像，问：不怕吃醋？

穆廷州不习惯这样的对话，隔了几秒才回：臣会调整。

明薇想了想，发了一个摸头表情："这次接剧本没想那么多，以后我学你，尽量不接亲密戏。"

穆廷州笑了：多谢公主。

明薇发笑脸：睡吧，晚安。

说了晚安，明薇还是睡不着，心底有个念头发了芽，像雨后的笋，越来越茁壮。

翻来覆去，穆廷州打来电话，被明薇摁掉。

穆廷州改发微信：怎么还不睡？

明薇：睡不着。

这是今晚她第二次说睡不着。穆廷州无奈：臣又说错话了？

明薇摇头：不是，我只是有点不甘心。

穆廷州困惑：何事不甘？

明薇钻进被窝，脸烫烫的，他连续追问三次，她才慢吞吞打字：比方说有头熊，它从来没有吃过蜂蜜，这天有人送它一罐，它高兴地吃了，第二天又有人送它蜂蜜，它也很高兴。那我想问太傅，它这两天，哪天吃蜂蜜的时候更高兴？

穆廷州盯着这个幼稚的问题看了好几遍，确定没有隐晦的深意，他试着回答：第一次。

明薇偷笑：答对了，理由呢？

穆廷州松了口气：第一次更有意义。

明薇打字更慢，措辞更小心了：是啊，第一次做什么都是新鲜的，有特殊意义，我看了看陈璋以前的影视剧，他跟别的女演员亲过好几次了，我长这么大，不算贴着安全膜跟人亲了一回，根本没亲过，初吻奉献给演戏，能甘心吗？

穆廷州眉峰上挑：上次亲公主的是何人？

明薇撇嘴：《大明首辅》男主演啊，他嫌弃我，不想与我有嘴唇接触。

穆廷州立即打开浏览器搜索，网页跳出答案的那一瞬，他忽然想起来了，那是他记起自己是太傅之前拍的戏。所以，他清醒前与公主有过肌肤之亲？这感觉很奇怪，穆廷州再次搜索“吻戏安全膜”，资料不多，却足够他了解。

再看公主前一句话，穆廷州沉默了。公主貌美无双，“影帝”居然敢嫌弃，是不是有问题？

一分钟后，穆廷州回：公主受委屈了。

明薇没想秋后算账，她在暗示别的，但对面的男人似乎没发现。

初吻不能与喜欢的人分享，明薇确实不甘，可她已经暗示得很明显了，再不好意思明示。

她失落地打字：算了，我睡了。

穆廷州急中生智：臣会为公主准备安全膜。

明薇冷笑：上次是轻轻一碰，这次比较激烈，不能用膜。

穆廷州一时无计。

明薇钻出被窝，一个人生闷气，天底下怎么会有这么傻的人？

穆廷州掀了几次窗帘，见隔壁灯还亮着，他回到书桌前，搜索“女人不甘心把初吻交给别人怎么办”。翻了几页网页都没有符合公主的情况，穆廷州拿起手机，犹豫再三，放弃了询问肖照，而是匿名注册论坛，发帖求助。

主题帖：节目排练，女生不想把初吻交给合作男同学，她该怎么做？

跟帖1：有男朋友没？有了先跟他亲啊！没有的话，看男同学颜值吧。

跟帖2：来找我吧，哥吻技高超，保管你上瘾。

跟帖3：快点找个男朋友，初吻不能随便浪费！

“……”

跟帖的不少，穆廷州不停刷新，最后总结，除了一些不雅回答，其他都是建议女生将初吻交给男朋友。公主的男朋友……

穆廷州忽然口渴，合上笔记本，他再次去了阳台。晚风习习，吹不散他心头的火，穆廷州侧首，她那边灯还亮着。第一次亲吻，她不甘心送给陈璋，那公主愿意给他吗？

穆廷州不知道，他也不敢问。

收回视线，穆廷州眺望远处，犹豫不定，隔壁突然传来推窗声。穆廷州震惊转身，看到她穿着睡衣走出来，柔软乌黑的发被风吹乱，她随手别到耳侧，歪头时，目光自然而然移向这边。穆廷州本能地准备行礼，刚抬手，她却受惊般跑开了，“砰”地拉上窗。

穆廷州怔在原地，看看腕表，还不到晚九点。

想到她反常的举动，穆廷州皱皱眉，过去敲门。

明薇靠着墙，后悔极了。

微信一直没动静，她只是想看看穆廷州有没有睡，不承想穆廷州竟然在阳台上！

不过他理解能力那么差，应该猜不到她出来进去是为了什么吧？

明薇松口气，打算先关灯，就在她快要碰到开关时，有人敲门。

明薇心跳加快，轻手轻脚凑到门前，猫眼外的男人，果然是穆廷州。

“这么晚了，有事吗？”明薇拉开一条门缝，看着地面问。

她好像在防备，穆廷州不禁犹豫，晚上来她房间，确实不合适，只是，想到她微信里说的那些不甘心的话，穆廷州便放不下心，低声道：“公主夜不能寐，臣想跟公主谈谈，若公主为难，臣明早再来。”

明薇因为他才睡不着，他主动过来，她哪会放他走，穆廷州一说完，她便拉开门，请他进来。

晚上的客房灯光明亮，却比白日明晃晃的日光多了几分温柔暧昧。明薇不敢看穆廷州，坐到沙发上捡起剧本，自欺欺人地解释：“刚刚看剧本看闷了，想去阳台透透气，太傅一直劝我早睡，我还以为你已经睡了。”

“公主为戏烦忧，臣无法安睡。”穆廷州坐她斜对面，正大光明地观察她的脸色。

明薇脸热，扭头干笑：“那个啊，我已经想通了，第几次亲都一样，没什么好计较的。”

她装大方，穆廷州的心却沉了下去，视线掠过她红润的唇，穆廷州皱眉道：“公主真想通了？”

明薇点头，飞快朝他笑了下：“演员嘛，多来几次就习惯了。”

明薇笑完马上低头，兴致勃勃地看剧本，却一个字都看不进去，假装翻页。

“臣不甘心。”旁边忽然传来他喑哑的声音。

明薇手一颤，心慌意乱地抬头，紧张地问：“你，你不甘心什么？”

“不甘公主将珍视的初吻，奉献给演戏。”穆廷州掌心扣紧膝盖，凝视她说。

明薇心跳好快，仿佛下一刻就会跳出来，她隐约猜到了穆廷州过来的目的，那也正是她暗示他的。但事情真的要发生了，他还正义凛然地把初吻话题摆在明面，明薇又羞耻又窘迫，恨不得举起剧本挡住脸。

“那……你有什么提议？”明薇耷拉着脑袋，都快听不到自己的声音了。

她脸蛋红红，耳根、脖子都浮现淡淡的浅粉色，穆廷州能控制自己的表情，却管不住上下滚动的喉头。他没信心会被她接受，但她那么珍惜初吻，他想试试。网上说，女孩子大多希望与喜欢的人完成初吻，虽然大婚前冒犯公主不合规矩，但形势所迫，公主或许是愿意的。

"若公主不嫌弃，臣，臣想一亲芳泽。"忍住跪请的冲动，穆廷州神色凝重。

明薇再也受不了了，举起剧本挡住脸，亲就亲，他干吗说得文绉绉的。

"你，你去关灯。"为了避免初吻变得不伦不类，明薇豁出去了，主动提醒他步骤。

穆廷州的呼吸蓦地加重，盯着她挡脸的剧本看了好几秒，这才僵硬离座，一一关掉客厅的灯，连卫生间那边的都关了。最后一丝光亮消失，房间陷入一片浓墨般的黑暗，穆廷州原地等了片刻，待视线适应黑夜，也只能勉强看到模糊的人影。

那是他的公主，他单纯羞涩的公主。

穆廷州缓缓朝她走去。

明薇偷偷放下剧本，全身紧绷，当他在她旁边坐下，明薇紧张得忘了呼吸。

"公主……"

"等等！"明薇受不了这种折磨人的气氛了，在黑暗中摸出手机，颤抖着道，"我真的想通了，初吻对象是谁都没关系，但既然太傅愿意帮我分忧，那不如太傅陪我排练一下吻戏吧，免得我拍摄时准备不足，重复跟陈璋拍这段。"

找个必须接吻的理由，她会轻松点。

穆廷州手都伸到她背后了，闻言迅速收回，声音沙哑："好。"

明薇打开她下载的视频，心慌意乱地挑了挑，挑了一个最简单也最符合剧情背景的壁咚强吻，只是当她再一次看这段视频时，明薇更觉得自己有占穆廷州便宜的嫌疑了。初吻可以简简单单蜻蜓点水，强吻……

"算了，还是随便亲一下吧。"明薇关掉手机，懊恼地道。

"臣想陪公主排练。"穆廷州将刚刚那段视频看得清清楚楚，旁观过拍戏现场，穆廷州知道这种镜头很难一次通过，公主不介意重拍，他不太舒服。

明薇没料到他会这么说，犹豫一会儿，低低嗯了声：“那去墙边吧。”

选好位置，明薇努力活跃气氛：“你演得出来吗？”失忆的穆廷州排斥演戏，谁也不确定他演技是否还在线。

“臣会尽力。”穆廷州看着她模糊的影子说。

明薇手心出汗双腿发抖，已经说不出话了。

“公主准备好了吗？”穆廷州到底是太傅，虽然也紧张，但他控制得很好，而且，不同于明薇的紧张慌乱，他的紧张中，掺杂着男人特有的渴望。

“好，好了。”明薇结结巴巴的。

刚说完，对面的黑影突然逼近，明薇脑海里闪电般浮现强吻的激烈情形，本能往后退。穆廷州是想按照视频中男人那样先将她推到墙上再低头亲的，现在明薇主动退了，他极力压制追上去的冲动，哑声问：“公主，不愿意？”

明薇摇头，伸手拽住他胳膊，往她这边扯。

穆廷州只用了两步，人便来到她面前，近到他灼热的呼吸落在了她脸上。没有光亮，他看不到她的眼睛，看不出她在想什么，只知道他的意志力越来越弱，再也承受不住更多的精神折磨。她不要，又拉他过来……

“先慢点。”

漫长的沉默，她终于开口了，声音在抖，拉着他胳膊的手也在抖。不是不想亲，是怕太刺激。

“好。”穆廷州懂了，他生涩却本能地搂住她的腰，闭上眼睛靠近。唇碰到她的鼻梁，上面好像有细密的小汗珠，穆廷州无意识地抿了下，腰侧西服忽然被她攥住。穆廷州停留几秒，缓缓向下，印上她柔软的嘴唇。

她一动不动，他脑海中的某根弦，无声无息断了。

双脚向前一步，他将她紧紧抵在墙上，她被迫仰头，红唇轻张，仿佛邀请。穆廷州辗转品尝她的唇，上上下下吃不够。她纤草般抓着他衣，踮脚仰头都费力气，她呼吸越来越重，唇间也发出娇弱哀求的音。

"太傅……"她抱住他的脖子，乞求地叫他。

"嗯。"穆廷州暂且停住，放她双脚落地，扶她站稳。

明薇软软地靠在他宽阔的胸口，急促呼吸迟迟未能平复，试着回想刚刚的感觉，竟然什么都不记得，只知道穆廷州在亲她，他的唇比她还热，抓住她便不再放开，缠着她回应。什么怦然心动，什么甜蜜欢喜，她从文字中旁观的感悟，与实际经验完全对不上。这个男人看着像冰，真的亲起来，才知道他是一团火，内敛而霸道。

头顶他的呼吸似乎已经平稳，明薇捻动他的衣扣，闷闷道："你好像很熟练啊。"

"为何这么说？"穆廷州低头问。

明薇抿唇，偶像剧里的初吻都很纯情，穆廷州前几分钟的动作，更像热吻。

熟练在这里绝非夸奖，穆廷州没亲过别人，不想她有那样的误会。将她抵回墙上，穆廷州重新靠近她脸，幽幽道："公主比较一下，便知臣方才之生涩。"

明薇呆呆的，什么意思？

她念头刚落，嘴唇再次落入他口，这一次，没有小心翼翼的试探轻吻，他吻得又急又用力，如风浪席卷而来。明薇慌得撑住他胸膛，穆廷州却还嫌不够，大手一提便将她举起，他趁机前移，明薇重新落地，脚踩着他脚。

当这个吻不受控制地变成法式深吻后，明薇整个人已经完全靠穆廷州提着才没有倒下去了，他贪得无厌，明薇快要喘不上气，挣扎着捶他胸口。穆廷州腾出一只手攥住她，狠狠攥住，又深深亲了几次，才艰难分开。

明薇大口大口喘气。

穆廷州下巴抵着她头顶，全身血液都在叫嚣，第一次真正意识到他与她的年龄差距。

她还青涩，他却到了难以压制的年纪。

“臣失态了，请公主责罚。”穆廷州理智回笼，松开她腰，退后一步，单膝跪下。

明薇摸摸自己发肿的嘴唇，忽然觉得今晚的穆廷州好陌生，与稳重的太傅根本不是一个人设。

“你起来。”明薇往旁边挪挪，小声说。

穆廷州从命，高大身影立在黑暗的客房，压迫感前所未有地强。

慢点的吻都这样了，明薇不敢再跟他排练什么强吻，咳了咳，她低头道：“今晚就到这里吧，我应该可以演了。”

穆廷州也想走了，怕她开灯，发现他那里的异常。

“公主早些休息，臣告退。”穆廷州拱手行礼，快步离开。

明薇看着他开门关门，等房间只剩自己，她捂着脸靠回墙上，心里七上八下的。

她哪是捡了忠犬啊，穆廷州那表现，分明是条披着犬皮的狼！

“Good！”

监视器中，高长胜恋恋不舍地离开俞婉音的唇，象征着两人初吻的结束，高导演满意叫停。

小巷墙角，陈璋低声打趣明薇：“唇膏什么牌子的？”

这个吻只停留在表面，深吻镜头他双手捧着明微脸，两边拇指按住她唇，自己亲自己的手指，但通过借位，镜头中就变成他在吻明薇了。吻戏拍了三次，第一次陈璋出戏了，为亲她而紧张，后面两次他看似专注，其实同样出戏了，脑海里全是她唇膏的味道。

说实话，陈璋不太喜欢吃女明星的唇膏，甭管什么味道的，只是女星拍摄时都化妆，这也是必须接受的现象，更何况女星拍吻戏多多少少都有点牺牲，他一个男演员还计较什么。穆廷州在那边看着，明薇表现得很好了，昨晚他还担心明薇故意吃韭菜、大蒜来薰他，以减少吻戏时间。

“你想买？回头我发你微信。”明薇配合他开玩笑，视线却控制不住地往远处飘，看见那人站在昏暗的阴影中，身如苍松，神色莫辨。

今晚的戏份还没结束，明薇默默调整情绪，高导演一喊“action”，她立即又变成俞婉音。

羞恼地骂完高长胜，俞婉音扭头跑回闺房，夜深人静，她捂着一边脸坐在古色古香的梳妆台前，对镜出神，明眸似水，情意浮动。后期这里，会加上她对方才那个吻的回忆，而明薇只需要表现出俞婉音的甜蜜羞涩，与分别在即的不舍与担忧便好。

“明薇这段演得不错，很传神。”被明薇的演技惊艳，高导演再次夸赞。

明薇心虚，什么演技啊，她刚刚想的是前晚与穆廷州的吻，担忧的是穆廷州吃醋生气。

收工时，已经晚上九点多了。

陈璋提议大家一起去吃夜宵，明薇下意识看向已经来到她身边的穆廷州。

“饿不饿？”穆廷州看着她问，眼眸平静。

明薇真饿了，拍戏是力气活啊。

穆廷州就笑了下，对陈璋道：“公主不饿，我们先告辞了。”

陈璋无所谓地点点头。

明薇什么都没说。上了车，明薇刚要发一发小牢骚，就听穆廷州问肖照这边有没有饭馆推荐，条件是人少安静，食品质量有保证。

明薇低头看手机，嘴角偷偷翘了起来。

穆廷州是“影帝”，肖照作为专属经纪人兼助理，经常陪穆廷州出现在各大影视基地，次数多了，对每个影视基地知名或低调的饭馆都有所了解，随口便报出几个地方。穆廷州扭头问明薇：“公主想去哪里？”

明薇小声道：“粥铺吧。”

肖照笑笑，开车出发。十几分钟后，车子停在一条比较偏僻的民国风巷子。夜色已深，路上行人稀少，三人下车，步行到粥铺。两层的粥铺小楼，楼里楼外都挂着精致的灯笼，灯光昏暗，显得静谧祥和。

肖照领路去了二楼，运气不错，二楼没有客人。

三人点了一份海鲜粥，边吃边聊，主要是明薇、肖照说话，穆廷州只负责听。吃到一半，肖照有电话，离座去远处窗边接听。明薇慢慢吞吞喝了两口粥，偷眼看身边的男人，他也在喝粥，侧脸清冷俊美，白皙修长的手指拿着瓷勺，将粥送到嘴边。

穆廷州的唇偏薄，色泽也淡，可他亲人的时候，霸道强势，热情似火。

“公主为何频频窥视？”

移开送到嘴边的粥，穆廷州放下勺子，偏头看她，幽深眸中倒映着灯光，有异彩流动。

明薇陡然回神，意识到自己竟然被他的美色迷惑，脸烫极了，低头否认：“走廊有人经过，我随便看看，谁窥视你了。”

“原来如此，是臣误会公主了。”她脸红红的，窘迫害羞，穆廷州便没拆穿她。

等肖照回来，明薇脸色已经恢复如常。

吃饱了，三人静悄悄回了酒店，各回各房。明薇先去卫生间解决生理问题，盘起头发准备洗脸卸妆的时候，穆廷州发来微信：臣有事，请公主开门。

明薇心跳加快，重新放下头发，简单梳梳，心慌意乱地去开门。门外没人，明薇疑惑地探出头，恰好看见穆廷州关门，不紧不慢地朝她这边走来。明薇缩回脑袋，穆廷州进来了，她一边走向小客厅一边故作镇定问：“什么事啊？”

穆廷州看眼窗帘，是拉着的。

他一步步靠近，见明薇要倒茶，他哑声说：“公主别动。”

明薇手臂一僵，扫眼男人的大长腿，她听话地收手，挺直腰背。他已经来到面前，明薇目光闪烁，左看看又看看，就是不敢抬头看他：“太傅有什么事？”有话好好说，他挨得这么近，太容易让人误会。

“公主唇上有污秽。”

他终于开口，说出来的话却堪比地雷，明薇先是脸红，跟着便是尴尬，着急地就要转身擦嘴。

他突然按住她的肩膀：“别动。”

明薇都要哭了，都被他形容是污秽了，她嘴上到底有什么啊？居然被他看见了，好丢人。

“我去洗脸。”她试着挣扎。

“不用，臣为公主效劳。”她长长的眼睫毛紧张乱眨，穆廷州目光变暖，一手扶她的肩膀，一手从口袋中拿出提前准备好的湿巾，打开，抬手。

明薇紧张地闭上眼睛。

凉凉的湿巾按在了她的唇上，来回擦拭，一点点地挪动，与那清凉相反，迎面吹来的呼吸是温的。想到他居然在帮她擦拭嘴唇，他可能在看她，明薇全身发软，快要站不住了。煎熬地等他擦完双唇，连嘴角都轻轻碾了几下，明薇忍不住问：“好……好了吗？”

他低低嗯了声，手指松开，沾了她唇蜜的纸巾，飘然落地。

明薇睁开眼睛，入眼的是他靠近的俊脸，明薇呆住，下一秒，他的薄唇压了上来。

明薇：……

穆廷州抱紧她细细的小腰，右手扣住她的后脑，用唇取代湿巾，压着她柔润的唇来回辗转。她的唇那么软那么甜，这是他的公主，他不想分享给任何人。陈璋将她压在墙角的情形一遍遍在脑中闪现，压抑一晚的嫉妒之火一节节攀升，手臂抱得更紧，唇陷得更深，她左右闪躲，穆廷州纵容她，跟着却再次捉住她的甜美，一次次品尝。

明薇舌头都要酸了，挣扎间，小腿肚撞上沙发，加上前方他施加的压力，明薇摇摇晃晃倒了下去。他如捕食的虎豹，咬住猎物便不肯松手，抱着她一起倒下，只体贴地护住她的后脑。明薇右肩压到了抱枕，她本能地往外挪，不料这一挪，竟撞上另一只藏在暗处无声觊觎的猛虎。

明薇一动不敢动，好像更乖顺了。

穆廷州狼吞虎咽够了，察觉到她的顺从，他渐渐放慢节奏，依然是猛虎，却不再用狩猎的态度对她，而是把她当成自己的小虎崽儿，温柔地亲，一下一下的，隐约带着诱哄的意味。明薇乖乖陪他亲了会儿，后来实在受不了了，双手捂住他的脸，羞答答控诉：“再亲就破皮了……”

穆廷州掰开她的小手，下面的她闭着眼睛，脸是红的，唇微微肿起，艳丽妩媚。

“臣有罪。”这样的公主太美，穆廷州诚心赔罪，却也诚心地不想悔改。嘴唇不能亲了，他轻柔地亲她的脸颊。

明薇脸痒痒的，心也痒痒的，原来这个外表高冷禁欲的男人，是这么喜欢她。

她鼓起勇气睁开眼，软软环住他脖子。

穆廷州动作一顿，抬眼看她。

“吃醋了，是不是？”明薇揶揄问。

穆廷州深邃的眼底，起了一丝风浪。

明薇扯扯他后脑的短发，勉强安慰他：“涂了唇膏，他亲的是唇膏，不是我。”

穆廷州眸光却更危险：“里面也涂了？”

明薇又羞又笑，捧住他的脸，拇指遮住他的唇，亲了一下再解释：“这么亲的。”怎么可能舌吻。

穆廷州看着身下俏皮笑的公主，回想监视器中的镜头，确实没有看到真的热吻。

穆廷州心里舒服了一些，继续方才的动作，亲她。

明薇“大姨妈”还在呢，被他亲得好像有些汹涌，担心出事，明薇狠心劝止：“好了……”

穆廷州闭上眼睛，身体外移，先扶她起来，再顺势跪在地上，低头看她膝盖：“公主，臣越来越贪了。”明知不对，却情难自控。

明薇以前反感他动不动就跪，可是今晚，两人关系变了，他的跪，仿佛也变成了情趣。

她弯腰，笑着亲他的脑袋：“太傅既然知罪，下次还犯吗？”

她小手搭在膝盖上，白白嫩嫩的，穆廷州忍了忍，最终还是握住她的手，幽幽道：“犯与不犯，取决于公主是否责罚。”

“责罚啊？”明薇下巴抵着他的头顶，认真思考，好久好久，她抱住他的脖子，嘴角浮现苦笑，“太傅若再未经我允许便亲我，就罚你一辈子都把我当公主捧着，可好？”

她的声音不太对，穆廷州推开她的肩膀。

明薇笑着看他，眼里却有水色。

穆廷州与她对视片刻，突然起身，毫无预兆地压住她亲。

明薇愣住，就在她反应过来准备回应时，穆廷州却退开，在她耳边道：“罚吧，臣求之不得。”

《南城》只有三十集，原计划三个月拍完，但因为男主演临时从新人换成另有剧约的陈璋，时间一下子紧张起来，明薇经常早上五点起床晚上十点多下戏，回酒店后卸妆、洗澡、背背台词，入睡时已是深夜。

工作繁重，明薇没有闲暇与穆廷州谈恋爱，何况两人也缺少普通情侣约会、恋爱的条件，穆廷州是“影帝”，随便去哪儿，注定都会被粉丝认出来。

又是一场夜戏，明薇穿着旗袍与配角周旋，戏份结束，穆廷州第一个赶到她身边，替她裹上长长的羽绒服。两人偷偷恋爱，并未公开，而工作人员都知道“影帝”有病，对他殷勤伺候公主的表现早已见怪不怪。

明薇用动作拒绝穆廷州帮她拉羽绒服拉链，背过去自己系。

“喝点水。”穆廷州又递上来保温杯。

男朋友这么体贴，明薇心里暖暖的。

“请你们吃。”上了车，肖照拿出两个红红的苹果。

“谢谢！”明薇开心道谢，今晚是平安夜，剧组忙，没有庆祝气氛，难得肖照居然还想着。

看看手里的苹果，明薇挑了稍微大一点的递给穆廷州。不是孔融让梨，而是太大的她吃不完。

“多谢公主。”穆廷州双手接过。

“圣诞节，太傅没准备礼物？”肖照一边开车一边随意地问。

穆廷州保持沉默。

一个记忆错乱的“大明太傅”，明薇根本没指望穆廷州会过这种外国节日，笑道：“没准备才好，我也没准备，咱们仨关系这么好，就别假客气了。”

肖照点点头，眼睛却透过后视镜，看了一眼穆廷州。

明薇没注意他的小动作，捧着苹果摆姿势自拍，旁若无人。连拍好几张，明薇挑出最好看的简单修修图，这才上传微博，配字：平安夜，你们吃了吗？

感谢穆廷州，明薇现在有几百万粉丝了，微博刚发，马上就冒出无数评论。

粉丝 1 号：是太傅送的吗？

粉丝 2 号：没吃，因为我没有太傅。

粉丝 3 号：公主，我们想看太傅，他都好久没更新微博了，求发粮！

明薇看得津津有味，手指不停下拉屏幕，拉着拉着，跳出一条微信。

太傅：晚上看电影？

明薇心一跳，余光中男人果然拿着手机。明薇抿唇回：去电影院？

太傅：客房。

明薇脸红了，都快十点了，两人都累了一天，说要单纯看电影，谁信？

明薇不信，但她还是同意了，问穆廷州电影的名字。

穆廷州回了一部迪士尼最近几年新出的大热动画电影，里面雪景浪漫，倒挺符合圣诞主题。

约好了，明薇进房时直接虚掩房门，大概两分钟穆廷州便来了，反手将门关严。

两人关了灯，靠在沙发上看。穆廷州第一次看这部电影，还有新鲜感，明薇已经看过两次了，完全是为了“浪漫”陪男朋友看的，白天太累，客房沙发太舒适，明薇越看越困，挡嘴打了好几次哈欠。

“睡吧。”穆廷州合上笔记本，低声说。

男朋友陪自己浪漫，明薇不好意思扫他兴，打起精神道：“关了干什么啊，我想继续看。”

穆廷州笑了笑：“其实，臣也困了。”

明薇放心了，打开灯送他，走到门口，穆廷州忽地转身搂住她的腰，熟练地亲她的嘴唇。明薇闭上眼睛，他温柔地碰碰，没有恋战，开门前，再次叮嘱她早睡。明薇乖乖点头，送走男朋友，她半眯着眼睛去洗脸，洗完直接钻进被窝。

一夜好眠，第二天早上，明薇神清气爽。洗漱完毕，距离三人集合的时间还有十来分钟，明薇便走到小客厅的沙发前，准备看会儿剧本。坐好了，明薇伸手去拿剧本，却意外发现茶几上多了一只大红色的袜子，鼓鼓的。

袜子上印着白胡子圣诞老人，明薇眨眨眼睛，回想昨晚，懂了。

这是穆廷州送她的圣诞节礼物。

想到车里穆廷州假装对圣诞节不屑一顾的正经模样，还没拆礼物，明薇的心先甜了。明薇捡起袜子，从里面掏出一个狭长的礼物盒，木质的，好像是紫檀木，雕饰雅致，古色古香。根据礼盒的形状，明薇想到了项链，紧张地打开盒子，里面居然是一支……翡翠簪子。

明薇看呆了。

那是一支通体碧绿的簪子，簪头雕刻凤凰，还点缀着一颗鸽血宝石。明薇对翡翠一知半解，她看不出这支簪子所用翡翠的品质，但她真的被这支簪子惊艳到了。

女人爱首饰，明薇妈妈江月则最爱簪钗。小时候，明薇觉得自己的妈妈是世界上最漂亮的女人，她也喜欢妈妈的那些古典首饰，到了会臭美的年纪，便撒娇跟妈妈要簪子，渐渐的，簪子也成了明薇的心头爱。

来来回回把玩好几遍，明薇雀跃地给穆廷州发微信：你怎么知道我喜欢簪子？

太傅：臣并不知。

明薇呆住，奇怪地问：那为什么送簪子？

太傅：古礼。

明薇好歹也是拍过古装电视剧的，一经提醒，立即懂了。在古代，簪子、玉佩、香囊，都可以用作定情之物。

他没说甜言蜜语，可这簪子的寓意，胜过任何情话。

放下手机，明薇跑到卫生间重新梳头，戴好簪子再看，越看越喜欢。但这簪子一看就很贵，明薇臭臭美，又给放回去了，放到安全地方藏好。

"圣诞快乐。"开门见面，明薇大大方方将手里两个小礼物袋分别递给她的两大助理。

肖照挑眉，当面拆礼物，是个白白胖胖的招财猫汽车挂件。

“公主真是低估了我的品位。”肖照拐弯抹角表示他对这份礼物的嫌弃。

明薇嘿嘿笑，看向穆廷州。

“稍等。”穆廷州却转身了，拎着礼物袋回房，关好门后，低头拆礼物。

明薇送他的也是汽车挂件，唯一的区别，肖照那个她买的成品，穆廷州这个，是明薇网上购买材料，自己亲手编的平安结，中间玉佩上刻着“一路平安”。对于一个出过车祸的男朋友，这是明薇最诚心的祝福。

平安结上别着一张粉色便笺，穆廷州取下来，上面写着：

To 太傅大人：

圣诞快乐！

ps：我自己编的，莫嫌丑。[爱心]

穆廷州笑了，公主人可爱，字也秀气，怎么会丑。

放好礼物，穆廷州空手出门，神色严肃沉稳，与平时没有什么不同。

毕竟是圣诞节，今天高导演开恩，下午拍完戏就收工了，没有安排夜戏。

肖照定了一个火锅包间，三人先回酒店，明薇要换衣服。到了酒店大厅，明薇在男神助理们的陪伴下走向电梯，就在电梯下来他们先后跨进去的刹那，走廊里突然跑过来一个年轻女孩，莽莽撞撞地冲了进来。

穆廷州谨慎地将明薇拉到他身后。

明薇没当回事，红着脸挣开穆廷州的手，他松开了，明薇好奇看向新进来的女孩，对方披着一头大波浪卷，皮肤白皙五官精致，又漂亮又有气质，比一些女明星都不差什么。说实话，明薇很喜欢女孩的长相，如果女孩别用那么火热的眼神盯着穆廷州看，就更好了。

“廷州哥哥，你真不记得我了？”

闭塞的电梯，女孩目光幽怨地望着穆廷州，语出惊人。

穆廷州皱眉。

明薇睁大了眼睛。廷州哥哥，这人是……

一直沉默的肖照咳了咳，伸手将女孩拉到他身旁，主要向明薇介绍：“她是我堂妹，我跟廷州从小一起混，琳琳便也认识廷州了。琳琳话多聒噪，廷州烦她，两人只是普通关系。”

“什么普通关系，廷州哥哥一直都很喜欢我。她算什么，一个刚出道的小明星，你还真把自己当公主啊？”徐琳一把甩开肖照，绕到明薇这边，凤眼挑剔不屑地打量明薇，然后用一种警告的语气道，“明薇小姐是吧？廷州哥哥出车祸失忆了，暂且把你当公主，但我请你记住自己的身份，别想趁机勾引他，免得将来廷州哥哥恢复正常看不上你，你颜面扫地。”

明薇生气了，但她没有将气愤表现出来。

“她是你堂妹？”穆廷州始终挡在明薇面前，看也没看徐琳，冷声问肖照。

肖照很想否认，可堂妹再招人嫌也是他亲堂妹，他只能点头。

“那你把她弄走。”电梯开了，穆廷州护着明薇走出来，头也不回地道。

肖照头疼，徐琳却气冲冲地追出去，拿出手机，将早就准备好的照片举到明薇面前：“明薇，这张照片足以证明我与廷州哥哥的关系，你现在好歹也是个小明星，已经占了他很多便宜，我劝你见好就收，珍惜名声，别当小三。”

明薇面无表情，视线移向眼前的手机，屏幕上，穆廷州背靠沙发，头微微仰着，黑眸轻合。沙发后面，肖照的堂妹笑着低头，一双纤细小手按在穆廷州额间，仿佛在轻轻按摩。照片太小，明薇看不太清楚，正要再仔细看看，女孩收回手机，眉眼挑衅。

“我怎么不知道这张照片？”肖照狐疑地问，“p 的？”

徐琳瞪他，跟着得意道：“我们之间，你不知道的事情多着呢。”

想活在童话中，但总有人要将你拉回现实。

徐琳的突然出现，打乱了三人去吃火锅的计划，肖照将徐琳扯到他房间说话了，穆廷州陪明薇进了她的客房。

“臣不认识她。”门一关，穆廷州开口解释。

明薇点点头。她知道太傅不认识，认识肖照堂妹的是“影帝”，刚刚那张照片有可能是真的，也有可能是p的，但肖照堂妹有一句说得没错，“影帝”穆廷州与她之间的事，就算是肖照也不可能事事都知晓。

万一呢，万一穆廷州失忆之前，真有女朋友或心仪的女孩呢？

肖照说他堂妹聒噪，可无论现实还是影视剧，高冷男主角加活泼女主角的情侣组合都很常见，或许，“影帝”穆廷州就喜欢肖照堂妹那一款，只是表现得隐晦，肖照没看出来罢了。

明薇心情很不好。

她想到了前男友程耀与王盈盈。程耀没与王盈盈分手便来追她，害她成了王盈盈口中的小三，一旦穆廷州失忆前真喜欢肖照堂妹或有其他秘密女友，那她不就又当了一次小三？太傅再好再忠犬，那都不是真的穆廷州，他早晚会变成“影帝”的。

她早就知道，只是抵挡不住太傅的温柔，她贪恋这份温柔，胆小地回避，不想考虑将来，甚至做好了将来失恋的最坏打算，但明薇还是少算了一样，那就是“影帝”穆廷州的私人感情。她与太傅两情相悦，拥抱亲吻，将来“影帝”苏醒，回忆起与她的身体接触，他会不会嫌弃，会不会恨她的染指？毕竟当初，“影帝”是那么嫌弃与她拍吻戏。

换位思考，哪天她失忆了，因为病情主动黏着一个她曾经嫌弃的男人，男人一开始理智保持距离，后来被她的诚恳打动，抱她亲她，甚至做更亲密的事，那等她醒来，发现正常的自己绝不会爱上对方，却又记得之前的亲密……

会很反感吧？或许她会理智地不责怪对方，但她一定会懊恼后悔。这个年代，接个吻已经不算什么，可那是很亲密的举动，与不喜欢的人做，一定会引起生理上的不适。

她背影僵硬，穆廷州绕到她面前，看到明薇发白的脸，他担心道：“公主……”

"你先回去吧，我想自己待一会儿。"明薇低头说。这种情况，穆廷州说什么都没用，他不记得，就无法保证他与肖照堂妹没什么，他也不是"影帝"，无法告诉她，"影帝"苏醒后，会如何看待太傅与她的感情。

"走吧，我没事，就是有点累。"他站在原地不动，明薇又劝了一遍，没有目光交流。

穆廷州看着她，她什么都没说，但他猜得到她所有的顾虑，而那正是他无能为力的地方，他想给公主承诺，可如果他自己都没有把握能履行承诺，他不屑说给她听。

"臣告退。"躬身行礼，穆廷州最后看她一眼，从她身旁经过，朝门口走去。

明薇一动不动地站着，直到后面传来关门声。

身体突然没了力气，明薇靠到沙发上，闭上眼睛，脑海蓦地浮现肖照堂妹给她看的照片。明薇苦笑，默默躺了会儿，拿出手机，上网搜索肖照的资料。她看过穆廷州很多背景事迹，却一次都没有想过搜索肖照。

肖照的词条很简单，穆廷州的专属经纪人兼助理，出生地点、年龄居然都没有。

明薇皱皱眉，她想通过肖照了解一下他堂妹，怎么肖照名气那么大，资料却这么少？

关掉词条，明薇正打算浏览关于肖照的新闻，肖照的电话来了。

明薇心情复杂地接听。

"琳琳留在这边，被人看到可能会闹八卦，她想跟你谈谈，谈完我马上送她去机场。"

明薇扫眼客房，平静道："可以，在哪儿谈？"

一分钟后，明薇打开房门，门外站着肖照兄妹。

肖照朝明薇点点头，然后冷声提醒堂妹："你只有十五分钟。"

徐琳撒娇地朝他撇嘴，视线回到明薇的脸上，她笑容淡了下来，但也没有电梯中那样盛气凌人了。

明薇请她去小客厅。

落座前，徐琳淡笑着朝明薇伸手：“忘了自我介绍，我叫徐琳，琳琅满目的琳。”

明薇面露惊讶，肖照的堂妹，怎么会姓徐？

料到她会惊讶，简单握手后，徐琳坐到沙发上，轻声解释道：“我们徐家祖上是书香世家，我爷爷叫徐懋，或许明小姐有所耳闻。”

明薇尴尬，徐懋是哪位？

她的答案写在脸上，徐琳有些不快，旋即理解地笑了下：“我爷爷是书法大师，徐家老一辈行事低调，圈子外的可能不了解，圈子里的书法家们，见到他都要喊声徐老先生。明小姐年轻，不知道我爷爷很正常，但徐氏集团，明小姐总该听说过吧？”

明薇笑：“当然。”

徐氏集团，国内十强、全球百强企业之一，集团主要经营金融、互联网，近年业务拓展到了影视圈，名下影城飞速发展，所占市场份额急速攀升，各影视制作公司都力争与徐家打好关系。明薇入行后简单了解过，徐家现任董事长名叫徐修，好像有两个儿子……

“肖照是我二哥，本名徐润，他喜欢影视圈，想当经纪人，我爷爷看不起娱乐圈，不准他入行，二哥便背着爷爷化名肖照，爷爷知道后大发雷霆，让我们做好保密工作。所以一般人都不知道我二哥的真正身份，那些知道内幕的，也不会拆穿。”

明薇懂了，原来肖照是徐家人。

所以徐琳说这么多，是在显摆她高大上的名门身份？

明薇端起杯子，平平静静地喝了一口水。

徐琳盯着她，在明薇脸上找不到破绽，徐琳继续道：“我与廷州哥哥从小就认识，是青梅竹马的感情，二哥讨厌我话多，经常训我，廷州哥哥不一样，他总是特别耐心，不管我说什么他都安静地听着。我跟他差了十岁，他这么多年一直没有女朋友，就是在等我毕业。如果廷州哥哥没出车祸，明年我毕业回国，他肯定会向我求婚。”

明薇垂眸看水杯，没吱声。

“明小姐，我知道我刚刚态度不好，可你从我的角度想想，我的男朋友失忆忘了我，还把别的女人当公主护着，我能冷静吗？要不是前阵子学校事情多，我爷爷还派人看着我，我当时就回来了。"徐琳委屈地说完，抽出一张纸巾，嘟嘴擦泪。

她还真哭了。

明薇想了想，平静道："其实你不用跟我说这些，穆先生确实视我为公主，我劝不了他，但我记得他真正的身份。最近有点习惯公主的人设了，差点当真，幸好徐小姐及时出现，提醒了我。所以你就放心吧，这部戏拍完，我会搬出他的别墅，经过这三个月，他对现代更了解了，应该不会再那么迂腐固执。"

"你真的没想跟他在一起？"徐琳不太相信，穆廷州是她的完美男神，明薇能不动心？

明薇轻笑："偶尔想过，但只是做做白日梦，一想到穆先生高傲冷酷的真面目，我就不想了。"

徐琳半信不信，门外传来肖照的敲门声，徐琳抿抿嘴，小声威胁道："明小姐，咱们俩不是一路人，若你真能说到做到，我不会讨厌你，但你若背着我抢了我的廷州哥哥，我一定会跟你算账。我是徐家唯一的女儿，我爷爷、大伯、爸爸都特别宠我。"

明薇无奈笑，这个徐大小姐，确实像被长辈们千娇百宠的。

房门打开，肖照最先看向明薇。

明薇大方笑笑。

"我想再跟廷州哥哥说几句。"徐琳恋恋不舍地望着穆廷州的房门。

"别得寸进尺，信不信我给老爷子打电话？"肖照沉下脸，不容商量。

徐琳怕他，扫眼明薇，她气鼓鼓地道："你就凶吧，等廷州哥哥记起来，看他怎么收拾你。"

肖照半句都不信，他烦堂妹，但还顾及兄妹情，不会太给堂妹难堪。穆廷州对待堂妹，可从来不讲究人情，每次堂妹往他面前凑，穆廷州都当成空气，一个正眼都不给。小时候堂妹太烦，直接被穆廷州轰走过，后来堂妹学乖了，见到穆廷州就尽量少开口。

"我先走了，晚饭你们自己解决。"一手按着徐琳的肩膀，肖照有些愧疚地对明薇说。

“慢点开车。”明薇叮嘱他。

肖照莞尔：“我没廷州那么笨。”

说完，他押解犯人般推着频频回头的徐琳走了。

明薇退回房间，看看旁边的墙，揉揉额头，给穆廷州打电话。

电话通了，但对面没有声音。

明薇抹抹眼角，问：“在做什么？”

穆廷州站在他的客房门前，声音平淡：“在等公主忙完，一起用晚饭。”

他在回避。

明薇仰头，过了一会儿才道：“咱们中间有个现在解决不了的问题，你知道吧？”

“是。”

明薇用纸巾盖住眼睛：“有时候，我希望你一直都是太傅，可我又盼望你早点恢复记忆。”

病好了，如果“影帝”忘了她，或是没忘，但不想继续与她的荒唐感情，明薇会带着太傅留给她的回忆安静离开。就算会不舍，也只是情绪低落一段时间，疼完了就好了。现在背着那么多顾虑，她真的很累。

“太傅。”她轻轻喊他。

穆廷州眼帘微动，目光投向隔壁：“臣在。”

明薇捂住手机，偷偷深呼吸，然后正色道：“之前是我糊涂了，今晚开始，你继续做太傅，把我当公主，只当公主，可以吗？”

手机那边是漫长的沉默。

明薇道歉：“先前是我不对，骗了太傅的初吻，但太傅先摸我的脚，咱们算是扯平了，以后咱们都守着规矩，别再越界了。”

他还是没说话。

明薇重新翻出昨晚他刚刚送过来的翡翠簪子，狠心道：“你开下门，我把簪子还你。”

说完，明薇挂断电话，拿着首饰盒去敲穆廷州的门。

才敲一下，门便开了，他一身黑色西装，身形高大。明薇没有抬头，默默递过盒子。

他没接，黑眸沉沉地看着她："公主决心已定？"

明薇默认，长痛不如短痛。

"既如此，微臣遵命。"

送完簪子，明薇靠在沙发上给家人打电话。

妹妹明桥人在T大，说帝都下大雪了，各个学院都在庆祝圣诞。明桥话少，明薇叮嘱妹妹出门多穿点，别冻感冒了，便挂断电话，给老妈打，结果手机里面背景声音嘈杂，原来两口子出门浪漫去了。

"薇薇哪天回来？"明强凑到老婆的手机旁问。

明薇算算日子，笑："过年吧，应该能在家多住几天。"

聊完家常，明薇放下手机，短暂的轻松后，分手的酸涩情绪再次席卷，胸口那里堵得慌，比撞见程耀、王盈盈在一起时强烈百倍。两个多月的温柔体贴，说断就断了，还是她主动要求断的，换成穆廷州先提出来，她至少可以生气骂他泄愤，现在，她只能自己品尝苦果。

剧组小群微信嘀嘀响，明薇无聊翻看，原来副导演请客聚餐，邀请人呢。

分手的人最怕独处，肖照不在，明薇肯定不会单独跟穆廷州去吃火锅，便报名加入聚餐。

男二号：大小姐不去吃火锅了？

明薇：人多热闹，大家一起过节吧。

她这么说，马上有人艾特同样在群里的穆廷州：太傅去不去？

明薇一脸黑线。

太傅：去。

副导演：行，那你们下来吧，咱们这就出发。

明薇心一慌，连忙去洗脸，刚涂完面霜，有人敲门。

明薇飞快套上她的短款羽绒服，开门去了。穆廷州站在门外，明薇带上门，垂着睫毛道："走吧。"

他没说话，默默跟在她身后，保持两步距离。

两人在电梯中继续尴尬，跟聚餐成员会合后，好人缘的明薇顿时成了圈子中心，与旁人若无其事地聊了起来。晚餐吃的自助，饭后有人提议去k歌，明薇有点心动，耳畔忽然传来熟悉的清冷声音：“明天要拍戏，公主早点休息。”

明薇下意识点头。

回到酒店，两人分别回房。

第二天早上，明薇再次看到了肖照。

“昨晚几点回来的？”明薇跟肖照并肩走，劝他，“片场不用你做什么，回房补个觉吧。”

“没事，习惯了。”肖照神清气爽，丝毫看不出昨晚熬过夜，与自己的身体相比，他更好奇明薇与穆廷州的相处。他回头看看，敏锐注意到穆廷州眼底比平时更冷了，低声问明薇：“你们吵架了？”

明薇摇摇头，趁穆廷州去前面按电梯，她偷偷看眼他的背影，嘴上颇为潇洒道：“就是觉得这种恋爱太累，先只当公主太傅吧，将来他病好了，再看情况。”

这是最理智的选择，肖照尊重并欣赏明薇的果断，只安慰了一下明薇：“据我所知，廷州车祸前，一次恋爱都没谈过，你别听琳琳胡说八道，那张照片八成也是她p的。”

明微嗯了声，笑着朝他道谢，听得出来，肖照似乎很支持她与太傅或“影帝”在一起。

接下来的拍摄依然忙碌繁重，明薇一心投在演戏上，只有夜深人静，才会偷偷难过一阵。穆廷州是个言出必行的太傅，说当君臣就当君臣，他照旧把明薇当成公主悉心照顾，但他动作谨慎，再也没与明薇有过肢体接触。

曾经的热吻都变成了梦，想起来也少了真实感。

一月中旬，《南城》终于要杀青了。

最后一场戏，演员们都干劲十足，早早来到片场准备。化妆间中，梳化师专注认真地帮明薇化新娘妆，而明薇头靠椅背，闭着眼睛开玩笑：“拍次戏就当回新娘，以后真的结婚了，估计都没新鲜感了。”

梳化师一边帮她插簪子一边柔声笑："不一样的，肯定当真新娘子更美。"

明薇暂且还无法想象自己结婚的那一天。

"好了，可以照镜子了。"一个小时后，梳化师扶着明薇的肩膀，提醒她。

明薇睁开眼睛，镜子里的新娘，发型、头饰、嫁衣都比明华公主出嫁时要简单，但梳化师有一双巧手，明薇本来就漂亮，现在五官更明艳了，明薇自己都忍不住多看了几眼。

化妆间外陆陆续续有工作人员走动，肖照逛完一圈回来，陪穆廷州一起等着。

明薇一身红妆走了出来，因为化妆，年轻女孩的脸颊未羞而红，宛如真的新娘。

"公主又要出嫁了，还挺巧，两次嫁的都是一个人。"肖照别有深意地说。

明薇低头笑，目光落在了肖照旁边，她能感觉到穆廷州在看她。

穆廷州面无表情地看着明薇，说不出为何，在她跨门而出，他看到她的第一眼，心底忽然涌起一股陌生的情绪，非要形容，似苦似疼。

"哇，新娘好漂亮！"陈璋从休息室走出来，看到明薇，他爽朗夸道。

明薇抬头看他。陈璋同样一身红衣，短发精神干练，整个人散发着蓬勃向上的朝气。

"你也很帅啊。"明薇回敬道。

两个主演并肩前行，准备拍摄。

开始是新郎去女方住处接新娘，到了男方家中，一对儿新人拜天地夫妻对拜。摄影工作人员围在旁边，穆廷州、肖照只能站在导演身后，当明薇、陈璋夫妻对拜时，穆廷州心口忽然一疼，犹如针扎。

"没事吧？"时刻留意挚友的肖照，很快便注意到了穆廷州的异样。已经进了腊月，南方阴冷潮湿，穆廷州额头竟然出了汗，脸色也不对。

"无碍。"痛感一闪而逝，穆廷州摸摸额头，皱眉说。

拜完天地，最后一幕是洞房戏。

两次合作，明薇与陈璋已经培养出了默契，演夫妻越来越像了。

“Action！”

布置喜庆的新房，俞婉音穿着那身喜服，懒懒地靠在床头看高长胜的账本。如今的她，不再是当初那个容易脸红害羞的俞家大小姐，经历过数年卖艺不卖身的青楼生活，也开枪暗杀过汉奸鬼子，俞婉音早已从小白花蜕变成了张扬成熟的红玫瑰。

高长胜发达了，但他还是当年那个糙汉，一进新房，人便火急火燎冲到床边，直接往新娘子身上扑。

“可盼到这一天了。”丢了她手中的账本，高长胜双手攥着媳妇的手腕举到头顶，俊脸几乎与她相贴，目光火热。

“从哪天开始盼的？”俞婉音美眸似水，笑着审他。

高长胜装模作样地想了想，咧嘴笑：“从那天我在船上等生意，远远看到一个穿黄衫的小娘们开始，当时我就想，这丫头长得真水灵，要是能搂到被窝睡一觉，我高长胜这辈子便值了。”

俞婉音呸他：“第一次见面就想那个，流氓！”

高长胜放声大笑，笑着笑着，他往媳妇的胸口瞧瞧，眼神陡然变得危险起来：“光想想就叫流氓了？那我现在就让你见识见识，什么叫真流氓！”说着猛地低头，埋在俞婉音右脖颈，狼似的亲吻。

剧情是亲，陈璋当然没真亲，只是借位看着像罢了，但他的呼吸吹着明薇的脖子，明薇那里最怕痒，一下子破功了，笑着推他。陈璋赶紧挪到一旁，两人都笑。

高导演只好喊卡，等主演们调整情绪。

肖照扭头看穆廷州，穆廷州眉头紧皱，俊脸煞白。

肖照担心了，拉拉他的胳膊：“不舒服？”

穆廷州抿着唇，黑眸始终望着床上的新娘。

明薇已经躺下了，与陈璋继续刚刚的戏份，其实很简单，这里也是后期要穿插男女主相识过程片段的，所以明薇、陈璋换了几个看似激情的拥抱姿势，整部戏便正式杀青。

从床上下来，明薇长长松了口气，一抬头，却见高导演身后，穆廷州正复杂地望着她。

“你没事吧？”离开拍摄场地，肖照去取车了，明薇站在路边担心地问。虽然她跟穆廷州分手了，但该关心的还得关心。

穆廷州半晌未语，就在明薇以为他不会回答时，穆廷州忽然抬手，点了点心脏的位置，垂眸道：“观公主拍那种戏份，臣心中堵塞。”

从她打扮成新娘露面的那一秒，他胸口便一直堵着，苦闷难解。

他苦闷，明薇正缓慢愈合的心，也被他这意外的一句重新撕开，酸得她想哭。

她不说话，穆廷州转身，瞥见她红红的眼圈，知道她并没有表现的那么豁达快乐，穆廷州压在心底半月的话，突然找到了宣泄口。远处有工作人员四散走开，穆廷州看见了，但又仿佛那里什么都没有，眼中只有她。

“臣有一惑，一直想问公主。”

明薇心惊，头朝他那边歪歪，疑道：“你说。”

穆廷州紧盯她的脸，幽幽道：“公主归还臣的玉簪，是因为公主厌恶臣了，还是担心某天臣会变成‘影帝’，忘了公主？”

明薇苦笑：“你明明知道。”

穆廷州是知道，但他同样不甘：“公主只忌惮‘影帝’，可否考虑过臣的感受？如果臣终将沉睡，永不复醒，那公主是否揣度过，臣沉睡之前，会不会心有所系，心有所憾？”

她是公主，他是臣子，若公主心里没他，他再倾慕，也会恪守规矩，绝不再纠缠公主，但他不甘心，不甘心公主为了另一个人疏远他。如果他会活到白发苍苍，那他为何要放弃公主？如果他终将消失，那他为何不珍惜与她相处的有限时光？

心有所系，心有所憾。

杀青宴上，剧组成员举杯共饮，欢声笑语，明薇应付得天衣无缝，脑海里却全是穆廷州的话。

“在想什么？”陈璋端着酒杯在她身旁落座，“今晚大小姐好像一直在出神。”

明薇回以一笑：“以前叫我公主，现在喊我大小姐，下次再合作，会不会又改新称呼？”

陈璋与她碰杯：“改来改去都是昵称，我真正的朋友，她叫明薇。”

明薇突然丢了魂。

她脸上红润瞬间褪去，陈璋吓了一跳：“你……”

明薇想伪装，豆大眼泪却掉了下来，她迅速擦掉，不好意思道：“我先上去了。”说完重新摆出笑脸，尽量自然地走向宴会厅入口。

陈璋目送她，瞥见不远处穆廷州跟了上去，他才收回视线，心情沉重。最近这三个月，他与明薇相处时间最长，因为喜欢，他情不自禁关注明薇，明薇与穆廷州的小甜蜜他看得出来，明薇与穆廷州冷战，他同样感受得到。

陈璋烦躁地喝酒。他喜欢明薇，他希望她开心，即便是在别人怀里。

“公主……”

“先别说话。”

宴会厅外，明薇头也不回地打断穆廷州，微笑着来到电梯前。

穆廷州以守护的姿态站在她旁边，想到她刚刚擦泪的动作，他突然愧疚，一定是他说错了话。

明薇带穆廷州去了她的房间。

“太傅，我想清楚了，咱们俩再无可能。”明薇背对他抹掉眼泪，就站在玄关跟他说话，“我这么说，跟你什么时候变成‘影帝’没关系，跟你将来会不会忘了我也没关系，而是我刚刚意识到，你心里装着的，根本不是我。”

眼泪再次夺眶，明薇掩饰不了，也不想掩饰，甚至不给穆廷州辩解的机会：“为什么你出车祸后会认为自己是太傅？因为你入戏太深，你放不下明华公主。车祸醒来，你对我所有的好，都是因为你把我当公主。没有这个前提，你不会抱我离开婚宴，不会心甘情愿当我的助理，不会替我端茶倒水……归根结底，你想照顾的是公主，你喜欢的也是公主，根本不是我明薇！”

被一个高大俊朗的二十四孝太傅捧成公主，多浪漫啊，浪漫得她飘了起来，明明决定断开了，又被他的一番告白弄得摇摆，幸好陈璋一句无心之语提醒了她。她是明薇，太傅爱明薇，她心疼他是应该的，可太傅爱公主，她还心疼屁啊！

答应复合，就是答应继续陪穆廷州演公主太傅的戏，但她不是公主，过去的三个月算她糊涂，再继续陪他玩陪他疯，非但她接受穆廷州当助理、帮他恢复记忆的初衷没有实现，连她这个正常人也被传染生病了，染上他给的公主病。

视线模糊，明薇拿出手机给肖照打电话。

还没拨号，手机突然被人抢走。

明薇没抢，对着他胸口冷笑："你还有什么话说？"

见她满脸泪，穆廷州心疼得无以复加："若臣让公主如此痛苦，只要公主开口，臣马上离开……"

"好，戏也拍完了，明天你跟肖照便回去吧，以后都不用再来见我，我留在你别墅的东西，我会托朋友帮我带走。"明薇只求他快走，还喜不喜欢，会不会不舍，都不重要，这段感情糊里糊涂，他是谁他爱谁，她分不清楚，累得也不想再分。一刀下去，彻彻底底断了，对她对"影帝"都好，至于太傅，他本就不该存在。

"臣，遵命。"穆廷州退后几步，将手机放到桌上，回来路过她身边，穆廷州顿足，歪头看她。

明薇扭头。

"惹公主伤心落泪，是臣之罪，但有件事，臣必须澄清。"移开视线，穆廷州的声音平静无悔，"臣视你为公主，故尊之敬之，初时无半分杂念。公主纯真烂漫勤勉刻苦，臣方心动，公主质问臣究竟钟情于谁，臣也不知，臣只知道，臣一生只动一次心，情之所系，绝非公主称号。"

明薇努力憋着泪。

身后他弯腰行礼："今后不再侍奉左右，望公主珍重，罪臣穆昀，告辞。"

这一次，他真的走了。

穆廷州离开不久，肖照过来敲门，明薇现在见不得他们任何一个，见了，怕自己控制不住。

“廷州要我订明天的机票，你们……”

“订吧，这阵子谢谢你们的照顾。”明薇躺在被窝，遮着眼睛讲电话。

女孩声音沙哑可怜，一听就知道肯定哭了很久，肖照同情，但身为经纪人，他考虑的东西更多，沉默片刻，他尽职尽责地提醒她：“之前廷州与你形影不离，明天一走，媒体肯定会大肆报道揣测，你想过怎么回应吗？”

明薇没想过，她想的全是他。

“要不，我们晚几天再走？你还有配音工作……”

“不用了，配音我一个人能搞定，你们走吧。”明薇害怕，怕再看到那张脸那双眼，她会反悔。

“后天吧，明天让沈素送个助理过来，我也要跟她商量商量怎么回应媒体。”肖照冷静地说。

明薇让他看着安排。

第二天，沈素、穆廷州的母亲窦静都来了。

明薇化了淡妆，与沈素去穆廷州的客房开会。

她与穆廷州的“私情”只有肖照知道，窦静完全相信肖照的话，见到明薇，她诚恳道歉：“这几个月廷州给你添麻烦了，现在廷州想通了，愿意回家养病，那我就接他回家，但我跟肖照都很感激你，薇薇以后有空多来看看伯母，工作上遇到难题，可以找肖照，他人精着呢。”

明薇笑着道谢。

谈好了，明薇、沈素送穆廷州三人去搭电梯。

“薇薇再见。”进了电梯，窦静笑着朝明薇摆手。

明薇礼貌微笑，眼睛始终看着窦静，电梯门缓缓合上，只剩最后一条缝了，她终究没忍住。可是已经迟了，她只看到一道黑色身影，那人的脸那人的眼，迅速被电梯挡住，接下来是电梯下降的声音。

“……罪臣穆昀，告辞。”

曾经那么温柔待她的太傅，就这么走了。

穆廷州他们离开酒店时，受到闻讯赶来的记者围堵，当穆廷州三人登上飞机，那段视频也传到了网上。

明薇靠在床头看，视频里，穆廷州戴着墨镜，薄唇紧抿。

肖照替母子俩回答问题。

“穆先生现在离开，是恢复记忆了吗？”

“没有明显恢复，不过明薇一直都在潜移默化地影响廷州，多谢明薇，廷州现在不再抗拒治疗，所以我们计划出国治疗。”

回答了一个问题，立即就炸出更多记者追问。

“如果治疗没有进展，穆先生还会继续当明薇的助理吗？”

“穆先生恢复后，会怎么看待这段经历？”

肖照先送穆廷州母子上车，车门关好了，他推推眼镜，对着话筒道：“廷州何时康复，目前谁也说不清楚……明薇积极配合我们帮助廷州，期间多次忍耐廷州的无理取闹，这份大度与友谊，我与穆家都会记得，希望将来与她有更多的合作机会。”

明薇笑了，肖照真会说话，这是帮她造势呢，用“影帝”的人情，尽量维持她在片方那边的吸引力。

然而理想是丰满的，现实很残忍。

曾经热邀明薇加盟的几个潜力项目，陆续收回邀约，或是将明薇的主演改成女配。粉丝那边，说实话，明薇主演的两部作品都没开播，没人知道她的演技如何，新增的几百万粉丝都是穆廷州带来的，如今穆廷州从她的世界离开，明薇微博下的评论趋势大变，支持她的粉丝开始减少，跑来冷嘲热讽的反而越来越多。

“新人演员，还是脚踏实地好，自己挣的名气才是真的，蹭来的热度早晚会没了。”

“走个狗屎运当了公主，现在穆廷州走了，你狗屁不是。”

“如果当初换个人演公主，穆廷州的公主也会换人，明薇纯属走运。”

“明薇已经赚到了，要不是穆廷州，她能跟陈璋出演《南城》？等着吧，刚蹭完穆廷州的热度，很快又要蹭陈璋的了，烂花瓶！”

……

短短一个下午，明薇的童话世界，粉碎得渣滓都不剩。

关掉笔记本，明薇拉起被子，睡觉。

手机响了，明薇一动不动，响了第三遍，她才红着眼圈钻出被窝，抓起手机。

“我到酒店大堂了，你住几号房？”

老爸声音洪亮，气势十足，受到亲人的关心，明薇哭得更凶了，哽咽着报出房间号。两分钟后，明薇打开房门，入眼的是一大捧鲜艳灿烂的玫瑰。

明薇愣住，对方走错门了？

花束突然放低，露出明强依然帅气的脸，浓眉大眼，古铜色的皮肤尽显阳刚之气。

“这点小事也值得哭，太傅公主是假的，可你是我跟你妈手心里的真公主，不比假的好？”明强进门，将他精心挑选的玫瑰花束塞到女儿怀里，嘴上训着女儿，眼里却装满了父亲对宝贝女儿的关心。

明薇破涕为笑。

是啊，谁说她不再是公主？没了太傅，她还有父母和妹妹，小日子过得好着呢。

穆廷州并没出国，他也没有接受任何形式的心理治疗，回到帝都，他让肖照买来一批上好的紫檀木与雕刻工具，然后便整天关在房间削木头，一顿三餐会下楼吃，其他时间不见人影。肖照进不去他的房间，又好奇失忆的“影帝”大人在创作什么，便偷偷查看穆廷州放在门口的垃圾桶，可惜穆廷州仿佛在防着他，每块儿木头都用专用器械弄成了木屑……

“明天除夕，今晚我回那边，没事的话初八回来。”

吃完晚饭，穆崇、窦静在楼下待着，肖照跟在穆廷州后面上了楼。

穆廷州对肖照的行程不感兴趣，没听见一般，直接走向他房间。肖照抢先几步挡在他门口，看着穆廷州明显消瘦下来的脸庞，肖照恨铁不成钢地讽刺道："别说，你跟那位太傅还真有点像，既然放不下她，那就去找她，把自己弄得人不人鬼不鬼，她又看不见，有什么用？"

"让开。"穆廷州漠然道，声音不带一丝感情。

"两件事。"绕过感情问题，肖照直接提醒穆廷州："第一，明天除夕，伯父伯母替你操了不少心，你老老实实陪他们过年，别再找麻烦。第二，二月十四号是情人节，女人都喜欢，你若还想挽回公主，记得提前准备礼物，别错过机会。"

说完了，肖照识趣让开，让他进门，只是，眼看着穆廷州冷冰冰关了门，肖照眉头还是跳了几跳，想不通自己为何还要伺候这位不近人情的大爷，明明外面那么多公司要高薪挖他过去当经纪人。

房内，穆廷州走到床旁，席地而坐。

在他面前摆着一块儿初见雏形的木雕，穆廷州捡起木雕，右手持刻刀，低头雕刻。窗帘半敞，窗外是北方寒冷的冬夜，冷风呼啸，窗内光线明亮，然而男人凭窗而坐，形单影只，虽然身处亮室，他周身却凝结着孤寂萧瑟的气息。

一刀两刀，错了，男人试着挽救，尝试失败后，他放弃这块儿，重新拿了一块儿檀木来。

"廷州，十点多了，先睡吧。"门外窦静小心翼翼地劝儿子。

穆廷州动作微顿，看看木雕，他简单应道："好。"

洗漱完毕，穆廷州关了灯，一动不动地躺在床上，消瘦的脸庞隐匿于黑暗，不知何时才入睡。

除夕夜，与穆家的冷清相比，徐家便显得热闹多了。

年底团圆，徐家两房都来徐老爷子的四合院过年。徐老爷子是书法大师，修身养性不屑商贾，但他有个出身豪门的妻子，还生了两个厉害的儿子。长子徐修天资聪颖，继承了母亲的商业天分，年少便初露锋芒，利用徐家殷实的家底与母亲的嫁妆，大胆创业，并在短短数年迅速壮大，跻身商业圈名流。次子徐仪留学海外金融名校，回国后辅佐兄长成立了如今的徐氏集团。

徐家的钱越来越多，徐老爷子却越来越不开心。俩儿子经商，大孙子也经商，二孙子跑去当什么经纪人了，三孙子自小被他妈宠坏了，经商、书法都没天分，就知道花天酒地，唯一的孙女娇滴滴的，各种名牌如数家珍，书法是一点都指望不上，他再不想想办法，徐家书法就要失传了。

开饭之前，徐老爷子正襟危坐，目光最先落到了大孙子徐凛身上："老大过完年三十二了吧？准备什么时候带女朋友回来？别嫌爷爷啰唆，你这年纪实在不小了，赶紧挑一个结婚，给我生个曾长孙，再晚两年，我怕是毛笔都拿不动了，怎么替你们教孩子？"

徐凛继承了其父徐修的五官优点，长眉凤目，肃容时不怒自威。他身为集团现任 ceo，徐凛沉稳内敛，性格偏冷，但也极善于人际交往。再一次被老爷子催婚，熟练地敷衍道："已经开始相亲了，遇到合适的再介绍给您。"

徐老爷子"嗯"了声，扭头提醒坐在他左边的长子："你看着点，别让他糊弄我。"

徐修点头，儿子不小了，确实该成家了。

徐老爷子的目光，挪向了二孙子。

肖照戴着金丝眼镜，面带从容微笑，仿佛长辈说什么他都能应答如流。徐老爷子冷冷哼了声，懒得理他，直接朝三孙子徐端开炮："你大哥不近女色，你是身边莺莺燕燕太多，听说最近跟一个叫什么盈盈的女明星搞上了？老三我警告你，你在外面怎么玩我都不管，但你敢带那种女人回来，看我怎么收拾你！"

徐端是二房的，被爷爷训了，他耷拉着脑袋当乖孙子，徐二太太却有点不高兴，偷偷扫了眼斜对面的两个侄子。既羡慕侄子们有本事，又埋怨公公偏心，儿子只是跟几个小明星玩玩，肖照都改名进娱乐圈了，怎么没见公公骂？

"爷爷，我最乖了是不是？从不惹您生气。"徐琳乖巧地笑。

家里就一个孙女，徐老爷子自小偏爱，但想到穆廷州，徐老爷子还是皱眉道："下半年好好读书，再敢偷跑回来，我扣你零花钱。"他不爱出门，但孙子孙女做了什么，他基本都清楚，女孩子脸皮薄，他才没点明。

徐琳嘟嘟嘴，心里却高兴，穆廷州不认什么公主了，她暂且也能放心了。

大家庭会议开完了，晚宴后回到长房的东院，徐修继续跟两个儿子开小会。

老大天天在他眼皮底下，徐修没什么好管的，只问肖照："廷州的病情如何了？"

肖照叹气，靠着沙发道："老样子，天天以为自己是古人。"

徐修观察儿子："他记忆错乱，你为什么陪他去给新人当助理？"

穆廷州刚出事的时候，徐修简单了解过情况，那个明薇确实漂亮，也有气质，儿子给穆廷州当经纪人，为的是自小玩出来的友情，之前突然心甘情愿照顾明薇，徐修总觉得儿子可能有些别的心思。

肖照坦荡回答："我要照顾廷州，而且明薇人不错，这次她帮了大忙，我愿意帮她一把。"

"最好是这样，老爷子反感女明星，你别再气他。"徐修威严警告道。妻子生完老二不久就病故，老二从小没享受过母爱，他才略微纵容，但这纵容得有限度，再说娱乐圈的女人，真清纯的凤毛麟角，老爷子的反感不是没有道理。

父亲想太多，肖照懒得解释，明薇是穆廷州特别对待的女人，他才没那种心思。

第八章

太傅辞行，“影帝”归来

过完年，大小企业都恢复了正常运营。

三月份《大明首辅》要开播了，明薇要配合一些宣传，在家过完初五便返回帝都，这也是她被“影帝”穆廷州“抛弃”后，第一次回来。接机大厅中围满了记者，明薇裹好围巾戴好墨镜，尽量无视那些令人难堪的追问。明强料到人会多，专门过来送女儿，保镖开道，他紧紧将女儿护在怀里，俊朗强壮的男人被误解成贴身保镖，吸引了一堆镜头。

“一群疯子。”终于上了车，明强脱掉外套，瞪着窗外骂道。什么叫他女儿被穆廷州抛弃了？当初穆家在媒体发布会拜托女儿帮忙的视频他们都忘了？一个个只会乱写乱喷，就是嫉妒他女儿漂亮，嫉妒他女儿有名气，找不到别的黑点就歪曲事实，再发泄嫉妒。

“薇薇好好拍戏，人家越想踩死咱们，咱们就要越风光。‘影帝’算什么？薇薇争气，给老爸拿个影后回来。”喝口水，明强瞪着虎眸道。

“影后真那么容易拿就好了。”明薇笑，扫眼机场那边越来越小的记者身影，明薇靠着老爸的肩头道，“爸你放心吧，我没那么脆弱，有计较那些的工夫，还不如专心准备下一部剧。”投入工作，让自己充实起来，也是迅速走出失恋的有效办法。

搬出公寓，明薇暂且还跟闺密林暖住。

次日送走明强，林暖再无顾忌，押着明薇坐在沙发上，打听她与穆廷州的事。

明薇云淡风轻的，不想闺密替她担心。

没有打听到粉红泡泡，林暖很失望：“我还以为你跟太傅会擦出火花呢，看你们俩那些视频，我都想当公主了。”

明薇假装不以为然：“不许你穿裙子，不许你跟小鲜肉男明星靠得太近，不许你晚上去 k 歌，不许你熬夜追剧，哦，还自带随时准备喷你的女粉丝，这样的男人，你真想当他的公主？”

男友诚可贵，自由价更高，得知浪漫背后穆廷州管了明薇那么多，林暖顿时又同情明薇了，打抱不平道：“那天我开小号骂了一堆喷你的，我家明薇这么美，还有我这么有背景的闺密，需要蹭别人的热度？你等着，明天我去给东影老板娘送份大礼，让东影多多捧你！”

明薇知道她在开玩笑，笑笑就过去了。

二月十二号，《大明首辅》有个关于发布会的内部筹备会议，通知主演都要参加。

收到通知，明薇自然要配合，只是，想到又要见到穆廷州，明薇心里就沉甸甸的，泛着苦。苦劲儿刚上来，肖照打来电话："我刚刚问他了，筹备会议，他不会参加。"

他不去……

不用见面了，不用纠结了，明薇该高兴的，可不知道为什么，她高兴不起来。

她好奇原因，好奇他最近过得怎么样，但她一句都不能问。

她沉默，肖照能猜到原因，看眼穆廷州的房门，他犹豫几秒，隐晦道："他还是太傅。"

明薇逃避似的挂了电话。

筹备会议那天，明薇果然没有见到穆廷州，晚上回了公寓，却接到一个陌生号码的电话。

明薇迟疑着接听。

"薇薇，是我，程耀。"

手机里传来久违的前前男友的声音，明薇莫名想笑，这都是什么事，想听的声音听不到……

"薇薇，我现在在林暖车上，如果你愿意，我想上去找你，随便聊聊。"汽车后座，无视林暖愤怒的眼神，程耀低声道，有点哀求的意味，"薇薇，我好不容易才找到机会偷偷见你，你别拒绝，好不好？"

他一直在等这一天，等穆廷州恢复记忆主动离开她，他不介意网上怎么评价明薇，他只希望经过此事，明薇能看清现实，看清他程耀才是最珍惜她的男人。

"薇薇……"

寒冷的夜晚，男人低沉哄求地唤她的小名，不得不说，确实有一定的杀伤力，至少那一瞬，明薇记起了她与程耀短暂的初恋，也记起了程耀在她脑海中已经渐渐模糊的脸庞。他的声音泄露了他还有情，又是在她被人嘲讽的敏感时期，明薇多少能猜到程耀此时现身的目的。

果然是情场高手。穆廷州在她身边，程耀没自信压下穆廷州，便耐心地等待，现在穆廷州走了，他抓住机会出来诉说衷肠，换个心软脆弱点的女人，能不被程耀感动？

就像明薇，虽然猜到了程耀的套路，可她还是有所触动。程耀选择继续追求，愿意当穆廷州的“接盘侠”，说明程耀对她存了几分真情，也说明程耀在感情上处理得不够妥当，但他作为前男友，人品并没那么糟糕。

这份触动，让明薇愿意试着跟程耀保持朋友关系。

收起接听电话时的烦躁，明薇平心静气解释道：“程耀，咱们现在见面真的不太合适。你知道我最近的情况，公寓下面肯定有记者，万一被人拍到，我又要被说成勾搭富二代了。”

程耀抿唇，最后一次努力：“真不行？”

明薇：“嗯。”

程耀无奈，摆手示意林暖停车，他推开车门下车。

林暖扬长而去，程耀单手插着口袋走到附近的路灯下，小声跟她说话：“那就电话聊吧。”

明薇忍不住笑了下。

那久违的轻笑勾得程耀心痒痒，也让他生出了一些希望。他背靠路灯，低声问：“笑什么？”

明薇没卖关子，一语点破：“我笑程总对我还真是锲而不舍，别人都喷我，你居然还关心我。”

程耀没想到她那么聪明，他松松领带，接着她的话道：“那不知道，我这份锲而不舍，能不能打动明小姐？”

明薇点点头：“打动了，之前你诱导我误会自己是靠你进的《大明》剧组，我已经把你拉到了拒绝往来黑名单，今晚你雪中送炭，我准备拉你出来，只要你别再提复合的事，咱们还能做朋友。”

信息量太大，程耀突然不知道该说什么，半晌方苦笑：“进组的事，你怎么知道的？”

明薇：“剧组人多，偶尔听说的。”

程耀没深问，只觉得丢人，但莫名其妙地，听她平平静静地说出来，不生气不讥讽，短暂的尴尬后，他很快又觉得过去的事都无足轻重了。

心空了一块儿，遗憾却不再酸涩，程耀仰头看星星：“如果你没撞见我跟王盈盈，你会嫁给我吗？”

明薇认真想了想，摇头：“应该不会，你看，我现在进了娱乐圈，拍戏很累，咱们长时间两地分开，我能保证自己不变心，但你……在你身上，我找不到太多的安全感，一旦有人放出你的绯闻，我肯定会动摇。”

程耀自嘲地笑，是啊，他都记不得自己有过多少女人了，明薇缺乏安全感是应该的。

“那穆廷州呢？你跟他……”

“我跟他就是普通关系啊，难道你也认为我真把自己当公主了，太傅一走，我便跌到了谷底？”明薇诧异地问，那稀松平常的语气，连她自己都快要相信了，相信她与穆廷州没有任何暧昧交集。

程耀也有点信了，明薇跟他分得毫不拖泥带水，确实不太像会轻易动心、伤心的。

“好吧，当朋友就当朋友，明天开始，我继续当我的花花大少，如果你吃醋了，不用犹豫，马上告诉我，我一定会为你改邪归正。”简单聊了些日常，只穿西服的程耀扛不住冷了，用玩笑话当结束语，虽然此时此刻，他说的也是真心话。

“嗯，我记住了。”明薇笑着结束通话。

十几分钟后，林暖回来了，进门就朝明薇抱怨程耀，说程耀无赖上她的车。得知程耀终于愿意放手了，林暖舒服了，跟着又吐槽林爸林妈：“每逢七夕情人节就催我找男人，我被别人虐狗就算了，他们也来添堵。你说说，我只比你大两岁，今年才二十五，他们怎么搞得我七老八十嫁不出去似的？”

明薇靠着抱枕道：“这是基本国情，要么忍要么服从，没别的办法。”

林暖瞪她：“你爸妈催你没？”

明薇笑得一脸幸福："我外公打听过，我爸不催，巴不得我跟桥桥一辈子不嫁人。"

想到明强对女儿的宠爱，林暖羡慕死了："还是你爸好。"

明薇也喜欢自己的老爸，然而情人节将至，对于一个被迫与男朋友分手的失恋女人来说，浓烈如火山喷发的父爱，也抵挡不住夜深人静孤枕难眠的伤心苦涩。擦擦眼睛，明薇摸出手机，不知第多少次重翻她与太傅的微信记录。

恋爱期间，每到晚上九点五十分，他都会提醒她睡觉，如果她生病，提醒时间会改成七点。

有这样的男朋友吗？比家长管得还严。

明薇把这事当烦恼向林暖抱怨，抱怨的时候心里却在下雨。如果老天爷肯给她一个太傅，一个会一直存在的太傅，她心甘情愿被他管，因为每次他管她，她都会情不自禁地笑，比吃了蜜还甜。

天黑了，天亮了，天又暗了，明天，单身狗们将迎来最虐狗的情人节。

"我订了蛋糕，明天咱俩一块儿吃。"林暖提着一袋子食材进来，一边往里走一边说。

明薇懒洋洋躺在沙发上，用杂志盖脸："我要玫瑰花。"

林暖立即宠溺道："买买买，你要啥我都给你买！"没有男朋友，闺密之间互相取暖吧！

明薇笑着起身，两人一起去厨房准备晚饭。

黄昏日落，穆廷州的别墅，赵姨也开始为穆廷州、肖照准备晚饭了。儿子还是不认他们，穆崇夫妻心情沉重地搬走了，免得留在这里，儿子抗拒。二老一走，肖照继续接管监督穆廷州日常的职责，尽管一天二十四小时，只有三餐时间，他才能见到穆廷州。

距离饭点还有大半小时，肖照坐在客厅研究片方新送来的几个剧本。穆廷州人病了，邀约却没断过，他依然忙碌。

楼梯那边传来脚步声，肖照抬头，看到胡子拉碴的穆廷州时，他意外地挑眉道："饿了？"

还没到饭点呢。

穆廷州没应声，直接走向厨房。瞥见他手里拿着一个匣子，肖照好奇地站了起来。

“赵姨，劳烦你帮我跑一趟，亲手将这个送到公主手中。”双手托着紫檀木匣，穆廷州低头说。

临时接到任务，赵姨下意识看向穆廷州，对上穆廷州布满血丝的眼睛，赵姨心里一酸，忙接过匣子道：“您放心，我马上去，一定亲手交给公主，太傅这几天都没好好休息，让肖先生简单弄点吃的，吃完您快去睡会儿吧。”

穆廷州颔首。

赵姨知道明薇的地址，这就出发了，记者们对肖照都不太追，更不会跟踪她。

肖照会煮面，让穆廷州去客厅等着。煮面只需几分钟，肖照盛了两碗，端着走出厨房，却见穆廷州仰面躺在沙发上，靠近一看，男人双目紧闭，竟然睡着了。半个多月闭门不出，也不健身，穆廷州瘦了，而且因为这两晚熬夜，肤质也差了很多，原本三十出头的冷峻“影帝”，如今真变成了沧桑大叔。

肖照找来一条毯子帮他盖上，自己去厨房把两碗都吃了。

明薇、林暖的晚饭很丰盛，明薇本来没什么胃口，但身边有个活泼向上的闺密，她不禁受到感染，暂且忘了穆廷州。摆好饭菜，林暖开了一瓶红酒，情意绵绵地看着明薇：“以后每年的情人节，我都会陪着你。”

“不需要。”明薇果断拒绝。

林暖哈哈笑，跟她碰杯：“祝咱们俩早日脱单！”

明薇笑着举杯，正要喝，电话响了。

明薇心跳加快，知道自己在盼着谁，努力镇定地拿起手机，看到是“赵姨”，明薇失望又吃惊。

“明小姐，我在你们公寓楼下，穆先生准备了一份礼物，托我送过来。”

明薇失了神。

林暖就凑在旁边，闻言炸了，抓奸般审问明薇："还说没关系，没关系穆廷州会送你礼物？"

明薇脑海里一片纷乱，还没想好该怎么做，林暖已经跑出去了，三分钟后，接了赵姨上来。

"明小姐，穆先生让我亲手交给你。"赵姨从礼物袋中取出木匣，感慨着递给明薇。肖照足够理智，不曾向明薇透露什么，赵姨更多愁善感，见明薇怔怔的，赵姨心疼地道："明小姐，穆先生回来后一直把自己关房间里，天天削木头，手上添了不少伤，这两晚半夜也不睡觉，忙完第一件事，就是让我跑一趟。明小姐，如果穆先生惹你生气了，希望你再给他一次机会，我在他那边做了十几年，从没见过穆先生这么在乎一个人。"

明薇泪如雨下。

她有父母妹妹，有闺密朋友，现在的穆廷州世界世界里只有她。她知道分开的这一个月穆廷州过得不会太好，但脑补是一回事，亲耳听说又是一回事，她心疼。

"他们还没吃饭，我先回去了。"事情办妥了，赵姨提出离开。

林暖下去送她。

明薇双手扶住匣盖，缓缓打开。

紫檀木的匣子中，装着一座紫檀木的木雕。古朴精致的屏风前，一个穿抹胸小礼服的女孩坐在沙发上，微微低着头，眼帘轻垂，嘴角上翘。女孩前面，跪着一个男人，他头戴冠巾身穿古袍，双手托着一枚凤簪，仰头看她。

他真的智商很高，学什么都快，雕得那么好，男人眼里的情，女孩欢喜的笑，灵动得好像活了。

"你再敢亲我，就罚你一辈子都把我当公主捧着，可好？"

"罚吧，臣求之不得。"

"你喜欢的是公主，不是我。"

"臣一生只动一次心，情之所系，绝非公主称号。"

曾经的情话都变成了刀子，一刀一刀扎在她心上，明薇飞快盖上匣子，埋进抱枕泣不成声。

“薇薇，你跟他到底怎么回事？”送客回来，见明薇哭成这样，林暖也莫名酸了眼睛，坐在旁边问她。

明薇只是哭，倒在她怀里哭。

林暖轻轻拍她的肩膀：“你先哭，哭够了再告诉我。喜欢就去找他，有什么大不了的？”

明薇的心早就飞过去了，他是太傅，他答应过不再见她，她不去，他绝不会食言。可她不能去，现在去了，之前的一个月算什么？感情没变，横亘在他们之间的问题也没变。心裂开了，裂成了两半，明薇拿不定主意，她哭着向朋友求助。

“是我我就去。”弄清缘由，林暖心疼地骂明薇，“你怎么这么傻？若穆廷州真有女朋友，他出了这么大的事，他女朋友会不来？肖照是徐琳的亲堂哥，他都说穆廷州跟徐琳没什么，那肯定没关系……你喜欢的是太傅，将来穆廷州忘了，你就当太傅死了，死前该爱还是爱。如果穆廷州记得，但他不喜欢你了，那他也没脸讽刺你占他便宜，谁让他开车不小心出车祸？”

明薇还是犹豫。

“再说了，你跟太傅精神恋爱，别动手动脚不就行了？”林暖脑筋一转，低头笑明薇，“还是穆廷州男色太诱人，你眼馋，必须抱抱亲亲才算谈恋爱？”

明薇掐她大腿，心里却豁然开朗。

“赶紧给赵姨打电话，你坐她的车回去。”林暖着急道，说完抢过明薇手机，让明薇抓紧时间洗脸换衣服。

半小时后，明薇躲在赵姨车后座，偷偷进了穆廷州的别墅。

大厅是暗着的，听到车声，肖照走到门口，瞥见赵姨身旁的明薇，肖照默默松了一口气，看来穆太傅虽然迂腐，情人节礼物送得还不错，真把他的公主拉回来了。

“他睡着了，在沙发上。”肖照轻声说。

明薇没好意思看他。

恋人见面，肖照、赵姨分别回了自己房间。

客厅空旷，明薇慢慢绕到沙发前，虽然光线昏暗，她还是看清了躺在那儿的男人，瘦削憔悴。

明薇心都要碎了。

她小心翼翼蹲跪下去，怕打扰他睡觉，屏气凝神，只贪婪地描绘他的脸庞。

他不知道，陷入了深度沉睡。

明薇守了他三个多小时，最后肖照过来，劝她回房睡，她的公主房还留着，赵姨每天打扫。

明薇答应了，半夜却抱着被子下来，坐在单人沙发上休息。坐姿难受，明薇每隔一会儿醒一次，睡得断断续续。早上六点，天有点亮了，见穆廷州还在睡，明薇笑笑，重新闭上眼睛，没看到楼梯那边，并肩而站的肖照、赵姨。

"晚点再做饭吧。"肖照低声说。

赵姨点点头。

明薇又睡了四十分钟，等客厅亮了，她突然不想再睡，挪开被子，起来走远点，伸懒腰。

其实她脚步很轻，但沙发上的男人饿醒了，睁开眼睛，看到客厅天花板，他愣了愣。

"赵姨。"

"醒了啊？"

远处传来刻意压低的寒暄，穆廷州视线偏转，刚要起来，一道身影忽然闯进了视野。

"你醒了？"明薇习惯性过来瞧瞧，见穆廷州眼睛居然睁着，明薇大喜，本能地蹲到他面前。

男人呆呆地看她。

他一脸茫然，明薇后知后觉地意识到，她狠心赶他走，他可能有点生气吧？

明薇低头，小声道歉："对不起……"

女人眼睛浮肿，右边眼角还有一块白色眼屎，穆廷州皱眉，一边坐起一边责怪刚刚走过来的肖照："你带来的？"眼前的女人头发乱糟糟的，脸也没洗，见面就赔罪道歉，可他根本不认识这女人，是不是精神有问题？

肖照错愕。

明薇震惊抬头，恰好撞上穆廷州嫌弃的眼神，那么嫌弃，好像在看一个陌生的疯女人，她如遭雷击。

肖照反应迅速，盯着穆廷州问："今天是几月几号？"

穆廷州忽然觉得肖照也有点不正常，但还是回答了："三月七……你是在暗示我，别忘了晚上与奥兰多的饭局？"

奥兰多……

明薇笑了，那是她翻译生涯中的最后一个雇主，去年的三月七号晚，也是她与穆廷州第一次见面。

显而易见的事实，穆廷州恢复了他遇见明薇前的记忆，后面的都忘了。

他现在只是"影帝"。

明薇一时无法从打击中走出来，穆廷州更不了解情况。肖照让明薇先去楼上房间待会儿，再示意赵姨准备早饭，他陪穆廷州回房，一边爬楼梯一边简明扼要地向穆廷州普及："……去年三月，《大明首辅》开拍，明薇出演公主。十月你去配音，路上车祸失忆，从车祸到昨晚，你都一直以为自己是太傅，并对明薇死缠烂打，把她当公主，网上有视频可以作证。"

口说无凭，到了二楼，肖照用手机搜索发布会那段视频，给穆廷州看。

视频里有肖照，有穆崇夫妻，他们是穆廷州最信任的人。太傅无法理解"失忆"一词，"影帝"却接受过现代教育，因此穆廷州并未质疑，面无表情地点开下一个相关视频。视频拍摄地点好像是婚宴现场，他一身黑色西装，大步走向明薇，然后……

穆廷州抿唇，立即关了视频。

"明薇很值得同情，是不是？"肖照愉悦地问，鬼知道他盼这一刻盼了多少天。

穆廷州无意配合挚友的揶揄，习惯性地往三楼走。

肖照伸手拦他，朝三楼扬扬下巴："太傅说了，三楼是公主的地盘，我等平民无诏不得擅闯，你现在住二楼，那里。"体贴地帮穆廷州调整方向。

穆廷州斜他一眼，神色不悦地去了他之前为肖照安排的客房。

肖照劝他先洗脸。

穆廷州走到卫生间，看到镜子中自己胡子拉碴、憔悴无比的脸，他皱眉，问靠在门口看热闹的那位："怎么弄的？"

肖照叹息："明薇花容月貌，天真烂漫，太傅大人日久生情，对她越来越好，明薇被太傅感动，两个人就恋爱了，圣诞节太傅还送明薇一支翡翠簪子做定情信物。本来好好的，琳琳突然跑过来自称是你的女朋友……"

听到这里，穆廷州眉头皱得更深了。

肖照明白，继续道："跟太傅谈恋爱隐患太多，明薇怕你醒来忘了她或不喜欢她，主动提出分手。太傅为情所伤，回来后闷在房间雕刻木头，夜以继日，不知道雕了什么东西，昨晚托赵姨送出去了。赵姨前脚走，你倒头就睡，明薇被礼物感动，过来找你，守了你一晚，然后你都知道了。"

穆廷州摸摸下巴上的胡楂，联想那两段视频，他相信肖照说的都是真的，但他没有任何印象。

"你去看看她，我洗个澡。"身上有点味道，穆廷州冷声说，连自己也嫌弃。

肖照对观看他洗澡没兴趣，走了。

穆廷州关上卫生间门。

半小时后，穆廷州裹着浴袍走了出来，刮掉胡子的他目光清冷，俊脸瘦削，平添孤傲，看着比昔日的"影帝"更加难以接近。来到卧室，穆廷州环视一周，放弃先换衣服的计划，他缓步走向床前，单膝蹲下。

那里摆着一套刻刀、几块儿尚未使用的紫檀木，周围尽是木屑，暗示曾经有人在这里雕刻过，但那人刻了什么，无人知晓，也没有痕迹可寻。

穆廷州捡起刻刀。娱乐八卦夸他多才多艺，木雕这东西，他没接触过，不过以他的智商与操作能力，就算失忆了，迅速掌握一门手艺，也绝非难题。

门外传来一段对话，穆廷州微微侧目，记起别墅还有位棘手的客人，穆廷州暂且放下刻刀，换上一身家居衣服，下了楼。

客厅，明薇刚刚婉拒了肖照请她共用早餐的好意，瞥见楼梯上的人影，尽管在房间单独调整了十几分钟，尽管知道那不是痴恋她的太傅，明薇还是望了过去。太傅喜欢穿西装，楼梯上的“影帝”穿着他偏爱的休闲服；太傅面冷稳重，楼梯上的“影帝”，清冷孤傲。

“影帝”真的回来了，太傅也真的走了，走得那么突然，连告别的机会都不给她。

明薇的心口像被绳子勒住，勒得紧紧的，勒得她无法呼吸。

明薇想哭，伤心了当然要哭，可她没有眼泪，原来这世上还有种伤心是眼泪也无法表达的。

明薇不想再看到那张脸。

“穆先生，外面都是记者，我想请赵姨送我出去，可以吗？”明薇低垂眼帘，平静地说。

穆廷州步调悠闲从容，探究地打量明微。

醒来看到的第一眼，她头发散乱，眼睛浮肿，眼角还有生理污秽，像个疯女人。如今她洗了脸，脸颊白皙光洁，眉毛清秀，眼睛水润，虽未化妆，却比娱乐圈那些大红的女明星漂亮多了，清纯灵动的气质也让人觉得舒服。只是她红唇克制地抿着，拒人于千里之外，似乎不太高兴与他相处。

不是说她与太傅是恋人？

注意到她泛红的眼圈，穆廷州淡淡道：“可以，不过还请明小姐用过早饭再走。肖照说我失忆期间给你添了很多麻烦，饭后我想与明小姐谈一谈，算是处理遗留问题。”

遗留问题……

明薇莫名想笑。刚刚看到穆廷州，她还担心自己因为太傅对"影帝"生出不该有的感情，此时再次切身领教"影帝"的傲慢，明薇一点都不担心了。一个是细心体贴的太傅，一个是说什么都欠揍的"影帝"，谁会分不清？

"既然穆先生这么说，那我就不客气了。"明薇转身，直接走向饭桌。昨晚没吃饭，来到这边折腾了一晚，明薇早饿了。穆廷州出次车祸，虽然增加了她的人气，但也给她带来一堆无理取闹的黑粉，还害她伤心失恋，这样的"影帝"，她不想跟他客气。

饭菜都摆好了，明薇旁若无人地大快朵颐，一个奶黄包，她三四口就吃完了。

肖照默不吭声，穆廷州瞟了明薇好几眼，心中生疑。《大明首辅》的拍摄情况他没印象，但剧本他已经熟记于心，太傅穆昀出身世家，言行举止无不风雅，明华公主虽然任性调皮，但身份摆在那儿，与生俱来的贵气，能吸引太傅也算合理，可对面这位明小姐，吃相如此不淑女，太傅爱上她什么了？

正想着，明薇突然打了个嗝儿。

穆廷州、肖照同时抬头。

明薇心里憋着气呢，所以不想假客气，但她绝不是那种当着陌生"影帝"打嗝也无所谓的强悍女子啊！

察觉两人的视线，明薇慢慢脸红了，吃饭的速度也情不自禁慢了下来。

肖照笑笑，继续吃自己的。

穆廷州盯着明薇羞红的脸，若有所思。

"想起来了？"肖照疑道。

穆廷州收回视线，看他："想起什么？"

肖照瞅瞅明薇，见明薇自吃自喝假装没听到，索性直言道："想起你失忆的事。"

"没有。"穆廷州垂眸舀粥。

肖照不信："那你盯着明薇出什么神？"

穆廷州云淡风轻道："她的气质，确实适合出演明华公主。"

从肖照那里得知《大明》女主演换成了没有任何演戏经历的明薇，穆廷州第一反应是质疑导演的眼光，现在看来，剧组改用明薇，还是经过慎重考虑的。

肖照听了，暗暗头疼，不愧是"影帝"，还是那么"会"说话，现在才觉得明薇合适，难道之前……

他抬头看明薇。

明薇依然低着头，嘴角却残留一丝冷笑，太久没跟"影帝"打交道，她都快忘了他的毒舌了。

各怀心情吃了早饭，穆廷州请明薇去书房单独说话。

根据"影帝"的性格，明薇能猜到他想解决哪些遗留问题，主动道："穆先生放心，你是你，太傅是太傅，我分得很清楚，以后咱们只是娱乐圈的同行，我保证不纠缠你，也不会蹭你的热度。"

"明小姐行事果断，令人刮目相看。"穆廷州真的很意外，他以往合作过的女星，大多数都试图主动与他交好，跟她们相比，明薇简直是异类。

明薇扭头看窗："穆先生还有别的事吗？"

穆廷州背靠沙发，一手端着茶碗，仪态清贵高雅："据肖照说，这几个月我为明小姐添了诸多麻烦，我想补偿一下，不知明小姐倾向何种补偿？"

明薇什么都不需要，但迎着穆廷州傲气的目光，她嗤道："我想要的补偿，就是希望穆先生忘了你与我有过一段交集，不用再想着补偿我。"

穆廷州懂了："好。"

明薇再次确认："还有别的事吗？"

穆廷州放下茶碗，起身道："可以了，我送明小姐下楼。"

明薇绷着脸往外走，走了几步，她想到一事，回头朝穆廷州笑："我的手机没电了，想借用一下穆先生的手机打个电话。"

穆廷州不习惯别人用他的东西，但他自认需要补偿明薇，便点点头，去卧室拿手机。

明薇接过手机，走远几步，假装拨号，却迅速打开穆廷州的微信，飞快删了她的联系方式，包括两人的微信聊天记录。这是她与太傅的记忆，穆廷州不必知道，包括她曾经语音暗示太傅吻她。

明薇删好了，将手机还给穆廷州。

穆廷州知道她没打电话，古怪地问："你做了什么？"

"删了微信好友。"明薇仰头，笑容明媚，然后毫不留恋地走了。

穆廷州站在二楼楼梯口，目送那道纤细背影离开，他皱皱眉，打开微信，果然没有她，通讯录中倒是没删除。穆廷州转身，一边往卧室走一边随意浏览手机软件，打开相册，照片还是原来他拍的几张，但是，多了一个视频文件夹。

明薇一直在车后座躺着，车子离开别墅，离开那些守在外面的记者镜头，她依然躺着不动，脸挡在报纸下。

她曾问太傅喜欢的究竟是谁，当时他没说明白，但昨晚，他用那座紫檀木木雕给了回答，他爱的是明薇，求婚的是明薇，可她呢，连他最后一面都没见到……

"如果臣终将沉睡永不复醒，那公主是否揣度过，臣沉睡之前，会不会心有所系，心有所憾？"

有什么从眼角滚落，隐入发间。

心有所憾，他睡着的时候，遗憾了吧？遗憾没能再见她一面，还是，遗憾爱过她？戏里的太傅，痴恋公主一生，最后公主去了，太傅也郁郁而终；戏外的太傅，他遇到了一个理智的害怕自己受伤的假公主，他想坚持，是公主不要他。

那一个月他是怎么过来的？他一定是怕了感情的苦，所以他选择沉睡，选择回到遇见公主、遇见明薇之前。

"明小姐，再过一个路口就到了。"赵姨回头看看，声音轻柔，眼里有担心。

"嗯。"明薇应了声，擦擦眼角坐了起来。

赵姨忍不住劝道："明小姐，我是个普通人，没经过电视剧上那种风风雨雨的感情，我就是觉得啊，不管穆先生是‘影帝’还是太傅，其实都是那一个人，失忆的穆先生照样还是穆先生。你说穆先生拍了那么多戏，见过多少漂亮的女明星，天天嚷嚷着送他花的女粉丝更多，但穆先生只对你有了感情，说明你在他眼里不一样，就算现在忘了，早晚穆先生还是会喜欢上你。明小姐真的不用难过，也别把太傅、穆先生分得太清，就是一个人啊。”

是吗？明薇无法说服自己，但她只是礼貌地笑笑，没有跟赵姨辩解。

穆家别墅。

穆廷州坐在卧室的书桌旁，戴好耳机，才打开那段录制于十一月中旬的视频。

几声低微的背景音后，画面稳定下来。视频中，他穿着白衬衫，腰背挺直，低头写字。手机固定在他左侧，只能照到他侧脸，平平静静的，脸上看不出任何情绪。穆廷州自信，但他不自恋，视线很快移到其他地方。

书桌，台灯，男人，写字，长达几分钟的视频，视频主人公没有说一个字，甚至除了最后收拾桌面，拿起手机关掉拍摄，他几乎全程都维持一个写字的动作。乍一看，非常像无意拍摄的生活起居，可手机位置明显是被主人精心调整过的。

既然没有声音，穆廷州取下耳机，重新播放。

少了对后续视频内容的好奇，穆廷州这次只留意细节，客房、书桌包括男人脸上都没有任何值得注意的地方，穆廷州皱皱眉，刚要点开第三遍，外面有人敲门。穆廷州偏头看看，放下手机，起身的刹那，他的视线无意间扫过书桌。

那里摆着几本书籍，书籍旁边是三个笔记本。

穆廷州心中微动，先去开门。

肖照站在门外，直接道：“我刚才给伯父伯母打了电话，他们正在过来，到了一起去医院检查。”

穆廷州承认自己的记忆有问题，并不反对就医。

肖照看看他，犹豫片刻，低声道：“都是成年人，我只负责你的业务，你与女人的感情我不想管，但我还是要提醒你，明薇是个好女孩，你最好先看看网上你们俩的视频，之后再考虑如何与明薇相处。她身边追求者不少，你小心错过。”

穆廷州淡漠地听着。

“我去楼下，有事叫我。”

送走肖照，穆廷州再次关门，走到书桌旁，低头打量那三本并排摆放的同款笔记本。根据外观显示，两个笔记本基本没怎么用过，穆廷州便抽出中间那本，转身靠着书桌，一腿平伸，一腿膝盖微屈，姿态悠闲地翻看。

扉页只有两个字：杂记。

笔风清隽却又暗藏锋芒，是穆廷州本人的字迹，也是简体字。穆廷州淡笑，太傅这个人设是根据《大明首辅》剧情衍生而出的错乱记忆，当时他看的是简体字剧本，太傅当然写不出繁体字，自诩古人的太傅，就没怀疑过这一点？

挥散杂念，穆廷州再翻一页，字多了：

“丁酉年十一月十二日

主淋雨受寒，吾心生怜惜，始知情动，欲提亲，主不允，烦忧日后生变，臣忘主伤。

无言以对，惟愿终生相守。

午后，凡人送以玫瑰，主不喜，弃之。吾送牡丹，主喜。”

比较浅显的古风行文，穆廷州一看便懂，看到太傅居然向明薇提亲，穆廷州试着想象当时的情形，突然头疼。现代男人求婚会下跪，他失忆的时候，该不会也跪了吧？那明薇岂不是占了他很多便宜，还见证了他某些清醒状态下绝不会做的丢人举动？

譬如送牡丹，还“主”喜，他这样的条件，送根野草那些女人也会欣喜若狂。

穆廷州摸摸额头，翻到第二页：

“丁酉年十一月十三日

耳鬓厮磨，销魂蚀骨。

不敬之言，只防忘却。”

穆廷州心头一跳，他知道耳鬓厮磨的意思，但放在这个语境，穆廷州忽然觉得该成语涵盖的范围太广。拿起手机，穆廷州搜索耳鬓厮磨的准确含义，却发现网上的解释也很抽象，“男女间亲密相处的情形”，可到底哪些动作算得上亲密？牵手？牵手会让一个男人说出销魂蚀骨？

难道他与明薇，有过情侣间最深层次的交流了？

穆廷州没交流过，他无法想象，若不是明薇气质清纯，性格也不让人讨厌，换成别的女明星，光这八个字暗示的信息，都能让穆廷州反胃。太傅再痴情明薇，他都不记得，他无法坦然接受别的女人心里留有与他“亲密相处”的记忆。之前肖照故意给他看了一段他的同人文床戏，穆廷州当天便让肖照联系律师发布通告，禁止他的任何同人，一经发现，必追究到底。

才第二页就有惹人遐思的内容了，翻开第三页时，穆廷州提前做了几秒心理建设。

“丁酉年十一月十五日

未经主允许，擅自冒犯，跪地请罪。

主慨叹，若再犯，罚臣终生珍之若主。

殊不知，此乃吾平生所愿，求之不得。”

真的下跪了！

穆廷州闭上眼睛，薄唇紧抿，只是，“擅自冒犯”是什么意思，难道他强迫明薇做销魂蚀骨的事了？

眼前浮现明薇哭得浮肿的眼睛，穆廷州眉头深深蹙了起来，如果记忆错乱的他真的做过那种事情，现在却要跟她断绝关系，那明薇不哭才怪。

到底有没有？这种私密事情，明薇、太傅肯定不会告诉肖照，他想求证，要么问明薇，要么只能从这本日记中寻找确切证据。穆廷州加快翻看，日常小甜蜜，譬如公主偷偷给太傅夹了一口菜什么的，穆廷州暂且跳过，一直翻到圣诞节，转折终于来了。

"丁酉年十二月二十五日
主泪流不止，退簪，虽不舍，不忍其为难。"

分手了……

穆廷州皱眉，飞快翻开下一页，本能地先看日期，这一次，那几行字之前，竟然没有标注时间。

穆先生：

我与明薇之情，相信你已知晓。近日偶有眩晕之感，恍觉离别之日将近，虽有不甘，亦无可奈何。你我或是一人，或是我阴差阳错暂借你身，若是后者，对令尊令堂不敬之处，深感愧疚，还望海涵。若是前者，你我一心，我欠明薇的，你理该弥补。

穆昀敬上

穆廷州看完，随手又翻了一页，入眼一片空白。

所以，这个太傅写了"销魂蚀骨"，却根本没解释他与明薇具体发展到了哪一步？

穆廷州莫名烦躁，太傅糊里糊涂，他大脑很清楚，"影帝"是他，太傅也是他，如果太傅真强迫明薇做了那种事，他便有责任。明薇离开得痛快，还删了微信，一看就没想过利用那段关系从他这里得什么好处，可穆廷州不喜欢欠别人，他必须弄清楚。

不过，穆廷州想先了解了解明薇这个人，爱情令人盲目，也许明薇并没有太傅认为的那么好。

穆廷州打开电脑去看明薇的微博，意外发现两人是互相关注的好友。

明薇的最新微博是昨天傍晚发的，是一顿丰盛的晚饭，照片中明薇与一个马赛克挡住脸的女人并排坐在一起，亲密地抱着，明薇笑容甜美幸福，仿佛无忧无虑。

下面显示评论破万了，穆廷州顿了顿，点开。

“大明花瓶演技不错啊，这个强颜欢笑我给满分。”

这是第一条，点赞人数最多。

没有人比演员更明白“花瓶”两字的分量，最低的评价，最侮辱人。

但穆廷州早过了轻易动怒的年纪，何况他也不知道明薇的演技如何，心平气和地往下看。

第二条：“承认自己被穆廷州抛弃有那么难吗？还装开心，要装也请找个跟穆廷州咖位差不多的，找个女人来演戏，差点笑掉我刚补上的纯金门牙。”

第三条：“听说昨天《大明》发布会内部会议穆廷州没去？瞧瞧，人家见都不想见你。”

穆廷州嗤了声，他已经记不清自己收到过多少发布会筹备通知了，只记得他一次都没去过，不想去。

某些粉丝都是一个嘴脸，穆廷州懒得再看，直接给肖照打电话：“《大明》哪天开发布会？”

“月底。”

“通知那边，我有档期。”

穆廷州去了一趟医院，第二天肖照便通过微博宣布穆廷州已经恢复记忆，但记忆停留在出车祸当天，后面几个月的事情穆廷州毫无印象。

粉丝们高兴坏了，太傅是公主一人的，“影帝”是他们的啊，纷纷留言庆祝，更多的还是询问穆廷州与明薇以后会如何相处。当事人自然没那么无聊回答她们，粉丝们自己脑补得挺嗨，有同情明薇的，有讽刺明薇的，五花八门。

明薇真没想蹭穆廷州的热度，但经过车祸事件，她短时间内已经与穆廷州绑在了一块儿，穆廷州那边一有动静，明薇这边粉丝就噌噌涨，尽管大多数都是来看看传说中那位公主到底有什么特别之处，喜欢明薇形象的点个赞，不喜欢的留下一句贬损。

粉丝鱼龙混杂，微博明薇该经营还得经营，隔几天发张最近状态什么的，但她聪明地不再去翻评论，眼不见心不烦。

距离发布会还有一周，助理小樱给明薇发了当天的流程过来，包括主持人提问的问题、演员之间及演员与粉丝的互动节目。《大明首辅》是正剧，但正剧要吸引更多观众群体，也得搞些粉红噱头，因此这场发布会，明薇是关键人物之一，几乎全程都得在台上站着。

明薇拍过两部电视剧了，参加开播发布会还是第一次，当然很上心，只是，看到进程栏中“穆廷州、明薇同时上场”的方块小字，明薇震惊地从靠姿改成端正坐姿，发微信问助理：不是说穆廷州不去吗？

小樱：哈哈，刚刚那边通知我，他又去了！

网上都说穆廷州拒绝参加发布会是因为不想见明薇，现在好了，等那天两人同台亮相，管《大明》红不红，先一巴掌打红那些恶毒粉丝的脸。身为明薇的新任助理，小樱可是非常护短的。

这份忠心，明薇从小樱的表情与感叹号看出来了，跌回沙发，明薇无力叹气。

穆廷州去干什么啊？就他那全世界都不配跟他说话的高傲脸，万一当众傲她，不等发布会结束，粉丝们就有新梗嘲讽她了。前几天，网上还有个才女做了一套她与穆廷州的表情包，捧穆廷州贬她，极尽讽刺之能事，偏偏赢了一堆转发。

饶是自认已经练就钻石心的明薇，都被那故意丑化她的表情气坏了，所以得知穆廷州要参加发布会，明薇完全没有小樱的积极心态，只有害怕，要不是没资格任性，明薇都想临时退缩，躲着穆廷州走。

明薇认命地继续往下看，看到那些问题，捂住额头，无语地盯着天花板。

小新人没人权啊，列的都是啥问题，真不想回答。

然而到了发布会这天，明薇还是乖乖化妆梳头做造型，提前前往酒店。车子拐弯，预订酒店映入眼帘，比酒店建筑风格更显眼的，是守在外面的乌压压一群记者粉丝。

明薇有点紧张。

沈素帮她检查妆容，确定无误，她笑着鼓励明薇：“挺好看的，拿出你的公主气势来。”

明薇干笑。

车子停在酒店入口，明薇在沈素、小樱的护送下迅速跨进酒店大厅，先去房间休息。

外面冷飕飕的，酒店里温暖如春，休息一小时左右，发布会要开始了。特邀记者、粉丝们早已进了宴会厅，制片人、导演、编剧等剧组人员陆续抵达宴会厅外，明薇来得算早的，穆廷州、肖照两大男神并肩而来时，明薇早跟其他主演叙过旧了，正在逗小皇帝秦磊，大半年过去，秦磊长了一大截。

“穆大哥他们来了。”秦磊小声提醒明薇。

明薇笑笑，自然地抬起头，看向前方。

肖照一身浅色西装，戴着金丝眼镜，儒雅知性，散发着制服诱惑。穆廷州穿了黑色休闲衬衫，瘦削脸庞还没恢复两人分手前的样子，但他长眉英挺，黑眸清冷，“影帝”强大的气场俨然已经回归。可不得不说，穆廷州有颜值有演技有家底，确实有傲的资格。

“廷州，好久不见了，欢迎回到现代。”张导最先同穆廷州寒暄。

穆廷州微微颔首：“多谢张导关心。”

制片人过后，轮到演员们互动了，明薇知道穆廷州的记忆情况，忍不住偷偷观察穆廷州，观察完了，明薇佩服得五体投地。穆廷州根本不记得他在剧组的那几个月生活，但这人表现得好像他都记得一样，不愧是“影帝”。

“恭喜穆先生。”演员们也八卦，察觉到两侧投过来的视线，明薇礼貌又不失熟稔地朝穆廷州笑，“幸好穆先生不记得太傅，不然我真怕被您拉进黑名单。”

暗示穆廷州会把太傅时期做的那些傻事算在她头上。

大人们无声微笑，小学生秦磊没有城府，又看过穆廷州强抢伴娘的视频，嘿嘿笑出了声。

穆廷州低头看他。

他天生冷脸，秦磊又敬又怕，连忙抿紧小嘴。

小的老实了，穆廷州轻扬眉峰，淡漠又略感兴趣地问明薇："莫非明小姐得罪过我？"

换句话说，他没看过网上流传的视频。

明薇不太信，但这种情况，她也不能主动提穆廷州的丢人事迹，便故作惶恐道："我可不敢。"

穆廷州看看她，继续往前走。

全员到齐，工作人员殷勤地安排众人走到宴会厅入口，里面主持人同时呼应，欢迎剧组班底入场。粉丝们争先回头望，摄影师们唰唰唰地拍，一群男人中间，两个女演员如被众星烘托的月，尤其是年轻的明薇，一入场便成了仅次于穆廷州的第二焦点人物。

"明薇真人好漂亮啊，你看她的腿！"

女粉丝们小声尖叫。有的粉丝就是这样，光凭谣传可能会讨厌一个演员，但生活里见过明星后，也很容易被明星出众的颜值或令人舒服的性格吸粉。远处的明薇穿了一条白色短裙，样式简单大方，不会给人过度打扮的夸张感，而白色本来就仙，明薇长发披肩，行走间露出微笑的姣好侧脸，既清纯漂亮，又优雅端庄。

"真的好美啊。"又一个女粉丝发出了惊叹，声音还不小。

在一片"穆廷州好帅""陈璋好帅"的夸赞中听到夸她的，明薇心底情不自禁冒了一个叫"虚荣"的小泡泡，恰好也要转弯入席了，明薇便向声音来源处望去，朝那个双眼陡然发亮的圆脸女生微微一笑，表示感谢。

可她这一笑，迷倒的又岂是圆脸女生？

不知道是谁起的头，现场渐渐窜出"太傅公主"的口号，越来越整齐，越来越洪亮，推动发布会达到了第一个小高潮。

明薇及时落座，避免被镜头捕捉太多情绪。

"我不太懂，驸马好像是我吧？"左侧陈璋靠过来，低声开玩笑。

身边有个幽默的朋友，明薇一下子放松下来，脑袋也朝他那边歪，看着台上道：“谁让你造反没成功？”

陈璋自我安慰：“没关系，等《南城》开发布会了，我便彻底转正了。”说完见主持人准备发言，他礼貌地坐正。明薇也摆好态度，一眼都没往右边“影帝”那边瞄。穆廷州呢，宽阔肩膀靠着椅背，黑眸懒散地打量台上，显得兴致寥寥。

主持人身穿礼服，身材曼妙，站在灯光下很是养眼，套路的开场白后，主持人先请导演、制片人上台发言。两位前辈简单介绍了剧情，知道粉丝最期待什么，他们互相打趣着下来了。就在此时，大屏幕上突然跳出一张太傅与明华公主接吻的剧照，粉丝们瞬间炸锅。

到底经验不足，明薇脸上温度不受控制地升高，天杀的，为什么行程表上没提会放这张？努力回想，那张表格里用的都是片花、剧照等笼统字眼。

看到剧照，穆廷州微不可察地皱了皱眉，他居然跟明薇拍了真吻戏？或许，这张剧照是 p 的？

两大主演各怀鬼胎，主持人笑着请男女主演先登台。

明薇开发布会的经验少，但她有丰富的高级口译经历，又在片场锻炼了两次，心理素质还是过关的。当她走到舞台右侧，脸色已经恢复了正常，当她上了台，与从对面上台的穆廷州距离越来越近时，看着穆廷州那张冷脸，明薇就更平静了。

台下粉丝疯狂尖叫鼓掌，主持人尝试镇压，明薇大大方方站在台上，微笑等待。

不知过了多久，宴会厅终于安静了下来。

主持人笑着捧穆廷州：“廷州记忆恢复，大家看到你都太高兴了，廷州有什么想对大家说吗？”

穆廷州一手插口袋，一手握着话筒，淡淡笑了下：“以我为戒，希望大家都能安全驾驶。”

话音刚落，粉丝们又是一片掌声，明薇竟然看见有个女粉丝捂着嘴哭了！是在替穆廷州后怕吗？穆廷州的魅力还真是大啊。

主持人提前安排了一些问题互动，但这种发布会直播，免不了要临场发挥，穆廷州算是打过招呼了，主持人索性顺着刚刚的话题引明薇开口：“廷州大病初愈，明薇有什么要对他说吗？这半年咱们娱乐圈，属你们俩最红。”

众目睽睽，面对这个计划之外的问题，明薇反应迅速，深情款款地转向穆廷州……

穆廷州愣了一下。

明薇看的是他，所以女孩清亮眸中的深情款款，他感受最直接。

他突然想起了那本日记，明薇喜欢失忆时候的他，现在她露出这种眼神，难道……

就在穆廷州默默盘算万一明薇现场告白他该如何应对时，明薇终于开口了，温柔的嗓音通过话筒传遍宴会厅每一个角落：“穆老师，首先我要再次恭喜您恢复健康，然后，我最想对您说的是……”

她故意拉了个小长音，那动听的余音轻轻柔柔，却抓住了现场每个粉丝的心，连第一排成熟稳重的张导演都笑着看明薇，好奇她到底要说什么。

现场，网络，万众期待，明薇笑语盈盈：“……穆老师，如果时间倒退，回到您刚失忆的时候，我希望您能按时吃药，别再拒绝治疗。”

“哈哈哈！”

她刚说完，台下便有人大笑出声，带起一阵接一阵的哄笑，伴随热烈的掌声。

明薇继续笑看穆廷州，眼底藏着镜头无法捕捉的挑衅。

没人料到她居然敢开“影帝”的玩笑，穆廷州也没料到，对上明薇眼中幼稚的挑衅，穆廷州淡淡一笑，跟着退后两步，俯身，在所有粉丝震惊的注视下，朝明薇行了一个标准的臣子礼：“公主教诲，微臣定当铭记在心。”

明薇呆呆地张大嘴。

粉丝们啊啊尖叫，气氛达到第二个高潮。

穆廷州浅笑着直起腰。他面冷，笑起来也给人一种疏离感，但与平时街上偶遇的高冷“影帝”比，此时的穆廷州总算多了一丝人气，有点配合剧组宣传的味道了，只是，穆廷州现在看的是明薇，配上他少见的笑容，很难不令人误会他是为了明薇笑的。

有粉丝捂住脸颊，好像看浪漫偶像剧一样，更多的还是高举手机，拍拍拍！

明薇摸不透穆廷州在想什么，确认他刚刚只是配合宣传才扮演了下太傅，明薇率先避开视线，笑着转向主持人。

台下平静下来，主持人请穆廷州、明薇先介绍他们在《大明》中的角色，然后话题基本就与电视剧相关了：“廷州，我看过原著，太傅胸怀天下，为了辅佐幼帝巩固江山，他宁可放弃自己的感情，那么我想问，如果有天你的爱情与国家大义必须二选一，你会选哪个？”

穆廷州手持话筒，不假思索：“我不会让自己走到那一天。”自信到猖狂，却又令人信服。

他说什么粉丝都觉得对，他站在那儿一动不动粉丝们也觉得帅，可主持人最怕遇到穆廷州这种高冷话少的人，难搭话啊。为了缓解尴尬，主持人又找明薇救急：“明薇呢，现实生活中，你喜欢太傅那种默默关怀你的类型，还是更偏向驸马那样热情如火的？”

二选一？明薇才没那么傻，不管选穆廷州还是陈璋，都有倒贴蹭热度的嫌疑，便有些俏皮地道：“必须从这两种里面选吗？其实我觉得感情这事计划不来，也许将来我喜欢的那个，是我现在绝不会喜欢的类型，说不准的。”

主持人马上接话道：“那能告诉我们，你现在绝不会喜欢的是哪类吗？”

明薇笑了，故意反着答：“性格好相处的，应该都能做朋友。”

主持人不知道明薇与穆廷州之间的恩怨，没听出这话里的暗讽，看出明薇是个圆滑难糊弄的，主持人再次走到穆廷州旁边，采访穆廷州，聊了几句剧情，又回到了八卦上：“廷州拍过很多经典角色，但我昨天看片花，忽然发现，这回好像是廷州第一次拍正面吻戏？”

穆廷州不喜欢这种问题，但人都来了，他简单“嗯”了声。

主持人感受到了来自"影帝"的威压，却还是按计划问粉丝："大家想看廷州的荧幕初吻吗？"

"想！"粉丝齐答。

主持人笑："好，那咱们一起看下这段片花。"

背景音乐起，明薇余光扫向穆廷州，见他往左边避，她便朝右边走，空出舞台中间。大屏幕上只掐了一小段剧情，御书房中，明华公主冷声命令太傅跪下，跟着一步步走到太傅面前。太傅闭着眼睛，面无表情，明华公主颤抖着按住他的肩膀，缓缓低头，粉嫩的唇真的压住了太傅的薄唇。

这段镜头曾在官方片花中一闪而过，亲到便结束了，然而发布会上，剧情仍在继续，一直播到明华公主准备离开，眼泪落在太傅脸上的那一幕，暂停。画面中，公主轻垂眼帘，睫毛滴泪如梨花带雨，太傅面如刀刻，看似冷情，紧握的拳却泄露了他心中的煎熬。

剧情凄婉，演员演技生动逼真。

全场报以热烈的掌声，明薇保持大方微笑，穆廷州远远望着她，心里给了一个不错的评价，作为新人，明薇演技还不够成熟，但凭刚刚那一幕，明薇就绝不是某些粉丝口中的花瓶。如今影视圈靠脸混日子的人太多，台词不背外景不拍，对于明薇这种有天分的演员，穆廷州愿意给予力所能及的支持，更何况肖照说了，明薇是经过他推荐成功进的组。

本就欣赏，再加上失忆期间的关系，当主持人提议他们重现这一幕时，穆廷州没有拒绝。

粉丝们翘首以待，工作人员拎了一把椅子上来，又不是真拍，当然不能让穆廷州随便跪人。

明薇切身表演过这段，记得那种感觉，她有点担心穆廷州。

"前面剧情你记得吗？"她小声问。

穆廷州斜她一眼："你在质疑我理解剧本的能力？"拍摄之前，他做过大量准备。

明薇自讨没趣，闭上嘴，迅速酝酿情绪。在粉丝眼里，这只是一次发布会互动，但明薇准备真演，秀一秀她被张导演训练出来的哭戏能力。

两人站好位置，主持人喊“Action”。

明薇先前低着头，这会儿她慢慢抬起来，眼圈是红的。网络看直播的粉丝通过镜头特写看得清清楚楚，与主持人一样都惊艳了，现场粉丝反倒离得远，看不清效果。

“跪下。”明薇下巴微扬，故摆公主威风，脸庞冷漠，眼底藏着求而不得的委屈。

穆廷州始终垂着眼帘，闻言退到椅子旁，落座，双手置于膝盖，那是太傅专有的动作。

明薇出了一秒戏，远处面容不清的粉丝们及时帮她清醒过来，重回现实。

接下来，如当初两人拍摄前的排练一样，明薇只靠近穆廷州，并没有亲他的嘴唇，同时巧妙地控制那滴泪落在穆廷州前面一点，没掉他脸上。穆廷州扮演太傅，太傅为表无情必须不能看公主，因此眼前有泪珠一闪而过，穆廷州毫无准备，诧异地抬头。

面前的女孩眼圈红红，眸中含泪，真的哭了。

明薇见他抬下巴，以为穆廷州出戏了，宣告这段节目结束，她便笑着退开，脸上哪还有一点点公主的悲伤？

穆廷州抿了抿唇，原来她在秀演技，他还以为……

主演采访结束，主持人邀请陈璋等人上台，陈璋幽默风趣，特别能带动气氛，在台上也非常照顾明薇。按理说主持人该努力凑明薇与穆廷州的CP的，可穆廷州太冷，陈璋又那么配合，主持人便顺势而为，立捧公主驸马的话题。

接近落幕，所有出席演员要合影，算上导演等人有十来个。

一开始大家排成一排，井然有序，后面要凑到一块儿，因为工作人员指挥不当，明薇往前走的时候，她前面的一个演员正好被安排后退一点。明薇没留神，一心往前走呢，左臂突然被人拽住，轻轻一拉，明薇冷不丁就被扯过去了，扯到一半又被对方稳住。

事情发生得太快，明薇晕晕乎乎地扭头。

穆廷州单手插兜，目视前方，侧脸漠然。

明薇抿唇，小声道："谢谢。"

他没反应，明薇重新走到前面，拍照时，正好站在穆廷州、陈璋中间。

发布会结束了，粉丝们围上来索要签名。

"一会儿有安排吗？"就在粉丝大潮靠近的前几秒，有人在她耳边说。

明薇皱皱眉，面朝粉丝问他："您有事？"

穆廷州嘴唇几乎没动："请你吃饭，顺便解惑。"

明薇没听清："什么？"

"我让肖照等你。"粉丝们已经靠近，穆廷州往旁边走走，从举到眼前的一堆照片中随便抽出三张签字，签完便走，没有一句多余的解释。粉丝们却不在乎，拿到签名的如获至宝，满眼都是粉色小心心。

明薇这边没有人数限制，冲过来要签名的络绎不绝，明薇来者不拒，认真地签名，直到沈素过来，替她向粉丝解释还有事情，明薇这才离开宴会厅，回楼上客房了。刚进门，肖照电话便到了，约她一块去吃晚饭。

明薇不想去："酒店外面都是记者，看到我坐你们的车……"

"我全程陪同，就说朋友聚餐，没人会带助理一起约会。"

明薇还是不愿意："有什么事不能电话里说？"

肖照无奈："他请客，你问我我问谁？就这么定了，你收拾收拾，我们去你门口等。"

"你……"明薇急了，然而电话已断，她再打回去，肖照不接。

明薇头疼。

沈素笑她："去吧，不吃这顿饭，你们俩的绯闻也不会少。"

发布会结束了，记者们并没有马上离开，而是守在酒店，等着拍穆廷州、明薇的后续。

明薇人在电梯，但她能想象大厅中的情形，眼看电梯要到一层了，明薇转身，低声对站在她右边的肖照道："一会儿穆先生走前面，咱们并肩走吧。"

在上海拍《南城》期间，她与穆廷州、肖照几乎是形影不离，但凡出门，两大男神都会将她护在中间，好像他们真是助理似的。现在关系不同了，刚刚进电梯，穆廷州站左位，肖照竟然习惯地走到了她右边，明薇就不太自在，想把焦点位置留给穆廷州，她甘心做绿叶。

肖照透过金丝眼镜看她，在电梯门打开的那一秒，他轻飘飘吐出两个字："女人。"

只有女人心里才会装着那么多弯弯绕绕，走个路都要计较，不过这也正是肖照喜欢跟明薇打交道的原因，因为明薇对他们无求，换个别的女明星，肯定希望能与穆廷州并肩亮相，吸遍眼球。

明薇知道他同意了，开心地笑。

然而穆廷州却没有率先跨出电梯，而是风度翩翩地做了个绅士动作，请明薇先行。

唰唰唰，外面记者已经开拍了，此情此景，明薇根本没有时间反应，努力维持大方笑容，第一个往外走。穆廷州、肖照随之跟上，理所当然地站在明薇两边，免得记者推推搡搡，让明薇一个瘦弱女孩受伤。

"明薇，你们正式开始约会了吗？"

"廷州是不是恢复了太傅的记忆？"

"请问你们准备去哪里约会？"

柿子都拣软的捏，穆廷州会功夫，肖照也有两下子，记者们聪明地将话筒往明薇面前递。那么多话筒，明薇眼花缭乱，若不是穆廷州、肖照眼疾手快帮她挡了几下，这会儿明薇的脸肯定早就挨了几下。

关键时刻，肖照朗声澄清："大家不要误会，廷州失忆期间明薇帮了很多忙，今天发布会重逢，廷州就趁此机会请明薇吃顿饭，算是答谢。"

记者们面露失望。

明薇三人艰难地挪到了酒店门口，车已停好，肖照暂且守在明薇身后，旁边穆廷州则不缓不急却又提前明薇一步打开车门，示意明薇上车。明薇古怪斜一眼男人的胸口，低头先进去了，穆廷州随后上车，带上车门，隔绝了外面的喧哗。

五分钟后，肖照的 Levante 拐上主干道，平稳行驶。

经历过那几个月的相处，明薇看穆廷州、肖照就跟看普通同事一样熟悉，熟悉了，自然不必客气。余光中，穆廷州舒适地靠着椅背，侧脸俊美，明薇抿抿唇，客气地问："穆先生是不是有事要问我？"

像是被她的声音启动了某个开关，穆廷州终于动了，歪头看她。

明薇避开视线。

她穿着米白色的风衣，微卷的柔顺长发垂在肩膀上，脸颊在乌亮发色的衬托下，更显得白皙水嫩，真如古人所说，滑如凝脂，吹弹可破。穆廷州合作过很多女演员，妩媚或清纯，但没有哪个有明薇这么好的肌肤，天生丽质。

她好像不太高兴与他共进晚餐，嘴唇微微抿着，暗示不悦。

视线在她樱桃色的红唇上停留几秒，穆廷州看着前方道："是，饭后再说。"

明薇听了，拿出手机，装作自己有事可干的样子。

她低着头，一缕长发自然地垂下，挡住她的半边侧脸，只露出秀气鼻梁，还有她长长的睫毛。

穆廷州忽然发现，这位明薇小姐长得很顺他的眼，美且耐看。

"咳……"

明薇不知道穆廷州在看她，肖照却透过后视镜看个一清二楚，故意咳了下，揶揄穆廷州。

穆廷州大大方方瞟他一眼，仿佛他偷看明薇并无什么不对。

当着明薇的面，肖照暂且放过他。

明薇在刷微博，有官方宣传和穆廷州助阵，《大明首辅》早已高登热门第一，火得不行。发布会视频在某大型网站有直播，微博上流传了几个剪辑，因为标题大多都是她与穆廷州，明薇悄悄往左边挪挪，戴上耳机，歪着手机看视频。

最火的是她打趣穆廷州生病记得吃药，穆廷州弯腰行礼的那一幕，转发、评论都已经破了六位数。重新以观众的身份看这段剪辑，大概是心境不同吧，明薇自己没看出任何粉红泡泡，可评论中全是凑 CP 的。

光棍节丢了一个蛋蛋的光棍：太傅公主 CP 已定，尔等羡慕嫉妒恨者纷纷退散！

别黑金牛座：明薇我女神！公主是我的！

闭着眼睛算一卦：缘分天注定，穆廷州早不失忆晚不失忆，偏偏跟明薇合作后才失忆，又坚信明薇是他的公主，这说明啥？说明两人是上天注定的缘分，早在穆廷州给明薇当助理时我就看出来了，两人肯定有火花。后来穆廷州去治病了，网上有些人就胡说八道，往死里喷明薇，好像穆廷州不要明薇就要她们似的。现在打脸了吧？看穆廷州瞅明薇的眼神，最后他们俩不在一起，反正我不信。

我爱吃豆腐：我好像看了假发布会，为什么满屏狗粮在飘？

……

明薇真是无语了，她怎么没看见狗粮？穆廷州行礼只是给他自己找台阶下，哪有那么多深意？收起回复，明薇扫眼第二个视频，犹豫几秒点开了。这段画面模糊，但穆廷州将她扯过去的动作特别明显，牛的是，开始穆廷州眼睛是看着前面的，跟着毫无预兆地就出手了，握住明薇胳膊往他那边带。视频中穆廷州仪表堂堂神色清冷，明薇却显得特别傻……

明薇再也不想重温第二遍，点开评论，上下一扫，又看到一片粉红。

“啊啊啊，明薇好呆萌，穆廷州好帅！”

“穆廷州是典型的闷骚吧，看着一本正经，其实一直暗暗留意明薇，这假装不在意的演技，我给满分！”

“好羡慕明薇啊，人家也想让廷州扯！”

明薇：“……”

这群喜欢脑补的粉丝们，前一天还在喷她配不上穆廷州，今天怎么又反水了？

跟不喜欢的人被捆绑 CP，明薇一点都不高兴。

正要收起手机，屏幕上突然蹦出来一条短信。

太傅：为什么删微信好友？

熟悉的昵称，让明薇恍了下神，思念、难过、酸涩等复杂的情绪，接连在心口掠过。

明薇先将昵称改成穆廷州，再平静脸回复：你失忆的时候很傻，我微信里说了你很多坏话，还吩咐你做事，我怕穆先生看到记仇，便提前销毁证据。

穆廷州看到那几行小字，淡淡笑了下：临危不乱，心思缜密，明小姐很有潜力。

明薇回了一个笑脸：谢谢肯定。

等了几秒，穆廷州忽然将他的手机递了过来，屏幕上是他的微信二维码，意义不言而喻。

作为一个美女，无论在校读书还是毕业工作，明薇经常都会遇到男人主动搭讪，并用各种套路想加她微信好友，但一句话都不说直接让她扫码的，穆廷州还真是独一份。

他怎么这么脸大呢？

明薇回他短信：没必要吧？

对付不客气的，她也不用客气。

好友申请被拒绝，穆廷州没再回复，抬头看前路，俊美脸上不见任何尴尬羞恼。

"到了。"肖照突然说。

明薇转向窗外，晚餐地点居然是归云楼，去年她与穆、肖二人初遇的地方，就是不知是巧合，还是肖照有意安排。

归云楼的美食依然精致可口，有肖照活跃气氛，这顿晚餐还算愉快，当然，饭间穆廷州基本没说话。饭后肖照开车，送明薇回公寓，路上经过一家超市，肖照将车停路边，要去买饮料。车内封闭狭窄，明薇不想与穆廷州独处，刚要下车陪肖照去瞧瞧，右手手腕突然被人攥住了。

明薇身体一僵，愣怔的工夫，肖照已经关上驾驶座车门，走了，似乎提前知道会有这一出。

明薇懂了，穆廷州还要她解惑呢。

男人已经松开手，明薇冷静道："穆先生想问什么？"

夜幕降临，远处灯火辉煌，穆廷州遥望那排蜿蜒的路灯，声音低沉："我想知道，我失忆时与你是什么关系。"

明薇心头一跳，立刻反应道："小明星与大助理啊，肖照没告诉你？"

她真的很有演戏天分，穆廷州嘴角上扬，偏首，黑眸看进她故作茫然的眼："肖照说，助理是明面上的关系，私底下，你我是情侣。"

说到后面，男人声音变轻，隐隐有几分轻佻的意味，又似是在讽刺什么。

明薇暗暗在心里骂了肖照千百遍。穆廷州刚恢复"影帝"身份那天，她再三拜托肖照别告诉穆廷州她与太傅的感情，肖照呢，老狐狸，嘴上保证得比什么都好听，结果还是说了，她就不该信他，这已经不是肖照第一次糊弄她了。

明薇心里慌，脸上不肯输了气势，冷声道："那肖照应该也说了，是太傅先追的我。"

抱她摸她的脚，就等于追了。

穆廷州颔首："这我知道，按照当时的情形，你被太傅吸引很正常。"

他条件这么好，她不可能拒绝。

这满满的自负自恋，明薇差点气吐血！

就在她准备言语反击时，耳边却传来男人略显低哑的声音："明小姐，敢问你我之间进展到哪一步了？"

“影帝”的公主

第

九

章

第一次谈恋爱

情侣之间能有什么进展？无非摸摸小手，抱抱小腰，亲亲小嘴……

“你们俩进展到哪一步了？”

这种问题从闺密口中说出来，那叫亲昵，从关系不熟的男人口中出来，便是不礼貌。

明薇绷起脸，目视前方：“穆先生觉得自己这么问合适吗？”到底懂不懂人际交往？

车里开着空调，又是刚吃完晚饭，她脸颊白里透红，像美味的甜点，色相诱人。穆廷州看着她，态度坦荡：“为何不合适？我想我有权利知道我失忆期间的恋爱情况，当然，如果明小姐觉得被冒犯了，你可以不回答，虽然我希望得到你的配合。”

明薇冷着脸，不想配合。

其实也不是什么大不了的事，但她就是不喜欢穆廷州的表达方式。同样一件事，穆廷州换种态度，会让人欣然接受，偏偏穆廷州就是有本事把每句话都说得让她不舒服。

可生完闷气，明薇还是说了，平静道：“太傅是古人思想，除了片场他照顾我时的一般身体接触，我们没有做过任何现代情侣常见的亲密举止，穆先生大可放心。”那是她与太傅的秘密，既然穆廷州脑海里没有太傅的记忆，那他就不是太傅，就没有必要知道真相，明薇也不想自讨没趣，被穆廷州嫌弃什么的。

回忆一一在脑海中闪现，明薇按亮手机屏幕看时间，眼帘低垂。

太傅消失半个月了，她想他，虽然这份想念不会再带来茶饭不思的酸涩痛苦。林暖、赵姨甚至肖照都劝过她，劝她不要把太傅、“影帝”分得太清，劝她试着与穆廷州保持关系，帮穆廷州恢复那段记忆。

明薇做不到。

当初与太傅分手，就是因为她够理智，她怕穆廷州醒来忘了她，怕高傲的“影帝”嫌弃她，所以她选择及时分开，免得相处越久，必须分手时就越伤心。现在穆廷州真的忘了，她不分清楚，难道要试图纠缠穆廷州，让“影帝”接受她？难道要忍受穆廷州陌生眼神、高傲拒绝带来的难过，要顶着粉丝们的冷嘲热讽，一次次去贴他的冷脸？

明薇做不到那么卑微，她爱的也不是“影帝”。

如果她最初交往的是“影帝”，“影帝”失忆了，且这种失忆是有希望治疗的，明薇会努力帮他找回记忆，然而事实是，她喜欢的太傅才是本不该存在的，穆廷州脑海中太傅的记忆，属于一段程序 bug，恢复的可能并不大。

这一刻明薇人是静的，整个人散发的气质也如秋日无风的湖面一样宁静，低垂的浓密睫毛一动不动，画面仿佛定格。说不清为什么，穆廷州从她身上感受到了一丝寂寥的悲伤，好似毛毛细雨，淋不湿行人身上衣，却让里面的心泛起涟漪。

有日记为证，他知道她在撒谎，但看出她的抗拒，穆廷州忽然不想再为难她。

“对不起，我不记得了。”穆廷州拿出提前准备好的首饰盒，神色认真地递给她，“浪费你的感情，我很抱歉，但我相信那应该是一段美好的记忆。这是那时的我为你准备的礼物，留在我这边无用，还请明小姐收下，权当纪念。”

给她的就是她的，虽然他不记得。

明薇侧目，认得这个盒子，知道里面装着一支碧绿的翡翠发簪。

翡翠名贵，明薇想也不想便拒绝：“穆先生客气了，太傅情人节前送了我一份礼物，那个做纪念挺好的，这支簪子太贵重，我真的不能收。”木雕重在心意，她不用考虑价格问题，否则再喜欢，她也会还给穆廷州，或是买下来。

有些事情，穆廷州不习惯做第二次，既然明薇不要，他也不多劝，随手将首饰盒放回原处，只低声道：“那份礼物是什么？”

明薇低头笑：“一个木雕小玩意。”

说完，明薇抬手别右耳边的长发，尽管那里并没有头发掉下来。

车内独处，一样的脸，一样的声音，聊的还都是太傅，时间每过一秒，明薇心里就多酸一点，再不转移话题，她怕自己装不下去了。说什么？她与穆廷州能说什么……

“对了，《青龙》你会接吗？”明薇想到了她的下一部电影。

去年十月，廖导找她与穆廷州谈《青龙》剧本，一部科幻大片。当时廖导夸明薇非常适合出演女主，明薇高兴归高兴，没太当真，觉得廖导找她主要是看上了她与穆廷州的关系。后来穆廷州“抛弃”了她，别的片方纷纷迟疑，廖导却给明薇吃了一颗定心丸，明薇感动坏了。

“明晚与廖导吃饭，其他还不确定。”穆廷州重新靠回椅背，懒散地扫了眼超市，犹豫要不要给肖照打个电话，他与明薇已经谈得差不多了。

明薇“嗯”了声，继续玩手机，然后偷偷振动了肖照一下，三分钟后，肖照从超市出来了，拎了一个购物袋。穆廷州坐在车内，看着肖照越走越近，穆廷州突然记起一件事，对着窗外低声道：“在明小姐之前，我没有谈过恋爱。”

明薇茫然抬头，她什么都没问，他为什么要说这个？

穆廷州却闭上眼睛，头微微后仰，舒适地休息。

这个姿势……

明薇忽地想起一张照片，徐琳给她看的照片，所以，穆廷州说他没有谈过恋爱，是在解释他与徐琳的关系吗？明薇小小地松了口气，莫名其妙被人喊“小三”的乌龙，她再也不想经历第二次。

十几分钟后，肖照的Lavente停在了明薇的公寓楼下。

“今晚谢谢你们，有机会再见。”打开车门，明薇笑着说，眼睛看肖照。

肖照透过后视镜看她：“应该会很快。”

明薇不懂这话的意思，摆摆手，下车，关门，挥手道别。

肖照发动引擎。

穆廷州靠着椅背，神色淡淡，车子开出的那一刹那，他才看向前面的后视镜。小小的镜中，她穿着风衣站在那儿，长发被早春晚风吹起，她一边撩头发一边转身，毫不留恋地进楼了。

“看一天了，还没看够？”肖照讽刺地说。

穆廷州收回视线，挑眉反问：“以我跟她的那段关系，我对她产生好奇，你很难理解？”

肖照笑，瞥他一眼道：“理解理解，不过你这种好奇，极有可能是动心的预兆。还是那句话，真喜欢人家，别端着，男人浪漫主动，女人才会喜欢，太傅就是这么追到明薇的。看明薇那么抗拒你，你的'影帝'人设，绝对是她反感的类型。"

穆廷州不太信："太傅是古人，他能多主动？"

《大明》中的首辅穆昀，简直就是老古董，真会主动，他与明华公主就不会悲剧收场。

他这话是问对人了，肖照愉悦地枚举起来："明薇拍外景，太傅主动去撑伞递水；明薇带病拍雨戏，一拍完太傅就把人抱走了；明薇卧床休息，太傅早晚送饭到她房间……你能学会这些，明薇分分钟爱上你。"

穆廷州默默听着，无动于衷的表情，好像在听人说戏。

《青龙》五月开拍，三月份，明薇开始体能、武术训练。

前面两部电视剧，明薇演的都是闺阁女子，但《青龙》女主是个智商、体能双高的女指挥官角色，有大量动作戏。高难度的动作肯定会用替身，简单的必须明薇亲自上，廖导喜欢她，但也非常严格，早就跟明薇说了，好好准备，拍戏时别想偷懒撒娇。

明薇答应时满心豪情壮志，真练上了，才知道武戏不容易。第一天训练结束，明薇浑身酸乏，回去倒床上就睡了，迷迷糊糊间接到沈素的电话，说穆廷州接了《青龙》。明薇困得要死，听到这个消息，内心毫无波澜。

第二天吃完早饭，明薇记起这事，刷刷微博，发现电影官方还没通知。

明薇不管，继续忙碌又充实地训练，偶尔关注《大明首辅》那边的进展。

三月九号，《大明首辅》正式在某大热卫视的黄金时段开播。

毕竟是自己参演的第一部电视剧，明薇兴奋极了，跟老爸老妈通完电话，她一屁股坐到林暖旁边，闺密俩一起看电视。

"啊，刚刚那个好美！"在放片头曲时，公主出嫁的那一幕一晃而过，林暖抓住明薇激动地叫。

明薇嘴角的笑就没断过。

第一集播完，插播广告，老爸明强打来电话，义愤填膺："白等半天，第一集都没有你！"

明薇无语："跟你说了好几遍，我要第二集末尾才出来呢。"

人家是正剧，前面两集都是朝廷大事。

"行了，薇薇那边忙，你别老烦她。"手机里传来江月嫌弃的温和声音。

明强嘟囔一句，挂了。

明薇叹气，老爸怎么比她还紧张啊。

广告结束，第二集开始。专业的关系，林暖最爱古装剧，一开始还能分心想明薇是不是快出场了，慢慢地便全神投入，被剧情吸引，也被穆廷州与几个老戏骨的精湛演技带进了那个朝代。明薇坐在旁边，看习惯了，再没有因穆廷州的脸出戏。

早朝结束，老皇帝去了御花园，背景音乐自然过渡为轻松，小坐片刻，老皇帝命人传太傅。

明薇心跳加快，她的第一次荧幕亮相终于来了。

御花园中，年仅十五的明华公主，正在刁难打扰她捉蝴蝶的太傅。

"蝴蝶乃李公公惊走，微臣自认无罪。"着深紫官袍的太傅垂眸而立，守礼却不惧公主。

"我说你有罪你就有罪，快去给我捉蝴蝶。"

明华公主哼了声，耍起了刁蛮公主的小脾气。虽贵为公主，明华的打扮清新简单，乌压压的发间只见一支白玉簪，配朵粉嫩嫩的蔷薇花。头饰精简，观众的视线自然集中在公主脸上，乌眉水眸，明艳动人，将少女时代的娇憨稚气发挥得淋漓尽致，明明是她不讲道理，可任谁见了公主这仗势欺人的俏模样，都不会舍得动气。

太傅自然也不会跟小公主计较，目光平静地自公主脸上掠过，意外发现公主身后有只鹅黄色的蝴蝶正翩翩飞来。他看蝴蝶，明华公主还当这位俊美的太傅在看自己，她细密的睫毛颤动，眼帘一抬一低，自有少女怀春的羞涩弥漫开来。

男人突然抬手，明华公主受惊后退：“你……”

“此蝶可合公主意？”

太傅将刚刚捉到的鹅黄蝴蝶送到公主面前，淡漠地问。

《大明首辅》第二集结尾，便定格在了这一幕，两人初遇，太傅送蝶赔罪，公主芳心暗许。男人心怀天下，尚未将一个十五岁的小公主放在心上，然而公主情窦初开，眼角眉梢都是动情后的新奇与羞喜。

“天哪，刚刚太傅帅爆了，好会撩！”林暖抱住明薇，满眼粉红泡泡地继续看片尾曲。男人撩妹子，有的套路深，有的技术烂，还有一种就是太傅那样的，他根本没想撩，但那一本正经的禁欲表情搭配充满少女心的浪漫举动，简直迷死人。

明薇淡淡笑。

林暖反应过来，连忙狠狠夸明薇：“说实话，刚开始我还有点担心你演不好，现在我一点都不怕了。薇薇你就是有天分，演得特别自然，比那些当红女明星还好。而且你漂亮啊，你这脸蛋可是纯天然的。啊啊啊，薇薇就是棒！”

明薇再也忍不住，嘴角越翘越高，她知道自己的水平，但现在就是想听朋友夸她……

正美着，老爸打来电话，明薇猜到老爸肯定会狠狠夸她，不好意思地去卧室接听了。

穆家别墅。

穆廷州一个人坐在偌大的客厅，电视屏幕在放片尾曲，他脑海却是刚刚太傅与公主的互动，长眉微皱。太傅是他演的，与明薇互动的也是他，可他丝毫记不起拍摄时的情形，这种记忆缺失的感觉让他烦躁。

平心而论，从专业角度讲，明薇演技只能算及格，但她过人的容貌、气质几乎完美弥补了演技的缺点。内行看门道，外行看热闹，对于绝大部分观众而言，明薇一颦一笑散发出的美已经足够令他们倾倒，一旦入戏，便不会意识到演员的演技问题。

穆廷州不是普通的观众，作为一个演技早已得到充分认可的“影帝”，一个见过各种娱乐圈美人的男人，明薇的颜值、演技都迷惑不了他，既然如此，穆廷州想不通他为何会入戏那么深，深刻到影响他的记忆，坚信明薇是公主。

明薇身上一定还有特别之处，在拍摄期间对他产生了某种影响。

T大校园，女生寝室。

很少追剧的明桥，今天也打开电脑看剧了，三个舍友都围在她这边，剧情太吸引人，播放时女生们都屏气凝神的，两集一播完，舍友们立即炸开了锅。

"明桥我跟你说，今天之前，我是看在你的面子上喜欢你姐的，现在开始，我要做她的铁杆粉丝，你够意思，记得多帮我要几张签名！"

"你长得就够美了，你姐比你还美。不行，下次她再来学校看你，你一定要帮我们介绍！"

"哼，就咱们薇薇姐的演技，秒杀一片当红女星了，看谁还敢说她是花瓶！啊，我连当花瓶的资格都没有。你姐好美，公主装更美，我要做成屏保，每天舔屏一百遍！"

叽叽喳喳的，各种兴奋，隔壁其他专业的女生们也陆续凑过来，拜托明桥帮她们要签名。热闹了一小时，女生们散了，明桥桌子上却摆满了众人留下的签名本。明桥低头整理，心里默默记数，然后将数字发给姐姐：都想要你的签名。

明薇在跟外公外婆讲电话，老两口骄傲极了，开心地叮嘱外孙女注意照顾自己。打完电话，看到妹妹的微信，明薇更美了，半真半假地问妹妹：她们是真的喜欢我吗？是不是给你面子，假装捧场？

明桥：明天你过来亲自验证？

明薇笑：你姐我在练肌肉，忙完再去看你。

明桥：没事别来了。

明薇差点噎倒，服了自己的冷妹子。

姐妹聊完，再接几个恭喜开播的电话，不知不觉都晚上十点多了。明薇先去洗澡，出来抱着电脑刷微博。之前她与穆廷州的绯闻主要在微博等媒体上闹得沸沸扬扬，今晚电视一播出，影响更广，慕名而来的粉丝哗啦啦不要钱似的涨。

《大明》开播前明薇转发了一条官宣微博，现在底下评论已经破了六位数，点开一看，全是夸她美的，连明华公主的动图都做出来了，或低头赏花，或挑衅太傅，或羞涩欢喜，别说，明薇自己都觉得美……

毕竟化了妆，而且拍了好几遍，导演后期剪辑肯定也挑的最美版本。

短短几个小时，以前黑她的那些评论都被好评刷得看不见影子了，就算有人继续喷她花瓶没演技，很快也会被其他粉丝喷回去，演化成一场激烈的舌战。明薇已经过了爱围观掐架的纯新人阶段，反而更喜欢看言之有物的点评。

某网友1：作为一个新人，明薇演技尚有不足，但她能交出这样的表演，我很惊喜，可能跟《大明》的班底也有关系，一出道就遇到张导演，更有穆廷州等实力派演对手戏，这是明薇的运气，也是她的压力，希望明薇脚踏实地继续努力，别染上其他明星的恶习。在这个有脸有热度就能当演员的年代，再不出几个上进的年轻演员，国内影视恐怕真要完了。

某网友2：一部正剧，安排这么偶像剧的一场戏，简直是败笔，但穆廷州明薇用颜值、演技拉回了印象，回头再细细品味，竟觉得也有道理。太傅久经官场，寻常美人入不了他的眼，进不了他的心，然后，他遇到了正处在花样年华的公主。公主美得纯粹，美得灵动，如一缕春风，无声无息吹进太傅心头。正是如此惊艳的初遇，才会有后面几十年的默默守护，换个人演公主，只要颜值或气质有一点不对，都不会令人信服。

有夸的，也有喷的，喷点主要是严格的正剧党，觉得太傅的感情线有点多余。

明薇默默心虚，确实，剧本给她那么多戏份，就是要用她与穆廷州的感情吸引偶像剧那批粉丝，对于这一点，剧组非常成功。太傅、公主CP被捧出了一个新的高度，官博发了几个剧情片段，太傅公主互动的片段被转发得最疯。

出于好奇，明薇悄悄逛到了穆廷州的微博。

穆廷州也转了“今晚开播”的宣传微博，底下评论……

“太傅快记起公主吧，你跟明薇好配，我喜欢你们在一起。”

“太傅快去追公主，小说里已经是悲剧了，现实你们要珍惜！”

“哪来的脑残们，请分清拍电视与现实好吗？廷州是我的！”

总的来说，穆廷州那边比她这里还乱。

不早了，明天还要继续锻炼，明薇合上笔记本，准备睡觉。

手机突然响了，显示“穆廷州”。

明薇僵了一下，靠着床头接听，手机刚靠近耳朵，脑海里自动响起一句话：“微臣穆昀，遥拜公主。”

所有被人夸赞的虚荣与浮躁，都在这一瞬间消散无形，明薇摇摇头，声音疑惑：“穆先生？”

“是我，这么晚，有打扰明小姐休息吗？”落地窗前，穆廷州对着夜色问。

明薇客气道：“还好，有事吗？”

穆廷州单手插着口袋，语气认真：“我看了今晚那两集，明小姐表现不错。”

一样的戏份，一样的男人，却是不一样的评价。考虑到“影帝”的性格，明薇忍住打趣的冲动，正式道：“谢谢穆先生的肯定，我会继续努力。”

穆廷州“嗯”了声，开始说正事：“我想知道那段对手戏一共拍了几次，其间你我是否有交流。”

明薇若有所思：“穆先生是觉得了解详情有助于你恢复那段记忆？”

“或许有用。”

男人说得简单，想恢复记忆的态度却表达了出来，明薇心情复杂，这个办法真的能管用吗？

回忆片刻，明薇将她刚进剧组时，穆廷州劝她退组的事情简单叙述了遍，只说事实，没有任何夸张加工。

穆廷州了解自己，下意识解释道：“你是我推荐进组的，你演得不好，我脸上也无光，那时应该只是激你上进，没有敌意。”他与她无仇无怨，没道理欺负小新人。

明薇愣住，回想当时穆廷州的表现，气了她一通，最后好像是提点她如何拍戏了。

所以，是她一直在误会他？

整个三月，全民都在为《大明首辅》沸腾，明明是部正剧，居然创造了去年大红偶像宫斗剧都不如的收视率。面对这种现象级的盛况，各路影评大V纷纷发帖分析。总的来说，将《大明》的爆红归功于三点：全体演员演技在线、太傅公主国民CP高度吸粉，以及群众在经历过一众烂片后对优秀电视的饥渴需求。

总而言之，明薇红了，偶尔出门遇见十来岁的小学生，都会兴奋地喊她公主。她老爸还发来几张照片，全是超市摆着的以她与穆廷州古装造型为封皮的笔记本，老爸引以为荣。明薇满心尴尬，那封皮把她画丑了啊……

六十集的古装剧在四月八号迎来了结局。

倒数第二集，明华公主一身少女打扮，服毒自尽，太傅惊闻噩耗，悲痛吐血。

电视上又在插播广告了，明薇低头玩手机。昨晚驸马被斩首，领完盒饭的陈璋发微博艾特她，说他会在奈何桥边等她，现在明薇发微博艾特他："驸马，我来找你了，你还在吗？[哭]"

电视剧播出期间，演员们互动是常事，也算是配合宣传。穆廷州不太玩微博，更不是幽默亲民的人设，明薇便跟陈璋打得火热。这不，明薇刚发完，陈璋马上回应了："在，公主稍等，我洗完车就去接你！"

明薇笑了，可惜林暖去广州采购布料了，没有人陪她笑，只能自己刷评论打发时间。

公主是太傅的："太傅快来抓奸@穆廷州！"

一只小小鸟："公主你别跟他走，太傅一个人好可怜，@穆廷州！"

光棍节丢了一个蛋蛋的光棍："太傅你还磨蹭啥，再不表白，到了那边继续打光棍@穆廷州。"

公主驸马互动得欢，粉丝们心里只有太傅，乐此不疲地艾特穆廷州，一集没落过。

最后一集开始了，明薇专心看剧，看到太傅卧病在床，对着红玉手镯发怔，看到回放的太傅一生剪辑，最后定格在第一集他赠公主蝴蝶那一幕，彼时他们都年轻，一个娇俏灵动一个面如冠玉，明薇心里忽然一酸，湿了眼角。

为明华公主哭，还是为她自己哭，明薇说不清楚。

戏里戏外，两人都错过了。

明薇关了电视，有点意兴阑珊，习惯地刷微博，看到一条艾特消息。

明薇随手点开，意外瞥见一个熟悉的但从来没有与她互动过的昵称。

穆廷州：若未行远，敢请为臣留步。

明薇呆若木鸡，穆廷州怎么也来凑热闹了？说得这么深沉，她该怎么接招？

粉丝们炸了锅。自从《大明》发布会后，穆廷州就再也没与明薇有过交集，网上太傅公主已经成了国民 CP，粉丝们呐喊了一个月，穆廷州冷冰冰的没有任何表态，有的粉丝都要心冷了，穆廷州现在突然现身，无异于为粉丝们打了一管强心剂！

从不与女演员发暧昧段子的“影帝”终于破例了，说他对明薇没有特殊感情，谁信？

女粉丝对喜欢的男明星都有一定的占有欲，如果男明星空降恋爱消息，粉丝们吃惊比高兴多，要是再觉得另一半配不上自家男明星，那这段恋情引发的评论可能就不太好听了。可现在的情况是，大多数粉丝都通过明华公主的角色喜欢上了明薇，都在盼望粉红泡泡，这会儿总算看到曙光了，粉丝们自然越发起劲儿。

于是之前劝穆廷州开窍的，现在都跑来劝明薇快答应。

明薇哭笑不得，穆廷州发微博只是普通的演员互动，《大明》开播时他发了一个，结局再发一个，多正常的事，她要按照粉丝希望的主动贴上去，还不让圈内人笑掉大牙。

酝酿两分钟，明薇回复穆廷州：“太傅快来，驸马这儿还有空位，咱们一起走。”玩笑着糊弄了过去。

粉丝们不满意，哭唧唧地要狗粮，穆廷州没再回应，明薇继续刷会儿评论，洗澡睡觉。

四月十二号，《大明》剧组聚餐庆功，明薇作为女主，自然受到了邀请。

下午四点半，明薇提前半小时抵达酒店，直接去了宴会厅。剧组大部分成员都到了，全是熟人，明薇人缘好，一路打招呼，然后笑吟吟地坐在了导演这一桌。

四点五十分，穆廷州、肖照同时到场，并肩而行，跨进宴会厅的那一刻，两人最先看见的都是明薇。她侧对入口这边坐着，穿了一件白衬衫，搭配黑色包臀短裙，桌底下露出一双修长美腿，白皙动人。

大方利落的打扮，瞬间让人将她与明华公主那个古代角色分了开来。

肖照暗暗赞许，明薇今天这身穿对了，对她来说，公主已成为历史，她得继续向前看，尽量展现不同的一面，保持粉丝对她的期待。

两个男人打量明薇时，明薇也发现了他们。肖照还是老样子，温雅知性，像深藏不露的老狐狸。穆廷州……五官依旧俊美，但他在失忆期间瘦下去的脸庞又恢复了去年初遇时的状态，偏瘦，但瘦得精神，如一块上品美玉，流动着端方清贵的光彩。

最近应该也在健身吧？

明薇心中思忖，人与导演等人同时站了起来，与穆廷州寒暄。

“廷州气色好多了。”张导演欣慰地说。

穆廷州客气地笑，扫眼桌子上的人名牌，他朝明薇点点头，挨着明薇坐了。

明薇早有准备，每次剧组活动，她都会坐穆廷州、陈璋中间。

五点庆功会准时开始，先是张导演上台讲话，跟着主演们一一发表感言，都是套路，官方场面走完了，接下来才是吃吃喝喝。宴会厅气氛轻松，演员们四处走动敬酒，明薇是晚辈，几乎挨着敬了一圈。

明薇有酒量，每次敬酒喝得也不多，一圈下来，她人很清醒，只是那小脸蛋红扑扑的，瞧着像不胜酒力。

回到主桌，明薇大大方方夹菜下酒，刚吃了一只龙虾，旁边有人落座。

明薇浅笑，放下筷子。

“喝多了？”穆廷州与她对视一眼，目光挪到了她的脸上。

明薇笑着摇头：“没有，就是有点热。”说着轻轻拍了拍脸。

她的手纤细小巧，白白净净的指头拍在红润润细嫩嫩的脸蛋上，莫名诱人。穆廷州及时垂下眼帘，端起酒杯，默默抿了一口。

“对了穆老师，我再敬你一杯。”

耳边响起她清脆的声音，穆廷州心中一动，自从他解释了那次激将法，后来几次通话问她拍摄情况，明薇对他的称呼就变成了穆老师。称呼为穆先生是客气疏离，而穆老师是恭敬尊重，不过对穆廷州来说，两种叫法都一样，都不顺耳。

“不是敬过了？”他探究地问。

明薇粲然一笑：“刚刚没好意思说太多，谢谢穆老师指点我演戏，如果不是你变着法督促我，我可能演不出正片中的效果。”误会解除，虽然“影帝”还是高傲的“影帝”，但少了一桩私人恩怨，明薇不那么反感他了。

穆廷州接受了这个理由，端起酒杯，举高。

两人碰杯，不远处一个特邀记者迅速按键，完美地拍下了这一幕。

当晚这张照片被各大媒体疯狂转载，灯光璀璨的宴会大厅，现代装的太傅公主碰杯饮酒，男俊女美，抓拍的镜头也丝毫不影响美感。明薇回到家才看到微博，但正如沈素所说，如今她与穆廷州的CP呼声，多一张照片少一张照片，根本没啥影响。

明薇沐浴出来，手机在响，一边揉头发一边去拿手机，看到来电显示，明薇再次诧异。

“穆老师？”

“睡了？”穆廷州低声问。

明薇坐下来道：“还没，您有事？”

穆廷州看看面前的笔记本，良久才道：“没什么，月底云南见。”说完挂了电话。

明薇莫名其妙，对着手机出会儿神后，明薇先吹头发，吹完看剧本。

睡觉前，明薇习惯性走到飘窗前。干净雅致的飘窗上，摆了好几盆林暖养的宝贝多肉，此时此刻，多肉旁边多了一盆牡丹盆栽，绿生生的叶片间结了几朵花苞，估计很快就要开了。

“公主金枝玉叶，只有牡丹才配得上公主。”

“我怕养不活……”

“臣帮公主照料。”

明薇闭上眼睛，弯腰闻牡丹。太傅又如何，终究也只是个男人，男人都喜欢说甜言蜜语，说了却不做，最后还是她自己养的花，精心浇水照料，当祖宗似的供着，白白多了一件差事，幸好她有天分，养活了，要开了。

三天后，第一朵花苞悄然绽放，粉嫩嫩的。

明薇拍了好几张照片，自己看，没有上传，怕知道这盆牡丹来历的肖照误会。

然而不知怎么那么巧，明薇没秀花，当天上午，穆廷州竟然上传了一张牡丹盆栽图，配字：天下真花独牡丹——欧阳修。

明薇盯着这条新刷出来的微博，心中不太平静，他怎么想到养牡丹了？还是以前便养了？

明薇点开评论。

公主是太傅的：“好了好了，你不就是想说你家公主才是花，别的女人都是草，对吧？”

光棍节丢了一个蛋蛋的光棍：“甜言蜜语来了，公主接招！@明薇。”

明薇过滤了粉丝的艾特，不可能收到，可就在她看到这条评论时，居然真来了一条艾特！

明薇莫名紧张，点开……

却是《青龙》官博公布男主演了。

明薇、穆廷州即将合作的《青龙》，是一部基于中国神话传说的科幻电影。

公元2217年，由于人类的过度开发利用，地球资源枯竭不堪负荷，各种地质灾害频频发生，已经不再适合人类居住，故地球五大国分别派出精英，组成一支百艘太空飞船探索队伍，去茫茫宇宙中寻找适合人类居住的替代星球。

功夫不负有心人，中国指挥官周昊带队的“探索56号”历经三十年极速飞行，发现一颗与地球几乎一模一样的星球，地球所有的七大洲四大洋，该星球同样存在，空气成分也与地球一致，简直就是地球的克隆体。周昊先将新星位置发送回地球，然后着陆探索，每天都会将最新发现发送回去，直到最后一人意外惨死。

有了第一手资料，地球继续派遣飞船去考察新星情况，最终得到三个主要信息：

第一，新星是第二颗地球，非常适宜人类移民；

第二，新星上还未进化出人类，存在大量攻击性猛兽；

第三，想要移民，必须清理新星上凶残的“原住民”。

五国领袖召开会议，经过缜密的计划后，提前按照地球版图划分了新星势力，然后五国分别派出先遣军队，去新星消灭各自势力范围内的猛兽，约定彼此互不侵犯领土。

中国一共派出了五万武装力量，分成东北、西北、东南、西南、中央五大战区，人数虽少，凭借高科技武装设备，这五万人很快便以摧枯拉朽的势头席卷全国，但各个战区都有超级凶兽，一旦遇上，便是胜利，军方死伤亦惨重。三年之后，五万人只剩八千，而大陆只剩西南战区的一片雨林尚未探查。

以上全是背景，《青龙》电影开头，便从这片雨林开始。

元帅命周刚带队清查雨林，在这里，队伍遇到两条粗三米、长数十米的巨蟒，周刚惨死，其女儿周静联合队友击毙巨蟒，升为西南区新任指挥官。短暂休整后，周静奉命带队探索南海，并将于浩瀚南海遇见电影的主人公，一条在地球上只存在于神话中的青龙，能化为人形，能翻江倒海。

《青龙》官方早已公开明薇女主演的身份，男主角一直保密，现在距离开拍半个多月才公布，男主角竟然还是明薇的国民CP穆廷州，免不了又引发一波娱乐狂潮。粉丝们个个抻着脖子期待狗粮，主演们却陆续启程，先后抵达剧组拍摄第一站：云南某片雨林。

不过演员们最先要做的是拍摄定妆照。

明薇要拍两套，一套是女指挥官的形象，一套是便装女孩形象，服饰都很保守，不需要暴露。穆廷州就不一样了，作为一条数千年蜗居在南海的青龙，一条没有与人类打过交道的龙，穆廷州第一次现出人身时是全裸的，当然镜头不会拍那么全，但穆廷州全程都会露出胸膛，所以穆廷州的定妆照……

绿幕背景前，明薇身穿指挥官官服，正按照摄影师的口令摆造型，视野里突然闯入几道人影，明薇随意看去，最先看到的就是裸着胸膛的穆廷州。意识到那是穆廷州的瞬间，明薇马上移开视线，根本没时间数穆廷州到底有几块腹肌，她也不想数。

“明薇看这里！”

摄影师突然大声说。

明薇血气上涌，尴尬地得想找条地缝钻进去。为了避开穆廷州的胸口，她的视线瞄向地面，忘了看镜头，摄影师态度很专业，或许还没察觉穆廷州来了，所以明薇知道摄影师是叫她看镜头，可摄影师喊话的时机太巧，别人会不会以为她在看穆廷州，走了神？

大大方方拍照的年轻女孩突然成了番茄脸，摄影师纳罕地抬起头，这才发现穆廷州来了。

摄影师就露出一个“他什么都知道”的善意笑容，对明薇道：“先休息三分钟。”

这下明薇更洗不清了，硬着头皮朝廖导、穆廷州打声招呼，然后走到助理小樱那边坐下，特别认真地喝水。

“薇薇，八块，真的有八块！”小樱弯腰，兴奋地在明薇耳边说。

明薇差点呛到，没好气地瞪她：“又不是没见过，陈璋也有八块。”

小樱吐吐舌头，继续偷偷看穆廷州。穆廷州马上也要拍了，现在男化妆师正帮他抹精油。前胸、后背、手臂、小腹……小樱看得脸红心跳，又低下头来跟明薇耳语：“啊，早知道我该学化妆护肤的，好羡慕他。”

明薇被她嘀咕得越来越好奇，假装喝水，偷偷往那边瞄了一眼。

穆廷州侧对她站着，恰好被男化妆师挡住，害她啥也没看到，只瞧见男化妆师好像在拍穆廷州的胳膊。

好奇过了，明薇收回心思，想着一会儿拍完她就走。

重新拍摄，明薇一眼都没往穆廷州那边看。拍完就想走，摄像师却叫住她：“明薇等等，你跟廷州还要摆几张海报造型，今天一起拍了。”

海报……

明薇傻了眼，她怎么把这茬忘了？

十五分钟后，穆廷州拍完了他的定妆照，明薇也重新化了妆，穿着一条黑色宽松长裤，一件白衬衫登场。既然是拍合照，明薇不可能不看穆廷州，幸好她已经做好了心理建设。走到穆廷州面前，明薇笑着聊天：“穆老师怎么来这边了？我还以为你会直接去深圳。”

云南这边只是开篇一场炫酷打戏，没有穆廷州的戏份。

“看廖导拍戏，能学到很多。”穆廷州低头看她。

明薇笑笑，下意识垂眸，这一垂，目光正好撞上穆廷州的胸膛。一条常年泡在水里的龙，皮肤该白还是黑？其实黑白都可，但穆廷州故意晒黑了一点，看来他有自己的理解。他抹了精油的偏黑的胸膛，劲瘦结实，整整齐齐的八块腹肌，尽显男人阳刚之气。

明薇有点口渴。

《南城》中陈璋扮演的高长胜是个糙汉，经常露腹肌，可感觉完全不一样。明薇敢看陈璋，甚至光明正大地欣赏，轮到穆廷州赤裸胸膛站在她两步之遥，仿佛有高纯度的男性荷尔蒙迎面扑来，唤醒了她体内的雌激素。

这完全是生理反应。

明薇敷衍地“哦”了声，先去绿幕前准备了。

摄影师让他们并排站着，均面朝前方，要的是两人在同一镜头，但彼此又不知道对方存在的效果。这个简单，明薇不看穆廷州就行，然而下一个姿势，摄影师示意穆廷州走到明薇身后，从后面抱住她。

明薇给自己打气，不就是亲密戏嘛，她还亲过穆廷州呢，虽然隔了一层安全膜。

“你们俩先试试姿势，找找感觉。”摄影师专业地说，并体贴地转身，其他工作人员也散开了。

明薇面带微笑，其实浑身僵硬。

穆廷州走到她背后，看看她泛红的侧脸，他微微低头，轻声询问：“准备好了？”

四月底的上午，云南雨林边缘地带还不是很热，可穆廷州的呼吸是热的，从耳后吹过来，吹得她脸颊发烫。察觉男人打量的目光，明薇深深呼吸，故作平静道：“没问题。”

声音刚落，男人突然靠近，结实手臂自然无比地压住她的胳膊，而那双宽大的手掌也从两边包抄过来，握住了她的手。明薇没料到他会一下子演到底，男人发热的胸膛、温热的手心，两层刺激同时袭来，明薇情不自禁地颤抖。

“跟陈璋合作，没拍过这种戏？”他就那么抱着她，在她耳边说。

明薇大脑都快充血了，不得不承认穆廷州气势比陈璋强，带来的男性压力也强了百倍。

“拍过，就是跟穆老师合作，我有点紧张。”脸红掩饰不住，明薇连忙找了个理由。

“拍海报也是演戏的一部分，代入角色试试。”穆廷州松开手，留下一句叮嘱，他去台下喝水。

明薇怔怔地望着他的背影。

就在刚刚，在他抱上来的时候，她有一瞬恍惚，觉得穆廷州好像是故意的，包括他贴着她耳朵说话的举动，可下一秒穆廷州就放手了，并用一种前辈的口吻提点她拍照技巧。眼看穆廷州接过矿泉水，侧身过来喝，明薇及时别开眼，暗暗自嘲。

太傅亲吻她时确实热情，热情得出乎意料，但“影帝”穆廷州三十来年不近女色，怎么会突然占她一个小新人的便宜？明明是她不敢直视他的男色，是她因为太傅那段回忆，无法适应穆廷州的裸身接近，脑补太多。

代入角色吗？

明薇静心回想剧本，等穆廷州再次走过来时，明薇自我感觉可以了。

摄影师做了一个开始的手势。

明薇朝穆廷州点点头。

穆廷州跨过来，像刚刚那样抱住她，此时此刻，他不是“影帝”，他是南海那条青龙。

只是，当怀里的女孩撒娇地往后靠，脑袋亲昵地贴上他的胸口，穆廷州突然出戏，意外地看她。

他个子高，按照海报要求，本来就要看明薇，可明薇却谨记摄影师的指导，目视前方，依赖地靠着男人，眼神复杂，力求表现出女主的沉重心理。

摄影师抓住了明薇的状态，穆廷州却只看见她白皙甜美的脸庞，睫毛浓密卷翘。

第二回合，他落了下风。

同穆廷州搭档拍了一上午的海报照，姿势涵盖背后拥抱、面对面拥抱、背对背相贴等亲密姿势，终于收工时，明薇身上不知道出了几遍汗，热累交加，她脸蛋红扑扑的，像熟透的水蜜桃，水嫩得诱人。

雨林边缘条件简陋，明薇回保姆车上休息，上车前，瞥见远处肖照递给穆廷州一条毛巾，穆廷州拿毛巾擦擦身上，再抽走肖照手中的黑色短袖，直接套到脑袋上，一拉一扯，便遮住了那身结实又不失俊雅的胸肌腹肌。

明薇默默羡慕，当男人真好，哪像女人，还得找隐秘地方换衣服。

在车里休息一会儿，到饭点了，后勤王哥大声吆喝众人过去吃饭。

“我去拿？”小樱放下手机问明薇。这会儿日头高了，外面又潮又热，阳光刺眼。

“一起去吧。”明薇揉揉眼睛，困倦地打了个哈欠。

下了车，看到一众演员、工作人员分别围坐在几棵树下，后勤正在逐个发放盒饭。明薇前天到的云南，今天也是第一次拍外景场地，此时放眼望去，那些配角演员她都不熟悉，不像前面两次拍摄，陈璋总会热络地叫她一起吃饭。

明薇不着痕迹地打量一圈，目光锁定了武术指导郝老师，两人好歹有一个多月的师徒情。

可就在明薇露出笑容，准备走过去时，忽然有人叫她：“明公主。”

清朗的声音不高不低，带着善意的笑，远远地传入碧绿丛林。

而这声高调的称呼，立即让所有人的视线都集中在了明薇身上。

明薇咬牙，不得不朝独占一棵树的“影帝”二人组走去，肖照的面子她能不给吗？

“坐，我们这边空气好。”肖照指指穆廷州旁边的小板凳，笑着说。

“下午我们熟悉场地，你们俩怎么不回镇上？”明薇弯腰，一边说话一边不着痕迹地将板凳挪到靠近肖照的位置，这才坐下。

肖照拎出塑料袋，里面是他们仨的盒饭，分好了才道：“廷州要留，我听他的。”

明薇就不问了，低头吃饭。

林间不时传来几声清脆鸟叫，身后其他工作人员低声聊天，只有他们这边安安静静的。明薇慢条斯理地挑拣饭菜，余光扫过优雅吃盒饭的两大男神，她忍不住怀念与陈璋合作的时光，轻松自在。

“你们两个都没话说？”吃到一半，肖照率先挑起话题。

明薇停下筷子，假装疑惑地看他。

肖照朝穆廷州扬扬下巴：“我看过剧本，后面你们俩有好几场亲密戏，现在不培养默契，拍摄时才临时抱佛脚，肯定耽误进度。明薇，如果你跟廷州有你对陈璋那样的熟稔度，到时候会轻松不少。”

明薇垂眸，道理她懂，但熟稔度又不是她一个人能刷出来的，穆廷州……

“以后一起吃饭吧。”穆廷州放低盒饭，看着明薇说。

他的眼睛幽深平静，如深山老林中的两潭湖水，幽幽的，叫谁也看不清底下有什么，偏偏那清冷的眼却有洞察人心的犀利。撞进这样的眼，明薇本能地想要逃避，垂着眼帘点点头，客气道：“打扰穆老师了。”

穆廷州没应声，神色淡淡。

下午廖导带着一众演员熟悉环境，在林中逛了两小时，技术人员留下来做准备工作，演员们先回十几里地外的小镇上。镇子不大也不繁华，只有一家旅馆，是座四层楼房，没有电梯，一楼主人自用，上面三层已经被剧组包下，禁止无关人员进出。

顶层有两间“奢华的套房”，明薇占了一套，另一套留给了穆廷州。

众人一起回来，到了三楼，肖照等人相继回房，楼梯前只剩还需继续攀登的男女主演。

黄褐色的楼梯板有些掉漆了，但打扫得很干净，踩上去发出轻微的吱嘎声。前面女孩脚步轻，后面男人脚步稳重，她的声音才落，他的紧跟着响起，无端端生出了一种追逐的异样感。沉默加重了紧张，明薇试着搭话：“穆老师住过这种旅馆吗？”

“住过。”穆廷州低声答，眼睛看着她的白球鞋，每当她抬脚，就会露出鞋底沾着的碎草叶。

回答完了，似乎意识到什么，穆廷州继续补充道：“十年前去漠河拍戏，地点比较偏，住的老式旅馆，房间没有卫生间，整个楼层共用一个。”环境很差，她这种娇生惯养的大城市小姐，多半适应不了。

十年前的穆廷州？明薇试着回忆穆廷州的词条介绍，他二十岁时，好像拍过一部边防兵文艺片，应该就是那时候了。跨上最后一层台阶，明薇回头，猜测着说出电影名：“是这部吗？”

穆廷州诧异：“你看过？”那种题材的小众电影，很少有女孩子喜欢看。

明薇尴尬地笑：“听别人说的。”

穆廷州“嗯”了声。

“那穆老师先休息。”走到自己的客房前，明薇跟他道别。

穆廷州点点头。

明薇推门，刚要进去，前面传来男人低沉的提醒：“晚上一起吃饭。”

为了培养默契是吧？明薇乖乖应了声。

不过连续吃了几天，明薇觉得这个办法并没什么用，因为每次与穆廷州一块上楼，她还是得绞尽脑汁才能找到话说。

"Action！"

平静了漫长岁月的雨林深处忽如平地惊雷，响起一阵阵刺激耳膜的枪声，夹杂着巨蟒蜿蜒而行身体倾轧树干的碎响。

原本以为只有一条巨蟒，周刚便安排属下组织围剿，没想到竟然还有一条巨蟒躲开了高科技探测，从背后偷袭，一下子打乱了队伍的攻击节奏。两条巨蟒凑在一块儿杀伤力太大，周刚、周静父女俩分别带人朝两个方向跑，准备逐个击毙。

巨蟒越逼越近，狂奔中的周静却沉着冷静，白皙冷艳的脸庞不见任何慌乱。跑着跑着，前面突然出现几棵参天巨树，周静眼神陡然犀利起来，一边厉声发号口令，一边按下手腕上的黑色机关。

"Good！"连续跑了五次后，廖导终于满意了。

明薇气喘吁吁，军装下胸口起伏，小腿肚直打哆嗦。曾经她以为学校的八百米就够折腾人了，但现在，廖导硬是逼她跑出了百米冲刺的速度，连跑五次，五次都得全力以赴，不容许有半分马虎。

简单休息补妆，明薇重新走到树下，让工作人员为她吊威亚。接下来的剧情，周静几人会利用飞索升到高空树干上，同时瞄准巨蟒要害进行射击。这是一个非常耍帅的镜头，要拍特写，明薇必须亲身上阵。

廖导、武术指导围过来给几人讲戏，再单个指导。

明薇是唯一的女性，也是唯一没有吊威亚经验的演员。

这里没有参天巨树，剧组搭了一个高台，演员们要跳到上面，再完成一个漂亮转身的射击动作，后期特效再将高台弄成树干。武术指导给明薇做了几次示范，明薇高度集中精神，并在下面练习转身的姿势。

一米六五的明薇，个头并不出挑，但她身量纤细，换上紧身军装，那种利落干练的味道就出来了，一转身一射击，还真有几分指挥官的英武潇洒。

"眼神还差点。"弯腰站在明薇对面，廖导密切观察明薇，她身体动作到位了，他老辣地纠正明薇的情绪，"不要想着自己的姿势标准不标准，从你发出号令的那一刻开始，你心里就只装着杀蟒这一件事，所以眼神要冷，要充满杀气，冰冷无情，直到你重新落地。”

一字一句，全是压力。

明薇继续在地面练习。

穆廷州抱臂站在监视器这边，黑眸定定地看着明薇的一举一动。

半个小时后，廖导安排明薇先体验一次威亚，不用考虑表演。

明薇很兴奋，只是身体被牵引着升空的那一刻，明薇忍不住叫了出来，才发出声音便马上捂住嘴，然后以一个非常不漂亮的姿势落在了高台上。当然，她自己是看不到的，只知道两腿抖个不停，眼睛也不敢往下看。

上去，下来，明薇飞了三次，终于适应了这种体验，接下来才是正常拍摄。

这一拍，明薇又飞了好几次，腰酸得不行，可该拍还得拍。

“Good！”两个小时后，廖导从监视器后抬起头，声音透过扩音器传出老远。

高台上，明薇一口气松懈下来，差点跪下。

落地的镜头比较简单，前面已经过了，所以明薇放松身体，等着威亚将她送下去。地面越来越近，明薇刚要准备落地，可念头刚起，双脚竟然提前撞到了地面。下降惯性带来的冲劲儿太强，明薇脚踝一疼，整个人便不受控制，朝前面倒了下去。

众人皆惊，只有一人敏锐注意到威亚减速晚了，并提前冲了出去，身形如风，赶在明薇落地的前几秒搂住她的腰，稳稳将人带到怀里。

明薇疼得吸气。

穆廷州往下看，见她右脚虚抬，立即猜到了情况：“崴脚了？”

明薇点头，点完了，她后知后觉地意识到了不对，错愕地看着男人的胸膛。

他什么时候过来的？

正震惊，眼前突然一片天旋地转，明薇慌得抬手，抓到他胸前的一片衣服。

“影帝”的公主

第十章

深夜对吻戏，谁怕谁

当着在场所有剧组成员的面，穆廷州送了明薇一个公主抱。

视野重新稳定，明薇涨红了脸，脑袋往他那边偏：“我没事，你放我下来。”

他这样，是嫌两人的绯闻还不够多吗？

“右脚抬高。”穆廷州置若罔闻，反而冷静指点她崴脚后应做的应急措施。

明薇抿抿嘴，听话地抬高右脚。

剧组成员都在靠近，穆廷州径直抱着明薇走向保姆车，只高声提醒随行医护人员准备冷敷袋。作为一个从业十几年的“影帝”，穆廷州在片场受过大大小小无数伤，经验累积至今，一些简单的伤势，穆廷州知道该如何处理。

穆廷州大步跨进保姆车，弯腰轻轻将明薇放到座椅上。

明薇嗫嚅着道：“谢谢穆老师。”

“不用。”才放她坐稳，穆廷州马上单膝蹲下来，一声招呼都没打，直接托起明薇右小腿。明薇脚上穿着军靴，鞋带穿了两排整整齐齐的孔，穆廷州皱眉，示意明薇将右腿搭到外侧座椅上，他依然单膝蹲着，双手敏捷地解她的鞋带。

男人侧脸俊美清冷，拒人于千里，但此时此刻，他居然在帮她解鞋带。

有那么一瞬，明薇想到了太傅，只有打心底把她当公主珍视的太傅，才会什么颜面都不顾。

可他是恢复现实记忆，忘了太傅的“影帝”。

明薇不知道穆廷州为何要这么对她，她受宠若惊，伸手想抢回鞋带：“我自己来吧……”

“疼得厉害吗？”穆廷州看着鞋带问。

明薇一呆，感受感受，迟疑道：“不是特别疼……”其实挺疼的。

穆廷州只相信自己的判断，鞋带解得差不多了，他尽量轻柔地脱下她的军靴。

明薇平时脚真不臭，可拍了一天戏，还都是跑来跑去的体力劳动，又是在这样闷热的环境，就是仙女穿着密不透风的军靴跑下来，脚上都会有点味道。明薇不是仙女，所以军靴离脚的那一瞬，空气中突然多了一点异味。

明薇脸红得都没法看了，话都不知道该怎么说，脑袋垂得低低的。仅有的一点视野里，男人身体岿然不动，手却熟练无比地脱了她的袜子，紧跟着，有温热的手指捏住她的脚踝，试探着用力。明薇闷哼一声，疼得忘了尴尬，抬头去看。

“只是轻微扭伤，冰敷几次，涂点红花油，休息两天就好。”

检查完伤势，确定她没有大碍，穆廷州松开她的脚，挪到对面沙发上坐了，关心来得毫无预兆，收走得也不拖泥带水。

明薇点点头。

医护人员已经过来了，穆廷州让开地方，女护士便拎着医药箱跨上来，检查之后，得出与穆廷州一致的结论，然后帮明薇敷冰袋。明薇打了个哆嗦，见廖导也在外面，她发愁了，担心自己真休息两天，会影响拍摄进度。

廖导倒不急，和蔼地安慰明薇：“你在这边的武戏基本拍完了，我们先拍另一条巨蟒，等你脚好了再拍文戏。”

明薇放心了，另一条巨蟒战斗力更强，还要引出女主父亲的死因，乃是一个剧情矛盾点，确实需要两三天的时间才能拍完。

既然明薇需要休养，廖导让她先回镇上。

剧组成员们纷纷上前慰问明薇，负责威亚的技术小哥更是连连抱歉，明薇笑笑就过去了。表达了关心，众人返回片场继续忙碌拍摄，只有穆廷州还一动不动地坐在她对面，气场强大，吓得小樱都不敢贸然上车。

明薇别别耳边头发，尽量自然地问他：“穆老师还有事吗？刚刚谢谢你了。”

穆廷州闭着眼睛道：“我也回去了，搭个车。”

云南没有他的戏份，穆廷州便没把保姆车开过来。

明薇知道这点，再看看剧组为她安排的这辆豪华保姆车，穆廷州选择搭车也就顺理成章了。

“要不要叫肖照？”明薇望向车外，找了一圈，发现肖照跟廖导他们在一起。

“不用。”穆廷州不假思索。

明薇懂了，叫小樱上来，他们先回去。

十几分钟后，保姆车停在了旅馆外。

小樱偷瞄穆廷州，穆廷州刚好结束小憩，睁开了眼睛，深潭一样的黑眸，不见一丝困倦。

“你现在不便走动，我抱你上去。”当着小樱的面，他就这么理所当然地看着明薇说。

明薇傻了眼。

小樱也傻了，跟着心花怒放，她就知道，太傅肯定还喜欢公主呢，平时冷冰冰地藏着掖着，公主一出事，他就忍不住关心了，典型的冰山型恋人。为了不碍手碍脚，小樱识趣地跳下车，拎着医药箱先回自己房间了。

司机紧随其后，去车外等着。

穆廷州起身，弯腰要抱明薇。

“其实我的脚好多了，可以自己走。”他居然真打算抱，明薇连忙婉拒，说着还想起来抢着下车。

但她刚挺直腰杆，肩膀就被一只大手给按下去了，紧跟着，穆廷州俯身，准备捞她腿。

“穆老师，我怕被人拍到。”他一意孤行，明薇既不懂他的心思，也不想接受无缘无故的好，索性点明了。

“不想尽快拍戏了？”穆廷州单手撑着她的椅背，平静地问。

明薇噎住。

穆廷州又道：“脚伤看着问题不大，但不好好休息，以后可能落下病根。”

明薇咬唇。

“你不用有心理负担，你帮过我，我现在只是还人情，万一传出去，只要你愿意，我会配合澄清。”看出她有顾虑，穆廷州站直身体，仿佛明薇继续拒绝，他便尊重她的意见。

明薇低头，心头萦绕着"还人情"这三个字。原来他最先冲过来扶她，原来他任劳任怨地帮她解鞋带，只是为了还人情，可笑她居然还冒出一点点希望，以为穆廷州虽然忘了太傅，却还不自觉地被太傅影响。

她沉默，穆廷州再次皱眉，这是不愿意，还是默认？

看眼她敷着冰袋的小脚，穆廷州犹豫几秒，重新俯身。

明薇眼帘动了下，却没再拒绝。

她娇小纤细，穆廷州轻轻松松将人抱了起来，一边留意车顶一边下了车。偏远的云南小镇宁静安乐，并没有大都市里闻风而至的狗仔，就连旅馆老板娘，对穆廷州明薇的公主抱都没有太上心，只是好奇瞧了两眼。

四层楼，穆廷州始终保持一个步调，呼吸也没什么变化。

明薇闭着眼睛，只能听到他稳重的脚步声，有了年代的小旅馆，噔噔噔的木板踩踏声古朴悦耳，仿佛沉浸了岁月。

好像没多久就到了四楼。

明薇提前拿出房卡，从他怀里伸手推开门。

两人房间陈设相仿，穆廷州简单扫视一圈，然后将明薇放到了床上。

他进来时用肩膀关了门，房间隔音效果还好，眼看男人准备走了，明薇鼓起勇气抬头喊他："穆老师。"

穆廷州转身，目光平静地落在她脸上。

明薇浅笑："穆老师，其实你失忆期间，我没帮上多少忙，反而因为你一夜成名，少奋斗好几年。就算穆老师觉得你欠我一份人情，今天你帮了我那么多，也能抵清了，以后，穆老师真不用特别关心我，你这样，我受之有愧，反而觉得自己欠你的。"

"我想你误会了，我没有特别关心你。"穆廷州双手插进口袋，不冷不热地说。

明薇脸白了，这话可真不留情面。

但就在她准备为自己用错词道歉时，男人抢先开口了："我只是把你当朋友关心。"

明薇错愕地看他，两人什么时候成朋友了？见面基本无话可谈的朋友？

见她呆呆的，穆廷州淡淡笑了下，略显无奈地道："明小姐，难道你真觉得，在经历过车祸失忆，在得知你我曾经相恋，在看过网上你我之间的大量视频，在被舆论疯狂催促去追求你之后，我还能把你当陌生人看待？"

明薇无言以对。

"看得出来，明小姐似乎非常抗拒与我相处，只是，我已经将你视为朋友，朋友出事，我无法袖手旁观。"穆廷州不无自嘲地道。

明薇又尴尬了，结结巴巴地解释："没有，我，我没那么想，就是觉得你是'影帝'，咱们，咱们不是一个水平的，有种距离感。"

"这么说，明小姐愿意跟我交朋友？"穆廷州低低地问，声音透露出几分愉悦。

"影帝"都这么问了，明薇能说不愿意吗？

"荣幸之至。"明薇强迫自己露出一个非常惊喜的笑容。

穆廷州与她对视几眼，然后在心里，给明薇刚刚的演技打了一个不及格。

但他没有拆穿，叮嘱明薇好好休息，就先回房了。

人走了，明薇呆坐在床上，思路有点跟不上来。

一会儿说要还她的人情，一会儿又说把她当朋友，她脑袋怎么有点乱？越来越看不透穆廷州了。

浑身黏糊糊的，明薇摇摇头，给小樱打电话说她要洗澡，需要小樱帮忙。

腿脚不便，明薇洗了半个多小时，换好衣服，小樱帮她吹头发。

有人敲门。

明薇没听见，小樱耳朵尖，关掉吹风机，问是谁。

"送外卖的。"门外传来肖照一本正经的声音。

小樱笑了，在明薇的默许下去开门，却见除了肖照，穆廷州也来了，两大男神手中都拎着食物。

小樱请他们进去，她远远同明薇打声招呼，笑嘻嘻地下了楼。

明薇头发还没完全吹干，穆廷州、肖照来得突然，明薇简单梳梳头发，让其披散在肩头。

小樱走了，两大男神先后走了过来，明薇看看他们手里的外卖，笑道："这么好？"

"偏远小镇粗茶淡饭，公主别嫌弃。"肖照熟稔地开玩笑。

明薇就喜欢肖照这样的朋友。饭香飘过来，明薇饿了。右脚不能动，她顾不了形象，也不想顾，穆廷州算是外人，但脚臭都被他闻过了，她还有什么形象？明薇破罐子破摔，僵着右腿从床侧挪到床尾，乖乖等着吃饭。

穆廷州、肖照合作，将桌子抬到床前。

旅馆斜对面有家饭馆，肖照从那边点的菜，四菜一汤，比盒饭丰盛多了。明薇准备吃饭，一低头，长发从两侧掉到前面，碍事。明薇想凑合着吃，不停往耳后别，别一次掉一次，穆廷州皱眉："没头绳？"

"有簪子……"明薇不太好意思地看向床头柜，她不方便动，也不好意思请他们帮忙。

肖照没动，若无其事地夹菜。

穆廷州放下筷子，走到床头柜前。桌子上摆着两支簪子，样式极简，只有簪头嵌着一颗水润珍珠。穆廷州没有姐妹，但他读过书，印象中，女孩子们要么散着头发要么扎头绳，很少有人戴簪子。

那么，是太傅知道她喜欢簪子，所以送簪，还是因为太傅送过簪，她才改用簪？

没有答案。

穆廷州捡起一根簪子，回到饭桌前，随手将簪子递给她。

"谢谢。"明薇低着头说，双手灵活动了几下，一头乌黑长发便被她绾到脑后。

两个男人都在看她，最初都是单纯好奇簪子用法。不过明薇戴好后，满足好奇心的肖照马上垂眸，不再多看，穆廷州的目光却在明薇那边多停留了几秒。二十出头的她，正处在女人最好的年华，既有少女般娇嫩的肌肤，又有成熟女人散发的妩媚。她披着头发时不明显，现在头发都撩后面去了，女孩修长的脖颈一览无遗，她低头吃饭，身体微微前倾，短袖领口跟着松散……

穆廷州及时收回视线，接下来，隐晦地扫了肖照几眼。

肖照不是木头，被人防贼似的盯着，他胃口都快没了，起身去找遥控器："看电视吧。"

电视打开，肖照按照顺序挑台，最后定在体育频道。

有电视看，肖照自然而然地转过去，背对明薇吃。

明薇也边吃边看电视，只有穆廷州，依然维持原来的姿势。

饭后，肖照收拾垃圾，嘱咐明薇好好休息，然后领着穆廷州走了。他的房间在楼下，但肖照拎着垃圾先去了隔壁穆廷州那边，一进门，肖照便冷声道："明天开始，我跟组行动，你想陪她就自己去，别再拉我当幌子。"

以为他很愿意当电灯泡是不是？又要他配合，又质疑他的人品，简直有病。

穆廷州面无表情，又好像听不懂肖照在说什么。

肖照冷笑，将垃圾放在地上，转身跨出客房，门也没给关。

穆廷州只好自己去楼下丢垃圾，重回四楼，路过明薇门前，他放慢脚步，脑海浮现她熟练戴簪子的动作，简单秀气，优雅温柔。

不可否认，他喜欢看她，一举一动。

正要离开，门内忽然传来说话声，是她在跟家人通电话，甜丝丝地报喜不报忧。

那声音也很动听。

有人上楼，应该是她的助理，穆廷州继续前行，不缓不急，却赶在小樱上来前，从容地进了房间。

不用早起拍戏，明薇睡了一个懒觉，八点多才自然醒。

脚踝舒服多了，谨慎起见还不能用力，明薇打电话叫小樱上来，由小樱搀着去卫生间洗漱。

"早饭吃米线？"扶明薇坐到床上，小樱开始琢磨吃的。

明薇点点头。

小樱这就走了，刚出门，门还没带上，意外看见隔壁"影帝"推门而出。小樱又紧张又兴奋，努力镇定地打招呼："穆先生早上好，您要去片场了吗？"

床上，明薇竖起耳朵，听到熟悉的淡漠声音："去买早饭。"

男人语气淡淡，她的助理却热情无比："真巧，我也去买早饭，穆先生想吃什么？我帮您带，外面热，您别下楼了。"

几秒钟的沉默后，男人再次开口："谢谢，我要一份米线，两个包子。明小姐醒了？"

"醒了醒了！"小樱想也不想推开门，雀跃地通知明薇，"薇薇，穆先生找你！"

明薇一个头两个大，穆廷州只是随便客气一句，哪里就是找她了？

瞥见穆廷州挺拔的身影，明薇只能微笑寒暄："早，穆老师。"

穆廷州点点头，仿佛两人很熟一般，他径直走到明薇身边，低头看她的脚："还疼不疼？"

明薇没穿袜子，闻言耷拉下脑袋，小声道："好多了。"说话时，她两只白白净净的小脚丫害羞般钻进她自带的浅蓝色拖鞋，脑袋里鬼使神差地记起那次在车中，眼前这个男人，曾经隔着毯子，一只一只地帮她擦脚。

脚还是那双脚，人还是那个人，变的只有心。

"你怎么没去片场？"短暂的怅然后，明薇奇怪道。

穆廷州坐到对面沙发上，简单解释："十点有个视频会议。"

明薇懂了，瞅瞅门外，又问："肖照呢？"

穆廷州看眼腕表，道："应该到片场了。"

明薇就不知道该说什么了，捞起遥控器看电视，换着换着，屏幕上突然出现了一张她再熟悉不过的脸，好巧不巧的，拥有那张脸的人还在说话："你怎么说我都不信，除非你让我亲一下……"

正是《大明首辅》中，明华公主与太傅的唯一一场吻戏。

什么叫尴尬？那就是跟男主演一起看两人的吻戏。

明薇赶紧换台。

她脸颊泛红，穆廷州全部看在眼里，想了想道：“《青龙》中的吻戏不适合用安全膜，你能接受吗？”太傅公主的是蜻蜓点水，《青龙》里面炽热缠绵，只能真拍。

这话题挑的，明薇脸更红了，低头道：“还行，跟陈璋也拍过。”

穆廷州目光微变，低沉尾音意外上挑：“《南城》？”

明薇“嗯”了声。

穆廷州扫眼她红润的嘴唇，突然不想说话。

明薇却想到一件事，偷偷瞄了瞄男人，她斟酌着问：“其实，去年看到剧本时，我以为穆老师不会参演，《青龙》里亲密戏有点多，据我观察，穆老师似乎不喜欢拍亲密戏……”

穆廷州靠着椅背，气度孤傲：“我确实反感某些肢体接触，不过好剧本总能让人破例。”

明薇笑，真不好意思，拍摄时她注定要让他反感了。

可当初，失忆的他，明明亲得那么欢。

到底不舒服，明薇懒得再挖空心思陪他聊天，假装被电视节目吸引。

很快，小樱买了早饭回来，明薇用眼神示意她留下，三人一起吃。

“蹭了你们的早饭，中午我请客。”吃完了，穆廷州看着小樱说。

小樱激动得满脸通红。

明薇不想折磨自己，笑吟吟地鼓励小樱：“早饭是你买的，穆老师是要谢你呢，千载难逢的好机会，中午你们去外面吃吧，给我打包一份就行。”

小樱为难，她哪敢单独跟“影帝”吃饭啊？

穆廷州斜了一眼明薇，情商再低，他也看出来了，明薇不想跟他吃饭。

他就知道，所以，虽然理清了自己的心，他却迟迟没有行动，免得她像拒绝加他微信好友那样，像拒绝那支翡翠簪子一样，再礼貌虚伪地拒绝他一次。已经尝过两次教训，这次没有十足把握前，穆廷州绝不会露出痕迹。

他不喜欢被拒绝。

"明天我跟肖照会去周围逛逛，在外野炊，你想不想去？"穆廷州问小樱，只问小樱。

小樱心跳都要停了，"影帝"居然真要还她一顿饭！

小樱很高兴，但她有自知之明，真去了，她不自在，穆廷州、肖照可能也会嫌弃她这个包袱。小樱受宠若惊地站起来，红着脸道："不用了不用了，一顿早饭而已，穆老师太客气了，其实，其实我更想要穆老师的签名。"

穆廷州淡笑："可以。"

"我去房间拿笔记本，您稍等！"小樱欣喜若狂，飞奔离去。

明薇默默收拾饭桌，眼帘低垂，置身事外。

她内心真的毫无波澜，穆廷州却觉得她不太高兴，唇红嘟嘟的，似乎有点噘。

"这边景色不错，明天一起去？"邀请小樱是假意，请她才是真心，但穆廷州情绪控制得很好，两番询问，听起来是一样的不真诚。

明薇头也不抬："谢谢穆老师，如果我脚没受伤，确实挺想去的。"委婉地拒绝。

穆廷州看眼她的脚，没说什么。

回到自己房间，穆廷州给肖照打电话。

肖照有点怀疑自己的耳朵："野炊？你会弄？"经纪人最怕什么？最怕艺人临时给他找事干！

"我会，你去县城买食材。"穆廷州打开笔记本，单手敲键盘，搜索野炊指南。

肖照不愿开车去几十里地以外的县城："镇上就有卖的。"

穆廷州："她也去，你买把轮椅。"

肖照："……"

明薇在床上当了一天米虫，老老实实躺着，尽量不动右脚。下午四点多，她抱着笔记本观摩那些大制作中的特效镜头是如何拍摄的，准备多吸取一些经验，楼道里突然传来一阵沉重的脚步声，好像有人在搬动重物。

小樱也听见了，小声问明薇：“我去看看？”

明薇谨慎摇头，谁知道是什么人，这种偏远小镇，小心为妙。

两人屏气凝神地听着。

那脚步声越来越近，最后停在她们门外：“明薇，在吗？”

是肖照的声音，气喘吁吁的。

明薇将笔记本放到床头柜上，飞快整理头发衣服，小樱见她收拾好了，这才去开门。看到肖照，小樱刚要笑，下一秒却被肖照身后的东西惊到了，呆呆地愣在门口。

肖照咳了咳。

小樱反应过来，连忙让开地方。

肖照推着他从几十里地以外辛辛苦苦运回来的粉红轮椅进门，一直推到明薇面前，看着明薇瞪大眼睛的模样，他心里总算舒服了一点，推推眼镜，黑眸透过镜片盯着明薇：“公主，这款礼物您还喜欢吗？”

明薇只觉得……被雷劈了一样！

“你买轮椅做什么啊？”看着那崭新的还是粉红色的轮椅，明薇真心哭笑不得，“我后天就能下地了，你，你怎么想到买轮椅了？”

肖照买完轮椅才接到穆廷州的电话，高冷范儿地让他以自己的名义送明薇轮椅，并邀请明薇一起野炊，说完就挂了。肖照气得够呛，食材、轮椅他买的，女人也让他邀请，什么都他做，到底是谁想求偶？

生气归生气，想到穆廷州那惨烈的情商，现在好歹开窍知道喜欢人了，肖照只能认，但求能早点帮穆廷州追到明薇，早点促成这一对儿，他好一心一意地只当经纪人，而非四处跑腿，做任劳任怨的末流助理。

“明天我们出门兜风，刚刚我去城里采购，看到有卖轮椅的，就想到你了。在房间闷着没意思，你跟我们一起去吧。”接过小樱递过来的一次性水杯，肖照一边喝水一边邀请道，“你们俩一块儿，咱们开你的保姆车，人多热闹。”

明薇早上刚拒绝穆廷州，现在接受肖照的邀请，好像不太妥。

她抱歉地道："坐轮椅出门也麻烦，我还是不去了，你……"

话没说完，轮椅后的男人突然笑了，镜片折射幽幽灯光，金丝镜框下，他笑得露出牙齿，一改平时的温润儒雅，怎么看怎么瘆人，冷飕飕的。明薇心里咯噔一下，刚想缓和气氛，肖照却用一种非常平和的语气道："明小姐，你知道外面多高温度吗？你知道我费了多大劲儿才把轮椅搬到四楼吗？用不用我转身，让你看看我身后的汗？"

明薇羞愧地低下头，闷闷道："我去，行了吧？"

肖照不依不饶："明小姐不用勉强，不喜欢就算了。"

明薇扑哧笑了，无奈地瞪他："行了，我很喜欢，我求之不得，用不用我给你发个大红包……这轮椅多少钱？"提到红包，明薇想到了正事，肖照请她吃饭，她吃也就吃了，没几个钱，轮椅可得另说。

肖照呛她："送你轮椅，再跟你要钱，我闲得没事干？"

明薇举手投降。

"明早八点出发。"浑身是汗，肖照通知完时间就走了，去隔壁找穆廷州。

"多谢。"打开门，对上肖照不善的目光，穆廷州难得主动。

"不用。"肖照没进门，也拒绝穆廷州用轻飘飘的两个字糊弄过去，"今天这笔账我记下了，你记住，你欠我一次，以后我让你做什么，你再不高兴，也要出面配合。"穆廷州不喜人际交往，很多活动宣传都不参加，肖照经常为此头疼。

穆廷州明白他的暗示，痛快道："好。"

谈判达成，肖照转身下楼，回房洗澡。

穆廷州看眼明薇那边，面无表情地关了房门。第二天一早，明薇还在睡觉，穆廷州早早起床，借用旅馆主人的厨房，他现学现用，开始制作寿司。肖照知道他要做饭，跟下来想旁观，却被穆廷州无情拒之门外。

既然看不到，肖照回房补觉去了，睡了半小时再起来，穆廷州已经回了楼上。

厨房什么都没有，肖照想了想，去保姆车上看，打开冰箱，好家伙，里面摆了满满几盒寿司，一共四样，每样装一盒，旁边居然还点缀着新切好的水果。第一次见识穆廷州做饭的天分，肖照佩服得五体投地，然后抽张纸巾擦擦手，偷偷捏了一颗草莓，边吃边关上冰箱。

付出劳动，也有了美味回报，肖照一扫昨天的郁气，买好早饭，再陪穆廷州一起去明薇那边。

再见穆廷州，明薇有点尴尬，尽量避免眼神接触。

穆廷州向来话少，只管吃饭。

饭后休息一会儿，这就要出发了，小樱背好登山包，明薇试图站起来。

“我抱你下楼。”左侧忽然有人说，只是通知，而非询问。

明薇垂着眼帘，没反对，已经让穆廷州抱过一次了，这会儿他主动，她拒绝有什么意思？难道还要肖照抱她？肖照未必愿意。

“明薇你多重？”肖照另有活计，站在轮椅旁，视线在明薇与轮椅之间睃巡。

明薇笑：“肯定比轮椅重，放心吧。”

肖照扯下嘴角，小樱去开门，他推着轮椅紧随其后。

房间突然安静下来，明薇紧张地轻抓床单，余光中有黑影靠近，明薇下意识偏头。他气息靠近，俊脸也闯入眼帘，与她只有几寸之遥。结实温热的手臂抱住她肩膀，另一条托起她小腿，略微用力，她整个人就落到了他怀里。

明薇控制不住地脸红了。

他什么都没说，抱着她往外走，转弯，拾级而下，一直走到二楼，明薇脸上的温度才降下来。

司机开车，小樱、肖照坐前面，明薇、穆廷州并排而坐。

廖导选的这座小镇名不见经传，周边的风景却秀丽怡人，明薇渐渐被窗外山水吸引，看得目不转睛。水泥路并不宽敞，司机开得很慢，两侧翠绿枝丫间鸟雀啁啾，明薇仰头，忽然注意到几只鸟雀，宝蓝色的尾羽，漂亮极了。

“这鸟好漂亮。”明薇自言自语地赞叹。

肖照、小樱都往外望，只有穆廷州看了一眼便收回视线，淡淡道：“那是蓝翅希鹛。”

小樱崇拜脸："穆老师好厉害，简直是移动的百科全书。"

穆廷州无动于衷，余光扫向旁边。

明薇听到了，但她假装没听见，额头继续贴着车窗，看那些漂亮的鸟，拿出手机拍照。后来低头看照片时，明薇偷偷搜索蓝翅希鹛，对比图片，居然真被穆廷州说对了，想不佩服都不行。

保姆车拐了几个弯，视野突然开阔，迎面是一片绿汪汪的湖水，湖边居然稀稀落落散布着几座凉亭，竹子搭成的小亭，与四周山水和谐相融，别有一番意境。

"就这里吧。"肖照让司机停车。

他搬轮椅下去，穆廷州继续抱明薇，小心翼翼将明薇放到轮椅上，并细心帮她调整轮椅靠背。明薇努力不看他，但他弯腰捣鼓，俊脸不时在她眼前晃过，那么冷那么淡，动作却熟练细致，专业得像医护人员。

"谢谢穆老师。"除了谢谢，明薇不知道还能说什么。

"客气。"穆廷州直起身，自然无比地站在她后面，推她。

明薇觉得哪里不太对劲儿，可是，回想穆廷州的那些话，还人情，交朋友……

明薇放弃了，他想助人为乐，她接着就是。

行了一段路，问题来了，水泥路与湖边的凉亭中间只有一条仅容单人通行的土路，坑坑洼洼高低起伏，轮椅就算能通过，也会特别颠簸。明薇暗暗叫苦，她不想来，非要她来，现在好了，白白沦为负担。

"要不……"

"我背你。"

明薇刚说两个字，就被人打断了，随即那人转到她面前，背对她蹲下。

接收到助理雀跃的粉红视线，明薇浑身上下都写满了尴尬无奈，可她没办法，除了司机，身边就两个男人，肖照好心提供轮椅一辆，却根本没有贴身照顾她的意思，她只能接受穆廷州的好意。

在肖照的帮助下，明薇成功趴到了穆廷州的背上。

司机推着轮椅回车上了，小樱、肖照拎着钓鱼工具打头阵，穆廷州走后面。

明薇歪着脑袋，入眼是一片澄澈湖水，可她心里乱糟糟的。

她胡思乱想间，男人突然跨了一大步，明薇吓了一跳，本能地抱紧他肩膀。

“刚刚有个坑。”穆廷州低声解释。

明薇冒了一身冷汗，默默放松抱他的力道，心有余悸。她长呼一口气，带着薄荷味儿的清新气息拂在他脸上，有点痒，越来越痒，痒在脸上，也撩在心头，穆廷州不得不停下脚步，垂眸提醒她：“别对着我吹气。”

……

明薇脸唰地红了，她怕前面还有坑，所以紧张地盯着路面，忘了跟他的脸保持距离。

可呼吸就呼吸，什么叫吹气？好像她故意吹他似的。

明薇心里委屈，嘴上还得诚恳地道歉：“对不起。”说完歪头，绷着脸朝外侧“吹气”。

穆廷州视线偏转，只看到她的后脑。回味那股痒，他喉头滚动，双手握紧她的腿，往上颠了颠。

青山绿水，风景如画，民风淳朴的滇西小镇，不知何人在湖边搭了凉亭，供人避暑休憩。

“里面还挺干净的。”扫视一圈，小樱惊喜道，但还是拿出提前准备好的抹布，将三面廊椅仔仔细细擦了一遍。她低头忙活，肖照走出亭子寻找适合钓鱼的地方，穆廷州就背着明薇站在亭中，纹丝不动，宛如雕塑。

夏天衣服薄，明薇前胸贴他后背，路上不知道摩擦了多少次，雌激素都激出来了……

“我坐那边吧。”东边的廊椅收拾出来了，明薇歪头说，保证一丝气也吹不到他。

穆廷州放她坐好。

明薇不着痕迹地拽了拽身上的浅色格子短袖。

才九点多，四人在亭中聊了聊，然后肖照、穆廷州去钓鱼，一个离得远，一个就在亭边，小樱取出相机拍风景，当然也给明薇拍了好几张。明薇只能坐着，但她看得出小樱渴望自由的心情，笑道："你去外面拍吧，小心别掉湖里。"

小樱开心地去了。

明薇笑着目送她。

湖边凉爽，空气清新，路上明薇一直想着如何行动，此时置身青山绿水间，吹着丝丝凉凉的风，明薇只觉得神清气爽，比闷在客房强多了。看着看着，旁边忽然传来破水声，明薇低头，就见穆廷州钓到鱼了，巴掌大小，他大概很嫌弃，取下鱼，又给扔了回去。

明薇好笑，扭头看肖照。

肖照坐得特别远，看不清情况。

明薇闭上眼睛，远近都有鸟叫，此起彼伏，听得心也跟着静了下来。

身心舒畅，没有娱乐绯闻没有拍戏压力，明薇不知不觉睡着了，脑袋靠着亭柱，一缕长发垂落，随风轻轻拂动女孩白皙细嫩的脸颊。穆廷州进来喝水，看到的就是这一幕，美人倚栏小憩，娴静如花。

穆廷州在她对面坐下，放下保温杯，取出手机。

担心明薇无聊，小樱准备回来的，远远望见亭中情形，她嘿嘿一笑，又去别处转悠了。

有鱼儿咬钩，钓鱼人看到了，却静坐亭中，心思不知放在何处。

明薇打了半小时的盹，困倦地打个哈欠，睁开眼睛，迷迷糊糊看到一道身影，她吓了一跳，再看，穆廷州已经跨下最后一级台阶，去钓鱼了。明薇怔怔的，有点摸不清情况，穆廷州什么时候进来的？

穆廷州离开不久，小樱回来了，凑到明薇耳边说悄悄话："薇薇，刚刚你们俩聊什么了？"

明薇茫然地看她。

小樱亲昵地蹭她的肩膀："我都看见了，你们俩单独处了半小时呢。"

明薇震惊，下意识解释道："我一直在睡觉啊，根本不知道他在……"

小樱愕然。

明薇垂眸。也就是说，她睡着了，穆廷州进来了，发现她要醒，他马上又走了？是不想跟她寒暄，还是……

“‘影帝’好闷骚啊，不好意思光明正大看你，就偷偷看。”小樱与网上那些粉丝一样，是坚定的太傅公主党，而且亲眼目睹穆廷州对明薇各种照顾，又是第一个冲过去扶住明薇，又是抱明薇上下楼梯，说穆廷州不喜欢明薇，打死她她都不信。

明薇沉默。

男女相处确实容易微妙，她也曾怀疑过，只是，每次都被穆廷州三言两语给掰回来了，更何况，穆廷州根本不记得太傅那段，他为什么要喜欢她？明薇不觉得自己哪里能吸引穆廷州，最明显的证据，哪个男人会对暗暗喜欢的女孩说“别对着我吹气”？

别想，一想起那茬，明薇就气，不知道的还以为她口臭呢！

甩开那丝粉红臆想，明薇接过相机，看小樱拍的照片。

日头越来越高，肖照拎着战利品回来了，桶里大大小小的，竟然有十来条鱼苗。

穆廷州桶里只有两条，随便一条放到肖照那边，都是王。

“我还以为你一条也钓不到。”肖照意味深长地说，穆廷州在凉亭坐了半天，他也看见了。

穆廷州看腕表：“现在吃饭？”

肖照点头。两个女人休息，他跟穆廷州去车上拿东西。

明薇饿了，伸着脖子等着。

肖照先拎着折叠桌回来，穆廷州紧随其后，肖照调整好桌子，他面无表情地将几样寿司摆上来。金针菇培根卷、三文鱼刺身、虾仁蟹肉、北极贝鳗鱼，配以草莓、樱桃等水果，色香味俱全，穆廷州还拎了一瓶红酒。

明薇大开眼界，吸吸口水，抬头问肖照：“从城里打包带回来的？”

肖照笑着点头。

穆廷州抿了下嘴。

肖照马上又道：“打包的食材，寿司是咱们穆大厨起早准备的。”

明薇惊呆，忍不住看向穆廷州。

穆廷州表情淡淡的，一边坐她旁边一边说道："第一次做，你们凑合吃。"

"居然是第一次？"看看眼前的几样寿司，小樱不敢相信自己的眼睛，跟着兴奋地低叫，"穆老师你太厉害了，颜值高演技好，居然还做得一手好菜，啊，我好羡慕未来的穆太太啊。"悄悄瞟了明薇一眼。

明薇瞪她，小樱乖乖收敛。

肖照阴阳怪气道："穆太太确实有福气，我跟廷州这么多年，还从没尝过他的手艺。"

明薇干笑附和："是啊，这张照片若是传出去，肯定有更多的人喊穆老师老公了。"

穆廷州置若罔闻，径自夹起一块寿司，毫不客气。

四人这就开吃了，鲜美的寿司入口，明薇口水直流，这味道……真是他一个新手做出来的？

明薇偷偷扫眼身旁的男人，忽然觉得穆廷州傲慢是应该的，这样几乎完美的全能男人，演技、武术、手艺活儿，无论什么都一学就会，如果他性格也完美，那全世界的女人恐怕都要被他迷住，再也看不上别的男人了。给他一个缺点，也算是老天爷对他身边女人的眷顾吧？毕竟看上穆廷州的人，大多数都会败给他的高傲毒舌。

"谢谢穆老师。"吃人嘴软，饭后，明薇真诚道谢。

"今天，你好像一直在谢我。"穆廷州偏头，意有所指地看着她。

明薇在人情世故上还是很通透的，马上道："这边没有好馆子，到深圳了，我请大家吃饭。"

肖照推推眼镜，推波助澜："廷州亲自下厨，你却要下馆子，诚意似乎不太足，我怎么记得，情人节那天，你跟你闺密晒了一桌大餐？"

明薇厨艺不错，大方道："也行，只是咱们住酒店……"

"我在那边有房，有机会去吧，账先记下。"肖照充分发挥他助攻的职责。

明薇笑："好吧，不过我做得一般，你们别抱太大希望。"

穆廷州看看她，脑海中渐渐浮现一幕画面，年轻女孩系着围裙在厨房准备饭菜，乌黑的头发用一支簪子简单绾起，露出白皙修长的脖颈，背影纤细优雅，真是令人期待。

明薇脚伤恢复得不错，廖导先安排她拍文戏，尽量避免脚上用力，最后才补拍几段武戏。

一周后，云南雨林戏份结束，剧组成员陆续飞往深圳。

深圳这边有大量的水中戏份，明薇会游泳，需要培训的是潜水，连续三天紧锣密鼓排练下来，明薇累得够呛，但也很兴奋。演戏最吸引她的地方，便是能以角色的角度体验各种人生经历，累并快乐着。

化妆换装，又一场拍摄开始了。

军用巡逻艇上，新任指挥官周静一个人站在船舷前，一身军装衬得她英姿飒爽，但那双平时冷静沉稳的眼中，此刻却浮动着丧父的悲痛，没有眼泪，甚至眼圈都没红，只有山岳般内敛的悼念。

“人死不能复生，别多想了。”指挥官近卫李航从后面靠近，忠心劝说。

周静瞬间收起那丝软弱，点点头，头也没回地朝旁边走去。

走着走着，前面突然传来几声闷响，仿佛有人在搏斗。

周静反应迅速，一边拔枪，一边悄无声息地贴到船侧。

“我是打不过你，但你也不敢杀我，杀了我，她第一个怀疑的就是你。”

是特种兵王大川的声音。

“你想要什么？”副指挥官孟起压低声音问，语气危险。

王大川淡笑着说出一个数字。

他狮子大开口，孟起皱眉。

王大川有恃无恐：“钱给我，我保证守口如瓶，绝不告诉她，她父亲是被你亲手送入蛇口……”话没说完，被人堵住了。

周静眼帘动了动，下一秒，她鬼魅般后退，无声无息地离开，奈何因为角度关系，当她转弯时，恰好暴露在阳光中。初闻父亲惨死真相，周静满心愤恨全是复仇，并未注意到自己的影子。那边副指挥官孟起刚松了王大川，一转身，恰好撞见海面上一闪而过的身影，是个女人。

孟起攥紧栏杆，动了杀机。

五日后，海面阴沉沉的，恐有暴风雨，队员建议返航，孟起却称他探测到海底有异样，请求下海查看。周静这几日已经察觉到了不对，她很清楚孟起是想在水中动手，但周静还是答应了，因为，她也一直在寻找除掉孟起的机会。

两人分别带着一个亲信下了船。

海面上波涛涌动，如巨兽的血盆大口，海面下光线昏暗，一场狩猎厮杀也悄悄拉开了序幕。

指挥官周静的父亲因孟起而死，她要为父亲报仇。

事迹败露，孟起知道周静肯定要杀他，便想先出手。

但为了事后不被上层追究，两人都计划让对方死于“意外”。

昏暗的海底，周静与孟起展开了生死较量，最终周静技胜一筹，成功溺死孟起，但孟起临终前拼命一搏，也扯掉了周静的输氧设备。周静呼吸困难，视野模糊，找不到护卫李航的位置，选择先往上游，然而就在她冲出水面时，孟起的心腹却突然出现，反剪她手，带着她重新潜入水中。

长发披散，水藻般挡住眼睛，周静几乎无法视物。双手被困，双脚又无处借力，没多久，她便出现了缺氧反应。

男人露出了胜利的笑容，他看向水下，试着寻找孟起的踪迹，却惊骇地瞥见一道巨大黑影鬼魅般正朝这边逼近。男人双眼瞪大，意识到海底有不明生物，男人立即丢下必死无疑的女指挥官，奋力朝潜水艇游去。

海水突然涌动，男人不受控制地在浪涛中翻滚，他试着看清那庞然大物是什么，却有布满鳞片的巨大不明物体迎面拍来，顷刻间，男人便如同身旁那些巴掌大小的游鱼一样，被高高拍出水面，良久良久才重新跌入水中。

但此时的海底是一片诡异的平静，巨大怪物不见了，女指挥官也不知所终。

……

就这一段戏，明薇连续拍了五天，最后一幕拍完，被人捞上来时，她已经成了一条咸鱼，连吐好几口水。

“明薇辛苦了，今晚好好休息，明天就轻松了！”看完回放，廖导赞许地对明薇道。

明薇裹着毯子坐在椅子上，还在大口大口喘气，听廖导这么说，明薇忍不住偷瞄站在廖导旁边的“影帝”。刚刚青龙真身的镜头肯定要留到后期做特效，明天才开始她与穆廷州在岛上的戏份，但就像在云南一样，穆廷州始终待在片场，非一般的敬业。

下午三点多，众人回了酒店。

明薇浑身酸痛，冲完澡就倒床上了，睡了两个小时，勉强恢复了点精神，跟小樱下楼吃晚饭，饭后靠在床头看剧本，巩固明天的台词。其实台词不多，难点在要跟穆廷州拍对手戏了，还是全身只系着一条“鱼皮裙”的穆廷州。

上次拍海报照片都那么困难，这次穆廷州裸得更多了……

光是想想，脸都发烫。

明薇叹气，双手拍拍脸，内心十分鄙视自己。可真不能怪她，就穆廷州那颜值身材气场，有几个女人能无动于衷？心理上的问题容易克服，譬如时时刻刻提醒自己“影帝”与太傅的区别，但看到完美雄性身体引起的雌激素分泌过多，明薇真的控制不了。

手机“叮叮”两声，是短消息提示音。

明薇拿起手机。

穆廷州：明天拍摄，有把握?

明薇咬唇：应该没问题。

穆廷州：应该?

明薇垮了肩膀：我第一次拍这种戏份，只能努力拍好，不敢保证一定顺利。

穆廷州：具体哪个部分没信心?

明薇哀号出声。两人现在是合作关系，穆廷州提点她拍戏，拍摄顺利了，也能节省他的时间精力，所以穆廷州询问她的情况合情合理。只是，明薇不好意思说啊。

她发愁怎么回答，“叮”的一声，穆廷州消息又来了：需要对戏吗？

明薇心怦怦跳，脑海里飞快掠过几个热门八卦标题字眼：深夜、酒店、男女主演对戏……

“不用不用，穆老师早点休息吧，晚安。”明薇立即掐断穆廷州过来的可能。

隔壁套房，穆廷州靠在沙发上，看到明薇的回复，意料之中。

“晚安。”他简单回。

明薇松了口气，但经过这番对话，明薇更没底了，嗖地跳下床，打开笔记本搜索“穆廷州裸戏”。穆廷州当然没拍过全裸的影视剧，但这个关键词推荐了粉丝整理的穆廷州露肉戏剪辑，明薇戴好耳机，怀着纯专业的目的点开。

十几分钟看下来，明薇失望地发现，在《青龙》之前，“影帝”穆廷州拍过的最露的戏份便是露出上半身，根本没有全身可参考的。而且，真人与视频还是不一样的，看穆廷州的视频，那种荷尔蒙的冲击力弱了无数倍，因此，这段剪辑对明薇增强面对穆廷州肉身的抵抗能力，用处不大。

“唉……”

明薇仰面躺着，长长叹气，要是穆廷州长得再丑点该多好，丑男身材再好，她都不会受影响。